鍾麗珠、林伊祝 合著

最後的二重唱

THE LAST DUET

推薦序

天作之合

畢璞

多年來，朋輩一直在稱讚林伊祝、鍾麗珠是一對令人羡慕的恩愛夫妻。的確，他們志同道合、興趣相投、家庭幸福、子孫滿堂，世上有幾人能呢？他們相愛相知超過六十年，去年歡度了鑽石婚。遺憾的是，林伊祝來不及看到本書出版，便因病辭世。

我是冒著「內舉不避親」的大不韙來寫這篇小文的。林伊祝是先夫翊重的胞弟，鍾麗珠是他的弟媳，我們是一家人。本書編好後，麗珠要我為他們寫序，我曾猶豫了一陣子，覺得我的立場似乎不好說話。後來又想：以我和他們夫婦認識之深，世間上絕無他人；能夠負起這個任務的，又捨我其誰，豈非義不容辭？

民國三十二年，我在桂林初識翊重，他帶我去他家，也首次見到伊祝，那年他十八歲，是個瘦高靦覥的少年。三十六年，我和翊重已組織小家庭。為了協助長兄出版《宇宙風》月刊，伊祝從臺灣到廣州，住在我們家。從那時開始，我知道他是一個樂觀、風趣、愛唱歌、愛小孩的人，我們那出生才幾個月的兒子就經常被他抱著唱兒歌。有一次，我的父親來看我，父女倆在客廳閒話了一會兒家常。

想不到，伊祝看在眼裡，觸景生情，因想起自己的亡父而當晚躲在被窩裡大哭，這是翊重後來告訴我的。由此足見伊祝又是個性情中人。當然，他的事母至孝，更是我親眼目睹的。

三十八年夏，翊重和我從廣州渡海來臺，翊重與伊祝在同一家報社工作，也住在同一棟宿舍。三年後，伊祝與跟他一樣從事採訪工作的女記者鍾麗珠結婚，婚後仍住宿舍，而且和我們比鄰而居。真是無巧不成書，麗珠和我不但同是文字工作者，又是同鄉，更難得的是我們都是古典音樂迷。我們一見如故，引為知己，每次話匣子一打開，就關不起來。我們住的宿舍非常簡陋，每一家都只能在房間外的走廊上擺一個爐子燒飯，我和麗珠往往一面做飯一面閒聊，聊得不亦樂乎。有時，伊祝在房間內趕稿，被我們的說話吸引，忍不住參與幾句，我們妯娌二人便會不約而同的曉以大義：「專心寫你的稿子，不要偷聽我們女生講話。」

那個時代的物質生活非常貧乏，但因我們年輕，都能夠居陋巷而不改其樂。兩兄弟兩妯娌偶然會忙裡偷閒，苦中作樂，四個人在晚上會歡聚一室，喝點小酒，談談笑笑，也很開心。有時興起也會一起唱唱歌，西洋名曲、聖詩、抗戰歌曲等都是我們的最愛。

麗珠婚後不久，為了專心做賢妻良母，毅然放棄了記者工作，在家從事文藝創作，加入文壇，我和她更從妯娌而變成文友，一起交了很多藝文界的朋友，也經常結伴參加各種藝文界的活動。有一次我們在仁愛路出席了一個集會，散會後因為聊得太起勁，兩人便決定捨搭車而步行回永和，那次走了多久我已記不得，反正當時並不覺得累，第二天我卻發現腳背的骨頭有點異樣，雖然後來沒事，不過這也算是我生平做過最瘋狂的行為。也可見我們兩人談心的投契與忘形。

林伊祝生長於書香世家，父親憾廬先生、叔父語堂先生都是名作家，他從小受到文學的薰陶，自然醉心文墨。長成後當了新聞記者，自是順理成章，採訪之餘，也寫了一些短篇小說與散文。他走叔叔幽默大師林語堂的路線，文筆幽默風趣，小露一下，讀者就為之莞爾甚至捧腹。但他惜墨如金，難得發表一篇，所以留下的篇章極少，而且都是少作；中年之後，他轉換跑道，離開新聞界，當然就不再提筆了。

麗珠比起他勤快多了，數十年來，作品產量雖不甚豐，倒也出版過好幾本單行本。她的寫作範圍也是以短篇小說及散文為主，她的風格是溫柔婉約，文筆細膩，感情豐富，頗能引起讀者共鳴。

在他們的鑽石婚前一兩年，我就勸已移民海外的他倆應該出一本合集來作紀念，而麗珠也有此想。那時伊祝已不幸中風，編書的事就由麗珠負起全責，編輯過程相當不容易，但也終抵於成。雖然伊祝已無緣看到，仍是值得欣慰的一回事。以我的孤陋寡聞，在文藝界中，夫婦出合集似乎很少見。現在，《最後的二重唱》終於與讀者見面了，我以前說過他們的婚姻是天作之合，他們這本合集應該也是天作之合吧？樂觀的伊祝生前總是笑口常開，如今，身在天國的他也一定為本書的出版面世而開懷不已。二重唱雖成絕響，麗珠夙願得償，亦應無憾了。

（2014年1月）

自序

最後的二重唱

鍾麗珠

忍不住，我又拿出那片ＤＶＤ來看了。畫面上出現我和藤正在合唱一首愛爾蘭民謠「Danny Boy丹尼男孩」。那是去年聖誕節「家庭音樂會」的錄影。

我說的「家庭音樂會」，其實是一位鋼琴家朋友胡志龍和他的母親也是音樂老師的黃美慧老師，從美國來探視我們時，在他們的帶領下舉辦起來的，純粹是自娛性質。胡志龍是我們的忘年交，年紀雖輕，鋼琴造詣卻了得。曾在世界各地留下足跡和音符外，還是美國田納西大學的鋼琴教授。幾乎每隔一年他們都會來溫哥華我家過聖誕節。音樂會的內容，除了讓我們聆賞胡志龍的琴藝，以及應邀前來的親朋好友表演，顧名思義，其他角色就屬我們一家喜愛音樂的老少三代了。而我和藤的二重唱也成了慣例，總會來上一兩首。

這一次，當然不會例外。

這首「Danny Boy」是我倆共同的最愛，曾經合唱過千次百次，倒背如流的歌曲。可是，這一次，他卻老是忘詞，歌聲斷斷續續，還透著些許喘息。好不容易唱完，他歉疚的看著我，我只好輕輕地拍拍他的手背，他帶點靦覥的笑了笑。

可是，為什麼？為什麼音樂會的畫面還是那麼清晰，微弱的歌聲也仍縈繞耳際，他卻像一縷輕煙倏然消逝無蹤？相隔才不過短短三個月，病魔便輕易的從我們手中把他攫去！

想不到，這次的合唱，竟然是我倆生命中最後的二重唱！

在我們的人生當中，二重唱猶如一把鑰匙，開啟了我倆的心扉。我們的投契是由二重唱開始的。喜歡唱歌的我們，同是外勤記者，不同報社，但跑同一條路線。巧的是彼此都愛唱歌，更巧的是都喜愛唱優美動聽的中外民謠和藝術歌曲。於是，一首首動人的歌曲，猶如一條無形的絲帶，綰住兩顆年輕的心。我們那時經常在採訪的路上，邊踩腳踏車邊唱和，感情便在一唱一和中滋長！

他是基督教家庭長大的，可能從小在家庭禮拜中擔任詩歌和聲的角色，任何歌曲他都能即興唱和。尤其那首「Danny Boy」，更令我們百唱不厭。後來當我們結婚有了第一個孩子，他還特地填上歌詞作為搖籃曲呢！

二重唱雖然講究和諧與協調，但有些歌劇中的二重唱，不也有各唱各的調和詞的？婚姻生活何嘗不是如此！年輕時的我，任性、不成熟。他呢，恰好跟我相反，樂觀、風趣，一派與世無爭的灑脫。他喜歡開玩笑，剛結婚的那些年，我常常為了他開的一些玩笑而生氣甚至翻臉。但相處久了，我漸漸體會到他無非是想藉無傷大雅的玩笑，製造一點生活情趣，在真實生活中唱好二重唱的角色。

而在真實生活中，我們也的確在努力扮演二重唱的角色。我生性迷糊又缺乏主見，許多對外的事務，能不過問，便絕不插手。甚至家中的經濟大權，我也讓他全權處理，我樂得做個純粹的「家管」。

當他去世之後，我對外在的許多事情，變得有點抓不著頭緒。他呢，在感情方面，可算得上是個細膩的人，可對生活細節，卻大而化之。他是那種「為了找一雙襪子，可以翻得天下大亂」的人。於是，生活起居他得處處依賴我。就像一些歌劇中的二重唱，儘管男女主角各唱各的調，還是合拍的二重唱。

隨著孩子們的成長，我們的身心負擔輕了，休閒時間也較多，不時的相偕上電影院、音樂廳。甚至上班，他也經常在中午休息時間，遠從重慶南路的公司，開車到八德路雜誌社找我一起用餐，同事們因此喜歡開玩笑說我們在吃「鴛鴦飯」。

等到孩子們自立、成家，而我們也從職場上退休，兩人在一塊的時間更多，了解更深，齒輪也更吻合、更緊密！每年都會一起到香港、廣州、同安探望親戚之外，還到各地旅遊。

移民溫哥華後，他經常開著車子載我四出兜風。他知道我這個老廣喜歡飲廣東茶，便載我到廣東餐館最多的列治文去。他愛海，我們去得最多的就是去看海。我們住的白石市剛好近海，夏日黃昏，他喜歡坐在海邊的岩石上，看日落，看海上微波盪漾，看海鷗飛翔。不去看海的日子，就在自家的院子乘涼、低哼我們的二重唱！

三年前，他不幸因兩場小中風，終日生活在輪椅上。我放下一切陪伴他，照顧他。在這段時間裡，我們幾乎分分秒秒在一起。他常跟我說一些兒時趣事、也共同尋找年輕時的回憶，剎那間，時光彷彿倒流，又回到從前那段日子，忘記歲月已將我們催老！

去年，我們期待已久的六十年鑽石婚慶，白髮皤皤的兩老，在兒孫繞膝和祝福中興奮度過。沒想到才過不久，他的體力便日漸衰退，話變少了，笑容也漸漸褪去。終於，萬般無奈的揮別他摯愛的家人，揮別我倆的二重唱，悄然逝去！

他的驟然離去，一時之間我委實無法接受！雖然我曾經陪伴他走完人生的最後一程，但回到家中，處處都是他的影子：空蕩蕩的輪椅、案頭上的照片、我們一起聽過的音樂……然而，現實卻是那樣的無情和殘忍！我心中充塞著無法言喻的惶恐、傷痛和虛空，我真是無語問蒼天了！

而今，雖然他已離我遠去；雖然二重唱在我們生命中已成絕響，但我深深相信，我們心靈上的二重唱永遠不會中斷，它將永恆的、持續的一直唱下去！

除了喜愛唱歌，我倆還同是影迷和書迷，寫作也算是我們共同興趣之一。只不過我個人不是一個辛勤的耕耘者，塗鴉至今才出版五本散文集，一本短篇小說而已。

至於藤，父親林憾廬先生，以及五叔「幽默大師」林語堂博士都是知名作家，從小耳濡目染，自然也就喜歡舞文弄墨。由於家學淵源，他的文風也多偏向幽默風趣，讀後常令人會心一笑，但他惜墨如金，留下的作品，寥若晨星。雖然如此，希望共同出版一本合集，紀念我倆的鑽婚，一直是我們的心願。可惜由於種種原因，出版一事延宕至今。

為了追憶已逝的往事，我命書名為「最後的二重唱」。只是此集出版之日，藤已無法親眼目睹了，這是我心中最大的遺憾！但我相信，他在天之靈一定也會深感欣慰的！

這本合集中，包含了我和藤的散文、小說及詩作。其中我的散文共分五輯：第一輯「往日情懷」：追憶這些年我與藤生活中的點點滴滴，有悲有喜，有哀有樂；第二輯「鍾愛一生」：訴說我鍾愛了一生的音樂和寫作的心情；第三輯「生活情趣」：顧名思義，描述周邊事物的小情小趣；第四輯「歲月悠悠」：除了回憶一些童年的往事，也記敘一些難忘的人事物；第五輯「親情難忘」：為懷念幾位至親的長輩而作；另外一篇小說「愛之夢」和小小說「原來如此」、「人生難得幾回醉」；還有兩首小詩「期待」和「靜」。

在寫作的園地上，藤跟我一樣不是辛勤的耕耘者，因此作品有限。早期多以小說為主，下筆也常帶幽默反諷。之後有較長一段時間，因工作繁忙，幾乎擱筆。退休後移民溫哥華才又重拾鏽筆，筆鋒也轉向溫馨的散文。不過，作品還是不多。

感謝秀威出版公司的襄助，讓這本為紀念我和藤攜手走過一甲子的合集「最後的二重唱」終於付梓，也讓我們的心願得以實現！而這本合集的出版，更讓我和藤的二重唱得以透過另一種形式永續下去！

目次

【散文】輯三：生活情趣

【散文】輯四：歲月悠悠

【散文】輯五：親情難忘

【散文】

【小說】

鍾麗珠作品

散文
小小說
小說
詩

【散文】輯一：往日情懷

最後的身影

給藤——我的摯愛

藤，是我對你的暱稱。自從你聽過一個怕老婆的故事後，葡萄架便是你「賜」給我的名字，於是我也只好「禮尚往來」稱呼你作葡萄藤了。

十年前，我們結婚五十周年，你我都曾為文紀念。之後，又這麼相約：如果還有六十年鑽婚，你我將再提慶祝的筆桿。然而，未來卻是無法掌握的變數，尤其對風燭之年的我們，更是一個飄渺的承諾。沒想到，金婚的腳步才跨過第七個年頭，你卻突然被兩場小中風擊倒。

你的病痛，像一道無形的連鎖效應，擊倒了你，也擊倒了我，諾言就此消失於無形。更想不到的是，鑽婚才剛過，表諸在筆墨上的，本該是滿心的感恩、滿懷的喜樂，如今，卻變成了下筆無比沉重的文字！

昨晚，我午夜醒來，習慣的把手往左邊伸去，卻空蕩蕩地，握不到那隻熟悉的大手。我倏地一驚，一陣痛楚襲上心頭！我知道，今後我再也握不到你那溫暖的大手了，它的主人已離我遠去，永遠、永遠！

藤，你怎麼忍心甩開我們相握了六十年的手，決然而去？

自從六十年前，我把雙手交給你之後，我們便不曾分開過，即使偶有短暫的別離，也都音訊不斷。我們的婚姻是新聞作的媒介，你我同是記者，雖然不同報社，卻跑同一路線。我永遠忘不了你給我的第一個印象：長袍、圍巾，非常徐志摩。雖然我不相信一見鍾情，但也許多少有點加分作用吧！泛舟碧潭、徜徉淡水河畔；「朝風咖啡」的音樂、「恕園」的談心……那是一段怎樣自由自在，而又浪漫愜意的歲月啊！我們從相識、相知、相戀，然後攜手走進結婚禮堂，共同組織小家庭。

婚後不久，三個孩子接踵而至，油鹽柴米、奶瓶尿布，日子過得儘管單調、生活擔子儘管沉重，你卻常常給我和孩子們帶來一些小小的樂趣和驚喜。只要時間許可，你總帶著我們到植物園看荷花、到公園散步、到河邊打水漂、到動物園看大象、到兒童樂園玩旋旋轉木馬。你也不時在月圓之夜，發完稿回家，把我從熱被窩裡挖起來看月色；要不，帶酒菜回來與我共酌、聊天。起初，我常為你這些不按牌理出牌的所為惱火，但習慣之後，反而變得有所期待了！

孩子們一一自立，有了自己的天地後，我們的擔子輕了，而你的健康卻開始亮起紅燈。原本該在退休之後好好享受一段逍遙自在的日子，然而氣喘宿疾，讓你經常進出醫院。好在你生性溫和豁達，面對心血管的毛病、氣喘的折磨，都總是「逆來順受」、樂觀以對。而且，你還不顧一切，每年偕同我回故鄉漳州和鼓浪嶼，重溫你兒時的舊夢；到同安看三哥、祭拜日夜思念的母親；到桂林尋查父親和四哥的墓地；到上海找回你昔日成長的身影。當然，你也陪伴我回廣州，一圓我的思鄉夢！

對父母，尤其是母親，你內心有著太多的遺憾、愧疚和無奈！一道海峽，分隔著一甲子無緣相聚的母子。你遺憾與母親共處的時間太短暫；你愧疚不能克盡孝道，母親臥病時無法侍奉湯藥；你更無奈的是，在人為的情況下，你連母親的逝世也無從知悉……這一切一切都化作數十年來的夢魘，經常令你椎心刺骨，令你午夜夢迴，肝腸寸斷！好不容易盼到兩岸開放，回到故鄉，卻已無法親炙慈顏，只能在墳前祭拜冰冷的墓碑了！

1998年移民溫哥華後，因為氣候合宜，氣喘總算遠離了你。這些年，溫哥華的好山好水，讓你享受了一個「黃金晚年」。我們經常開著車子到處「探險」，去的最多的是海邊看日落。我們居住的白石市是溫哥華的衛星城市，長長的海岸線是觀光景點，每到夏天，擠滿了日光浴和散步的人潮。我們不去湊熱鬧，找一處較僻靜的海灘，坐在石塊上看微波的海浪，看海鷗的翱翔，看漸漸沒入海平線的夕陽，直至晚霞染紅半爿天，才意猶未盡的離去。

然而，好景不常，就在你八十歲那年，因兩眼黃斑區退化的毛病而不能再開車，而減少了許多活動。當然，孩子們只要有空，也常常會很貼心的為我們安排外出的機會，但總不如自己行動來得自如。尤其三年前你的先後兩次小中風，注定了得靠工具助行的命運。從拐杖、而助行器、而輪椅，加上雙眼視力退化日趨嚴重，你的活動範圍已日漸縮小到只剩電視與你了。即使這樣，你仍然不改常態，笑容始終未減。也正因如此，住醫院時，護士們還頒發了一張形容你做復健時「smiling the whole time」的獎狀給你呢！

去年十一月是我們結婚六十周年，除了遠在臺灣和多倫多的兩個外孫無法參加外，四代同堂共度了一個你我期待已久的鑽石婚慶！今年春節，兒孫們全都到齊了，還帶來了孫輩們結婚及有喜的好消息，闔家過了一個溫馨、歡樂的大團圓新年，並拍了一系列難得團聚在一起的全家福照片。

誰料得到，大團圓的歡笑仍漾在嘴角，病魔卻悄悄的找上了你！就在春節後一旬，你因呼吸急促送進醫院，從急診室到加護病房，才短短九天，你便撇下我們而去！臨別的前兩天，你已呈半昏迷狀態，雙眼緊閉，不再有任何反應。然而，當你彌留之際，我單獨與你告別，親吻你的雙唇，再次重複我們生生世世為夫妻的誓言時，你突然半睜開眼睛凝視著我，彷彿有千言萬語卻無從表達，片刻之後徐徐闔上，永遠永遠地，把無盡的創痛長留我心底！

藤，我知道，你是多麼熱愛生命，但我也深知你的熱愛生命不是為己，而是為了能與你愛的家人有更多相處的時間，因此，你即使病魔纏身，家人有任何活動你都勉力參與，樂大家所樂。

而現在，你的不得不離去絕非你所願，不過，你也一定沒有遺憾！因為你一直有愛你、孝順你的子、女、媳、婿，以及孫輩、甚至曾孫，環繞在你身邊，無論生活上、精神上都竭盡一切的照顧你，帶給你歡笑。我想，今後他們亦會同樣愛我、照顧我的，你儘可以安心離去，不用擔心我、掛念我！

記得那首你我都喜歡的徐志摩的「偶然」：「我是天空裡的一片雲，偶而投影在你的波心。你不必訝異，更無須歡欣，在轉瞬間消滅了蹤影。你我相逢在黑夜的海上，你有你的，我有我的方向，你記得也好，最好你忘掉，在這交會時互放的光亮！」

偶然，真是一個抽象又奇妙的時間點，你我的相逢雖是偶然的瞬間，但我深信，交會時互放的光亮，卻永恆鏤刻在你我心靈深處，永遠不會隨時空消逝！

（2013年9月　文訊雜誌第335期）

比翼穿越半世紀

踩在孟德爾頌「結婚進行曲」華麗輝煌的管弦樂聲中，我挽著藤，緩緩的走下樓梯。穿著大紅旗袍的我，依偎在藤高大的身旁，心頭依然有絲絲悸動。

我的心情一下子飛回五十年前。一樣的曳地旗袍，一樣的我，挽著他從台北法院公證處行完婚禮出來，滿心的喜悅和羞怯，悸動一如現在。只是此刻，我猛然抬頭，當年瀟灑挺拔的新郎，已垂垂老矣；而身旁那個曾經纖細苗條的新娘，在披肩遮掩下，旗袍已裹不住臃腫變形的身軀。我再往後面一看，兩個女兒和兒子三對「佳偶」領著六個孫輩，也踏著旋律，亦步亦趨的隨我們魚貫而下。我這才意識到，當年我們從結婚公證處跨出的那一步，走著走著，已穿越了半個世紀！

今天，是我與藤結婚五十周年的金婚紀念日。

這一天，我們倆是演員，孩子們是編劇和導演。在他們的劇本裡刻意不安排盛大場面，也特地不驚動親朋好友，角色只有我們闔家大小十四口，在大溫哥華白石市家中的場景，共同演出一場簡單但隆重，溫馨而陶然的「天倫樂」。

輕柔的音樂，搖曳的燭光，切蛋糕、留影、晚宴，一切如儀後，酒酣飯飽，有人提議要我們發表結婚五十周年感言，更多的人鼓譟要我倆公開他們還未來得及參與的那一場戲——相識到相戀的經過。

孩子們的起哄，讓我的思緒再一次飛回比五十年更早的那些年。

藤是我跑新聞遇見的第一個同業。紀念蔡元培百歲冥誕的會場，是我們第一次相遇的地點，那是在徐州路台大法學院禮堂。天正下著大雨。儀式還未開始，我這個跑文教新聞的新鮮人，正怯生生的站在記者席旁張望、等待，不知該從何著手。一個頎長的身影閃了進來，抖落一地雨水。片刻之後，他去了又回，手中多了一疊資料，順手遞了一份給我。我這才看清楚眼前的人，哇！長袍、圍巾、一身很徐志摩的打扮。即使五十多年前，如此穿著的人亦不多見。會還沒有散，他又風一般的消失在門外大雨中。望著他無視風雨的背影，這人可真瀟灑！這是他給我的第一個印象。

第二次見面是在省教育廳發言人辦公室中。沒有穿長袍的他，我當又是另一位不曾謀面的同業，但接觸到那深邃的眼神後，迷糊的我這才把他跟藏青長袍重疊在一起。也許他知道我是採訪的生手，對一切還未進入情況，有意助我一臂之力。他熱心地帶我到教育廳各部門拜碼頭，熟悉周遭環境。他的親和力消除了我的陌生和緊張，也一改我對記者強悍犀利的偏見。這是他給我的另一個印象。

跑同一條路線，以後在各種採訪場合相遇多了，我們漸漸從熟稔到不拘小節，交談的內容也由淺至深。我知道他心儀的作家是林語堂和郁達夫；徐志摩的詩更是他的最愛。他也知道我是巴金與老舍死忠的讀者。他喜歡屠格涅夫深沉而感傷的作品，我卻情有獨鍾羅曼羅蘭瀰漫著對音樂藝術之愛的巨著「約翰・克利斯朵夫」。巧的是，我們都共同喜愛施篤姆如詩般的小說「茵夢湖」。

發完稿，我們常在「朝風」咖啡座聽貝多芬的「田園交響曲」，聽西提華諾唱義大利民謠；我們也常到中山堂後面的「恕園」編織未來共同的夢想。

更多的時候，只要有空，我們還騎著腳踏車到圓山、到植物園去唱歌。在大直基隆河畔留下的歌聲，是我們最常唱的那首愛爾民謠「秋夜吟Londonderry Air」和福斯特的美國民謠「肯塔基老家My Old Kentucky Home」。黃自的「本事」與趙元任的「海韻」也是我們百唱不厭的中國藝術歌曲。我們都用二重唱方式，優美的旋律和動人的歌詞常常令我們沉醉、感動，忘記身在何處！

興趣與感情的契合，加上對事物的看法和價值觀的接近，我們終於走進了結婚禮堂。

人生本就是一場戲。在我的這齣戲碼裡，婚前無憂無慮的日子，只能算是序幕，婚後面對生活，才是真實人生的開始。從此，油鹽柴米、奶瓶尿布取代了詩情畫意，文學音樂。面對一個不會做飯，不會理家，而又不時耍點孩子脾氣的妻子，藤的成熟與穩重，正好作了互補。

剛結婚，我連生火都不會，那時做飯的燃料，不是煤球、焦煤，便是木炭。生木炭火得有竅門，當我把報紙塞得滿爐，只見陣陣嗆人濃煙，木炭烏黑依然，不見半點火星。我東撥西弄，最後只有投降。無力感加上濃煙效應，我索性坐在地上哭將起來。剛從外面回來的藤，一陣錯愕之後，捲起袖子加入戰鬥行列。好不容易把一爐炭火擺平，已接近採訪組的截稿時間了。望著兩人臉上的煙痕炭污，不禁相視大笑。

從此，他得展現最大的包容和耐性，忍受我經常的飯糊菜焦，少油缺鹽。碰到這種情況，他常用幽默來替我化解，但我卻不領情，硬把善意的玩笑當成嘲諷，一個勁兒的往牛角尖鑽。相處日久，他的豁達樂觀感染了我，他的真誠和寬厚也幫助我成長。現在，許多現實生活中解不開的結，我也能泰然平和去面對了。

今天，兩人攜手走過半個世紀，回顧來時路，生活中的喜怒哀樂、風霜雨露，都隨著彼此的相知相惜、互相扶持而沉澱，而消弭。剩下的只是兩顆恬然感恩的心。

想著，想著，我抬起頭，接觸到的是那熟悉的，包含太多寬容與關愛的眼神，我這一生真是無怨、無悔、無憾了！

（2003年2月5日　世界日報副刊）

二重唱

那一晚，我們聽完一場相當精緻的鋼琴三重奏，懷著意猶未盡的心情出來，緩緩步下國家音樂廳的臺階，猛擡頭，迎著我們的，正是一輪皎潔的滿月。和一天的湛藍。臺北人難得看見月亮，更難得見到如此純淨清澈的天空。藍天、月色吸引著我們，捨不得遽然離去。

在廣場上流連徘徊，很自然地，我們又唱起了往常慣唱的那幾首歌。自從藤氣喘病以後，我們便很少合唱了。這晚，我們仍然那麼有默契，二重唱，一張嘴調子便掌握住了。

重奏、合唱，默契的培養最重要。婚姻也一樣。如果兩人取得默契和共識，這段婚姻一定會走向和諧圓滿。

沒結婚前，藤常跟我說，他不是一個胸懷大志的人，他只求淡泊一生，一個幸福的家庭。他要我有心理準備，這輩子，他不可能給我洋房汽車、珠寶華服。當然，我追求的原就不是這些，要不然，我不會選擇他，更不會跟他步上紅氈。幾十年來，我們在這項共識下，攜手前行。就像我們經常唱的二重唱。唱得雖然不是很好，但還能互相配合，把握默契。

婚前，我在中華日報當記者，出馬跑新聞的第一天，碰到的第一個同業就是他。這也許是緣。那時他在公論報，也是跑文教。

跑同一條路線，接觸的機會自然便多。閒聊間，發現兩人的價值觀念和對許多事物的看法都很接近。尤其興趣方面，愛唱福斯特的美國民謠和蘇格蘭、愛爾蘭那些優美動人的民謠，還有「世界名歌101首」裡溫馨雋永的小曲子。喜歡屠格涅夫的小說，喜歡徐志摩的詩和郁達夫的散文。

我們常常忘我地聊著、唱著，不知道從什麼時候開始，兩人漸漸地從一大羣文教記者中落單了。

兩人談天、唱歌的地方擴展到碧潭、植物園和淡水河邊，但去的最多的，還是大直的基隆河畔。那時基隆河還沒有受到污染，波光粼粼、碧水悠悠，河岸有草坪、有樹蔭。不像淡水河，水門之外，全是灰撲撲的水泥地，毫無情調。我們只要有空，便騎了腳踏車前去，坐在河邊看雲天、看水流。歌唱、談心，享受清風、草香，共同編織一個未來的美夢。

現代人提起婚姻，便聯想到經濟基礎。但在我們未來的夢裡，找不到金錢的影子。結婚時，我不知道他口袋有多少錢，他更不會過問我有沒有存款。只知道當我們的婚宴結束後，剩下的錢，只夠買兩張到高雄的單程火車票。當然也就不會有憧憬中的蜜月旅行了。

那時候，當記者的一年到頭沒有休假，好不容易有一個禮拜的婚假，卻又天天下雨。沒有地方可去，藤不知道從哪裡弄來一大疊風景明信片，我們便從巴黎的羅浮宮，走到米蘭歌劇院，再沿著萊茵河去尋找「羅蕾萊」的歌聲。神遊了一趟歐洲，度了一個最美、最浪漫的紙上蜜月！

公論報經常欠薪，但最大的德政是每個職員都分配到一個窩。儘管不大，總算有個棲身的地方。四個半榻榻米的房間，方方正正，衣櫥玄關除外，還有一扇大窗子。我們是邊間，佔地利之便，比別人多了一扇窗子。於是，自感得天獨厚，心滿意足。

可是，上帝是公平的，多給你一扇窗子，便得多擔待一些「風」險。心滿意足的日子過不了多久，一個颱風把我們的滿足感吹颳一光。靠邊的整堵牆倒塌了，裡面的竹片和泥土殘骸，躺在兩個榻榻米上，剩下的活動空間，只有兩疊半。晚上被褥一舖，連走路的地方都沒有。報館沒有錢清理，我們更無力善後。只好自求多福，和藤合力把泥土集中成一堆，帶著欣賞的心情，把它當作小山丘，天天過著青山伴我眠的日子。

不久，居然出現奇蹟，小山丘長出好些雜草，綠油油的，在牆縫的微風裡搖曳擺動。我好興奮。藤發完稿還帶了酒菜回來，點上燭光，在小山丘旁邊對酌，享受野餐的情趣。

三個孩子出生後，負擔日重，許多當年在基隆河畔做夢時想不到的問題，一一呈現在現實生活中。幸好都是一些微風細雨，我們常常拿出二重唱的共識，帶著小山丘旁對酌的心情去面對，雨過天晴之後，我們更珍惜所擁有的。

記得結婚前兩個禮拜，藤送請帖到一位長輩家，碰到自稱「鐵口李」的算命「票友」。他與我們素昧平生，卻很有興趣地拿起請帖端詳，之後，竟語不驚人死不休地斷言，我們兩人的名字犯冲，這段婚姻頂多只能維持四個月。

如今，四個月過去了，四年過去了，四十年也快來臨了，而我們兩人的二重唱，還是很有默契地和諧唱著。如果上蒼應允，我仍期望，期望這個二重唱繼續唱下去，再唱四個月、四年、四十年！

（1990年9月　文訊雜誌）

無價之寶

結婚四十多年，藤從來沒送過禮物給我。不過，這種說法對他又似乎不太公平。當他心血來潮時，偶然也曾買過一些東西給我。但在我的邏輯中，東西只是東西，唯有特定的節日或目的而贈送的，才算禮物。

藤說：「這就難了，錢不都在妳手中嗎？妳喜歡什麼去買就是啦！」

可是，在我心中又是另一種想法，自己買的和他送的就是不一樣。即使是同一個口袋掏出去的錢，只要是經他手買的，就算一本書、一張唱片，意義自有不同。

他二哥就不一樣。每年二嫂生日或結婚紀念，二哥一定不忘記送禮物，一塊衣料，一個皮包。有一次也是結婚四十周年，還送了一台電子琴，看得我好生羨慕！然而，藤還是那句老話：「錢在妳手中，自己買不就得啦！」原因是他永遠都記不住哪天是我的生日，哪天又是結婚紀念。

女人就是死心眼。說多了，他偶然也會頑石點頭。在街上看到我喜歡的小玩意兒時，亦不忘知會一下，要我自己去看、去買。

有一年，在香港一家精品店的櫥架上，看到一台小水晶鋼琴，半個巴掌大，小巧玲瓏，晶瑩剔透，那時台灣還沒有這種水晶小玩意兒進口。我看得癡迷，久久不忍遽去，他一再慫恿我買下。可是，一看價錢，我卻下不了決心。回到台灣我還念念不忘，甚至有點懊惱沒有當機立斷，買它回來。

每當我有此表示時，他都和平常一樣毫無反應，默不作聲。直到有一天，我打開裝飾櫃，準備擦拭那些陳列的小玩意兒，突然眼前一亮，那閃耀在燈光下的，不正是那台我朝思暮想的小水晶鋼琴嗎？它璀璨耀眼一如在精品店的櫥架上。我忘情地叫了起來。回頭看藤，他依然文風不動地埋頭在報紙中，假裝什麼都沒聽見、看見！

結婚四十周年快到時，我暗示他此生不可能再有第二個四十年，要他珍惜機會，給我一份有特別意義的紀念品。他又是那句老話：「錢在妳手中……」。

「不。」這次我斬釘截鐵地回答：「我要的是錢買不到的無價之寶。」

「無價之寶？那我可買不起！」

「你一定買得起，而且輕而易舉，只要你別惜墨如金就成了。」謎題點至此，就是呆瓜也能解。可是，他還是裝傻不吭氣。

結婚紀念眼看就到了，他仍舊如老僧入定，什麼動靜都沒有。我想這紀念禮物八成泡湯了。心裡雖有點失望甚至怨懟，但反正幾十年都如此過去，只好認命吧！

就在結婚周年的前夕，一份副刊剪報壓在我書桌的玻璃墊下。一看，呵，呆頭鵝總算開竅了！他為我寫了一篇「她，才是我太太」的稿子。這一份「無價之寶」讓我驚喜、感動，淚水快要奪眶而出。

看完全文，感覺卻像坐雲霄飛車，從飄飄然的高空直直落下來。這算是哪門子禮物?!他用他一貫嘻笑嘲諷的筆調，著著實實地把我調侃取笑個夠。他筆下的我，正如他所形容的：「憨厚、溫婉、粗心、糊塗、鹵莽，再加上忘性重……」我正準備興師問罪時，電話鈴響了，是他的好友打來的，當然是對他讚許有加。電話一通接一通，他的朋友、我的朋友，讚他不稀奇，還讚他筆下的我。我開始懷疑自己的鑑賞能力以及器量、風度。於是，自我檢討一番，發覺他所寫的雖不無根據，但也的確誇張了些。幸好知我者心中自有定論，不認識的讀者，看了也無妨，只好一笑置之。

正好這時我有一本散文集即將出版，求人不如求己，序文便用了他這篇現成的文章。沒想到所有看過此書的人，反映給我們的第一句話就是讚那篇序：幽默、風趣、生動、傳神……書中其他文章反而很少提及。我笑他簡直是喧賓奪主。

聖經說的是，施比受有福。他，送出一篇文章，得到如此回饋，真不是他始料所及的；而我，得到如此禮物，足夠我這輩子享用和「銘感」了！

（2000年2月22日　世界日報副刊）

冬天裡的春天

如果人生也像大自然，有春夏秋冬，晝夜晨昏，那麼，現在的我，正是進入日暮黃昏，隆冬歲末的當兒。可是，為什麼每當我和藤徜徉在夕照輝映的海邊，或是駕車穿越溫哥華廣袤平原時，活力又會悄悄地注入血液中，忘卻年齡，彷如回到年輕的歲月！

翻開一頁頁記憶，我人生的每一個片段，每一個季節，似乎都是令人回味的美好時光，即使是最困頓，最艱澀的日子，經過歲月的過濾、沉澱，一切都變得清澈澄明了。

在春花燦爛和夏葉繁茂的季節，成長、求學、就業、戀愛、結婚、生子，日子總是充滿新奇、挑戰、喜悅和甜蜜。等到孩子羽豐離巢、事業告一段落，又意味著秋天的成熟和收成，帶給我無限的滿足與喜樂。而今，我雖然臨到時序的末端，但冬日的沉潛與恬淡，卻令我彷彿進入人生的另一境界，心境充滿從未有過的平靜、美好、知足和感恩！

「弱水三千，我只取一瓢飲」，我對人生要求不多，生活的重擔，心頭的壓力，只要在心靈上有一點小小的補償和安慰，便心滿意足了。孩子的成長、懂事，是我生命中最大的回饋，也是我忘卻辛勞的原動力；藤常有出其不意的「奇招」，更是我精神的潤滑劑，使平淡的生活，充滿情趣！

當三個孩子還小時，繁瑣的家務，常常使我精疲力竭，只巴望他們熟睡之後，我能撿到一個酣覺。偏偏藤是個夜貓子，在報館發完稿，三不五時的帶消夜回來。兩人對著燭光，一杯酒，兩碟滷菜，可以聊到東方既白。要不，便在月明之夜，把我從熱被窩裡挖起來，到戶外賞月。我們邊打著哆嗦，邊哼著歌兒。這時，什麼寒冷、疲憊，早就不在我們意念中了。

一位朋友替我打抱不平的說：「你那另一半簡直有虐待狂嘛，虧你才受得了。換我，早就離婚啦！」。

她沒料到的是，每逢皓月當空的夜晚，我心中自然而然的有所期待，總會暗自巴望，盼藤能早點發完稿回來，別辜負了明月帶給我們的美意！

六年前來到溫哥華，我們已退休多年，雖然年齡和環境已不允許我們「輕狂」，但我們還是常常有「脫序」的演出，令孩子們擔心不已。我們最常做的事，便是到遊人較少的海邊去，坐在木椿上看天、看雲，看一望無際的大海。湛藍的天，連著澄碧的海水，遠處點點帆影飄來蕩去。我們常常看得發呆，忘記了說話。不過，即使無話，但一個眼神、一個微笑，都能心領神會，語言反而變成多餘了。

有一次，藤載我去遊車河，這是我們的最愛，也是最常做的事。車子馳騁在公路上，處處美景的溫哥華，已經是初冬時分，但兩旁繁華落盡的枯枝，挺拔地矗立在灰白的蒼穹下，另有一番風姿，帶點淒美，又不失其風骨。音響中流瀉出拉羅的「西班牙交響曲」，充滿浪漫風情的旋律，帶著我們回到年輕的歲月。這兩種不協調的情與景，似乎有著互補的作用，正是我們的心情寫照。我們兩人都像給催眠了，車子漫無目標的向前開，直至手機響起，孩子們打電話來追蹤，才驚覺天已向晚。

這不是唯一的一次「脫序」，雖然有點荒唐，但回味起來卻是甜美異常！

（2005年8月4日　中華日報副刊）

咱們探險去！

在溫哥華，我和藤都是閒雲野鶴。公事早已卸下肩，家事自有兒子、媳婦擔待。我倆整天無所事事，除了看書報、聽音樂，還是看書報、聽音樂。一天，藤突發奇想跟我說：「我們探險去！」

「探險？」對我來說，這個已成歷史名詞的idea，彷彿有一世紀那麼久遠；但聽起來還是滿刺激的。

說探險，當然是誇張的講法。在我們還未結婚的年輕歲月裡，兩人經常騎著鐵馬到處「探險」。不過，腳力所限，只能在臺北市的舊市區裡打轉；能探的「險」，也只有在基隆河和淡水河邊，還有那條跟河一般寬的新店「溪」畔，打打水漂兒，唱唱歌。要不，就是晚上我們在各自的報館發完稿後，相約到淡水河划小艇，如此而已。

再往前推的日子，那是我一個人的探險世界。在九歲、十歲的好奇年齡。常常會有初生之犢的勇氣。學校後面群山環繞的山塘，就是我的探險勝地。陰森森的叢林，山塘水鬼的傳說，對我都是致命吸引力。我經常一個人進進出出，只為探究那「林」深不知處的神秘。

可是，在溫哥華遼闊廣袤的大地上，年老體衰的我們能往哪兒探險去？在居住的白石市方圓數十里，海邊、公園、運動場，乃至社區與社區之間蓊茸的綠帶。凡開車或徒步能到的，我們都曾走遍，再也沒有探幽訪勝的新鮮感，更別說探險了。

「我們往北素里開去？」藤邊打方向盤邊說。

「到北素里要走King George Highway，你忘了孩子們一再交代你不能駛上高速公路的？」

「這有什麼嘛，在台北我還不是經常開高速公路？」

「這裡可是加拿大，車速快得飛也似的，冷不防便打後邊冒了上來。稍慢一些，還得忍受車後的喇叭聲！」

「放心啦，只要自已遵守交通規則，有什麼好怕的！」

「可是……」

藤像一個不聽話的小孩，他把油門一踩，往Highway飛馳而去。

由於事先沒準備，只是隨興上路，不敢走遠，只能在市區打轉。大大小小的商業區、住宅區逛過之後，藤似乎意猶未盡，不曾滿足他的癮頭。無奈在我聲聲催促下，終於心不甘，情不願的打道回府。

一路無話，誰知到了要進白石市的分岔路時，他突然往右一轉，直奔99號Freeway駛去。我大吃一驚：「你你……怎麼往溫哥華去了？」

「啊……？」他顯然也給自已的判斷嚇到了。「沒關係，咱們索性將錯就錯開到列治文或溫哥華探險去吧！」

他說得倒輕鬆！這條99號路可是Freeway，車速一百公里，比限速七十的Highway還快。路上車輛如風馳電掣，只見一條條蛟龍，矯捷的打身邊飛過，唰唰之聲不絕於耳，頗具威脅。尤有甚者，所有車輛都一副當仁不讓的樣子，你稍一遲疑，便賞你一聲喇叭，搞不好連中指都伸出車窗呢。

眼看太陽已隱向西邊，雖然四點才剛過，但天色已逐漸陰暗下來。溫哥華的冬日，白天就是這麼短暫。看著流水般飛快的車輛，卻又找不到一個可以調頭的交流道，我可是心急如焚。看看藤，一副穩如泰山的篤定樣子，我忍不住說話了：

「天黑啦，你還不想想辦法轉回家去！」

「既來之，則安之。既然老天爺要我們來到列治文，乾脆就先逛逛，然後找家餐廳，好好的吃一頓再回去！」

有新華埠之稱的列治文市，是中國商店雲集的地方，放眼望去，街頭盡是中文市招。尤其中國餐廳，簡直是三步一樓四步一閣，它業已取代了原有的「中國城」。幾乎每逢星期假日，我們闔家都會來這裡打打牙際，吃吃家鄉味。現在既然來了，那有空手入寶山之理？

這麼晚還不見我們回家，全家的焦急是可以想像的。在餐廳時，手機就已經響個不停，兩個女兒和兒子輪流關切，攪和得我們食不安席。

回得家來，一大家子全都等在起坐間，你一句，我一句，雖然盡是善意的關懷，我倆卻是有理說不清，像做錯事的孩子，只有聽的份兒。藤的自尊似乎有點兒受創了。一直沒開口的他，最後忍不住拋下一句話：「安啦！到列治文算什麼？當年在臺灣，從臺北到高雄我還不是照樣開？」

回房間之後，他像一個不服輸的老頑童，悄悄的，而又信心滿滿的向我開支票：「過些日子，我載你到西溫，到惠色勒，咱們探險去！」

（2004年6月17日　世界日報副刊）

鍾愛一生

我迷戀拉赫曼尼諾夫的「C小調第二號鋼琴協奏曲」，是從一齣電影開始的。那是四十年代伊始，在臺北市中山北路一家不起眼的電影院，我看了一部令我驚艷的影片，片名和劇情已不復記憶，只記得那個才氣縱橫的女鋼琴家，堅持自己的詮釋方式，反覆地彈奏這首樂曲，樂章中扣人心弦的旋律自此常常縈迴我腦海，直至現在。

那時我正值強說愁的年齡，又剛剛遠離生長的故土，心中充塞著太多不知名的愁緒，思友、懷鄉，還有些許情怯。這首如歌如詩，似訴似怨的協奏曲，剛好觸動我心靈深處，使我的感情得以宣洩。我找來這首樂曲的錄音，只要有時間，一天裡我可以不停地聽三遍五遍，兀自沉浸在它的抒情與感傷，以及我自己莫名的愁緒中。

從第一樂章八小節如鐘聲的序奏開始，接下去一串抑鬱中帶著些許甜美的音符，把我牽引到一個出神入化，優美而又浪漫的境界中，渾然忘我。但隨著年齡增長，我已漸能拋卻個人的感情因素，從甜美而憂傷的旋律，進入更深的層次；也從晦暗沉鬱的樂章，找到它深思的一面。於是，我真正地迷戀上它了。

有了對「第二號鋼琴協奏曲」的鍾愛，我循序找來他的「F小調第一號鋼琴協奏曲」、「D小調第三號鋼琴協奏曲」和「G小調第四號鋼琴協奏曲」。雖然「第三號」的評價似乎不在「第二號」之下，甚至凌駕，但我還是情有獨鍾我原來所愛。

有人說：拉赫曼尼諾夫的「第二號鋼琴協奏曲」是女性的最愛。也許是，也許不完全是。它的深情和纖細好像更易觸動女性的心弦，但據我所知，演奏此曲的男鋼琴家比女鋼琴家來得多，許多男士對它也鍾愛異常。

喜愛拉赫曼尼諾夫的音樂，像滾雪球。從他的四首鋼琴協奏曲到廿四首前奏曲、大提琴奏鳴曲到第二交響曲，都是我所愛。而那首充滿浪漫情懷和豐沛感情的「E小調第二首交響曲」，據說當年由普烈文擔綱指揮的倫敦交響樂團就曾在莫斯科演出時，感動聽眾乃至淚下。

也是從電影給人印象深刻的，是他的「帕格尼尼主題狂想曲」中的第十八主題，那個淒美而又羅曼蒂克的旋律，在「似曾相識」電影裡，每每出現於男女主角的愛情戲中，非常煽情。

拉赫曼尼諾夫是舊俄的貴族，革命之後，他遠適異邦，定居美國。雖然經常到歐洲各地旅行演奏，但一直未能返回故國，他胸臆中的思鄉情懷，感動了昔日年少的我，讓我終其一生迷戀他的音樂！

（2003年8月3日　世界日報副刊）

姑娘生來愛唱歌

有一首雲南民謠是這樣唱的：「姑娘我生來愛唱歌，一唱就是幾大籮……」。

我就是那個愛唱歌的姑娘——從小姑娘唱到大姑娘，再唱到老婆婆；幾十年來，我沒有停止過唱歌，我會唱的歌也真個有幾大籮。

歌唱是我的心靈愛人，我愛它一輩子，也相伴相隨了一輩子。

我會唱歌是從會說話開始的。當我還在咿咿呀呀，口齒不清的階段，便不時冒出一兩句姊姊從學校帶回的歌曲，什麼：「白日登山望烽火，黃昏飲馬傍交河……」、「蘇武牧羊北海邊，雪地又冰天，苦忍十九年……」，雖然含含混混，模糊不清，但從旋律的片片斷斷，多少可以辨識我是在唱歌，而且唱的是哪一首歌。

歌唱一直陪伴我成長。對唱歌，我是既執著而又需索無度。我雖然無緣接受音樂的科班教育，但只要我喜歡上哪一首歌曲，我一定鍥而不捨的找來歌譜，然後沒日沒夜的學它、唱它，直到學會為止。曾經有過好幾次，唱到姊姊們受不了，投降豎白旗才罷休。

巧的是結婚後的另一半，他的所愛也正是音樂。兩個歌唱「發燒友」湊在一起，獨樂樂不如眾樂樂，我們以二重唱的方式，合唱一些兩人共同喜愛的歌曲，偶然還邀請他的哥哥、嫂嫂加入。

最為我們百唱不厭的，就是那幾首溫馨雋永的愛爾蘭和英格蘭歌曲：「問我何由醉」、「秋夜吟」、「依然在我心深處」、「前夜」、「在幽暗中」。黃自的「本事」、「天倫歌」也是我們所愛。還有福斯特作的美國民謠「肯塔基老家」、「夢中佳人」、「金髮的珍妮」等。這些歌曲我們一唱再唱，到現在還能琅琅上口。

退休之後，我參加了兩個合唱團和詩班，更拜師學聲樂，一償我從小未遂的心願。從此，我歌唱的天地更寬更廣，我喜愛的歌曲也更多樣化。

定居溫哥華之後，我無視北美氣候的寒冷和路途的遙遠，也參加了兩個合唱團，並且繼續追隨聲樂老師學習。我非常珍惜這些得來不易的機會。自從加入歌唱的行列，不管是合唱團或聲樂課，我都是全勤出席，除非生病或赴外地。

曾經唱過的許多歌曲中，我特別喜愛世界各地的民謠。只因民謠最能表現獨特的民族風格，而且純樸自然，有親和力，能直接打動人心。唱它，就像跟他們一塊兒歡笑，一起走過苦難。我愛唱明朗活潑的蘇格蘭民謠「風鈴草」；我也常常被俄國民謠「伏爾加船伕曲」深沉晦澀的歌聲所感動。

也許是血濃於水，我尤其喜愛中國各地的民謠。幅員遼闊的神州大地，五十六個民族有各自不同的文化與傳統，表現在歌謠上，更是豐富多彩。輕快的新疆民謠唱出維吾爾兒女的熱情奔放。雲南民謠的似水柔情，在山對山、崖對崖的男女對唱中，流露無遺。陝北傳統的信天遊，那種濃郁的鄉土味，一唱，便能引起共鳴！

民謠固然是我的最愛，但藝術歌曲的意境和含蓄，以及表現在情感上的深邃細膩，更深獲我心。每當我心情鬱悶，舒伯特的「音樂頌An die Musik」便是我的良醫。聽男中音費雪狄斯考寬厚溫潤，充滿感情的聲音唱來，彷彿有股暖流注入心底，情緒得到撫慰和紓解。而卡瑞拉斯一曲義大利情歌「負心的人Core 'ngrato」，那種浪漫與深情，又會令人心繫神馳，縈迴難忘！

然而，歌劇中一些詠嘆調的華彩瑰麗，千迴百轉，又是另一種撼動心靈的力量。每次聽完女高音卡芭葉縹緲如輕煙的弱音，裊裊如縷，總令人低迴不已。而舒瓦茲珂芙的委婉柔軟，蘇莎蘭繚繞的花腔，那迷人的美，也有不可抗拒的魅力。年輕一輩的芙蕾明更成了我的新偶像，我到處搜尋她的專輯，從韓德爾到舒伯特，她那行雲流水，玲瓏剔透的歌聲，對音樂掌控自如的功力，在她的「舒伯特專輯」中那一首「夜與夢Nacht und Traume」，發揮得淋漓盡致！

這些年來，我從民謠唱到藝術歌曲，唱到歌劇詠嘆調，一首接一首。我像一個貪得無厭的孩子，迷失在浩如烟海的歌曲中，而忽略了高樓最重要的地基。我只求唱得痛快，唱得過癮，卻沒有多花工夫在基礎上。許多歌曲我似乎都會唱，卻又唱得不夠好。因此，縱然會唱的歌曲有幾大籮，但因基本功的不夠紮實，只能停留在「會」唱的階段。

不過，話又說回來，我本無意成為聲樂家，也自知不具備聲樂家的條件。只求在沒有壓力之下，唱得輕鬆自在，唱得快樂悠遊；與我的最愛相伴相隨，充份享受它帶給我的樂趣與滿足。這一切，又豈是好幾籮筐可以裝得了的！

（2004年7月12日　中華日報）

母親教我的歌

「當我年幼時，母親教我唱歌，在她慈祥的眼眸裡，隱約閃著淚光。如今我教我的孩子們唱這首難忘的歌，我辛酸的淚水，滴滴落在我憔悴的臉上！」

這是捷克作曲家德伏乍克的聯篇歌曲「吉普賽之歌」中的第四首。歌詞是捷克詩人赫圖克的詩，純樸中充滿感傷。有一年母親節我在教堂獻詩唱這首歌，唱到最後我幾乎歌不成聲。

我不知道我的哽咽是受了歌曲的感動，還是想起母親。可能兩者都有吧！

母親難得唱歌，但並不代表她不會唱歌。她常常吟詩，吟詠古人的詩，也吟詠自己作的詩。詩是她抒發情感的歌。因此，我敢說母親是喜歡唱歌的，只是在她那個年代，女人不作興引吭高歌而已。當然，她也就不可能教我唱歌了。

我聽過母親唯一的一首歌是：「搖搖搖，我的小寶寶，好好的睡一覺……」，想必她是從我家一張七十八轉的古老唱片上聽來的。我記得那首歌是一位與我同名的歌星「白麗珠」所唱，她沒有用那個時代的尖嗓子唱，全曲聽來低低柔柔，像母親撫摸的手那般溫暖、舒服。

母親唱這首歌是用哼的，更輕更柔。那是當她哄弟弟睡覺時才會哼。每當她哼唱時，眼中流動的滿足與幸福，令我至今難忘！這首歌對弟弟似乎有特別的安撫作用，小小年紀的他，竟也感受到母愛的撫慰和依戀，母親不哼，他就是不肯入睡。然而，自從弟弟三歲那年不幸罹病夭折後，母親便不曾再哼這歌了。「搖籃曲」的唱片也悄悄地從架子上消失。

這首歌影響了我，使我對搖籃曲有特別的偏愛，從耳熟能詳的布拉姆斯的搖籃曲：「快快睡，小寶貝，小床滿插玫瑰……」、舒伯特的：「快睡快睡，可愛的心肝寶貝……」，到那首曾經以為是莫札特作品，後來發現原是弗利斯的「搖籃曲」，我通通都十分喜愛。

不過，我最愛的還是法國作曲家郭大爾的歌劇「約斯蘭」中的「催眠曲」。這首聽似柔情萬種的催眠曲，據說對象是他所鍾愛的她。難怪如此溫柔，又如此深情了。但也有一說是一位長期受煎熬的母親，詠唱對孩子的期望。由於這齣歌劇當年演出不算成功，流傳下來的，只有這首詞曲動人的「催眠曲」，因此，真相如何，我手頭沒有資料，也無從得知。不過，無論如何，在我喜愛的歌曲中，這首歌曲是數一數二的。我最喜歡的版本是三大男高音之一的多明哥與小提琴泰斗帕爾曼合作的那張。帕爾曼的伴奏，溢滿弓弦之間的情意，似乎比歌者更深更濃！

還有一首佛瑞的「搖籃曲」也是我所愛的。我很納悶，創作過無數藝術歌曲的他，為何搖籃曲偏用小提琴與管絃樂協奏？也許我孤陋寡聞，說不定另有聲樂版本或其他器樂的版本。不過，我的感覺，小提琴似乎更能表現樂曲的優美和流暢。

結婚之後，和我一樣喜愛唱歌的藤，為我們的孩子「特製」了一首搖籃曲。他以那首膾炙人口的愛爾蘭民謠「Danny Boy」，填上他自己寫的詞：「我輕撫著你天真的笑臉，我細看著你靈活的小眼，我掬出了父母天性的摯愛，給予你這家裡最小的一員。我也曾受過同樣的愛撫，我也曾受過同樣的端詳，那是我父母所曾經賜予我的，當我還是家裡最小的一員！」這原是一首淒美而哀傷的情歌，但填上不一樣的歌詞，卻又有另一種的祥和與溫馨！

藤十分疼愛孩子，更喜歡哄孩子睡覺。於是，只要他有空，這個重責大任一定非他莫屬。每次看他用那雙大手溫柔地輕拍著小小的身軀；聽他用感情滿滿的聲音低唱這首歌時，我便有一種莫名的感動。這感動固然來自藤的專注，更是來自我心靈深處對母親唱搖籃曲的記憶。我常常因此無法抑制自己而淚下，就像去年母親節我站在教堂唱「母親教我的歌」時，突然觸動了那根心弦而哽咽一樣！

我們三個孩子都在藤的特製搖籃曲聲中長大，它就像我們家的傳統，我們的「家歌」。

孩子們成家之後，我不知道這首歌在他們心中是否仍有某種程度的喜愛和感動；在他們的記憶裡是否仍有一定的位置和份量。不過，有一次，我聽小外孫無意中唱起這首歌，我非常訝異的問他：「你怎麼也會唱這歌？」他帶點驕傲而又理所當然的回答：「你不知道嗎？這是媽媽的歌，是她教我們唱的！」

原來，這首我家傳統的「家歌」，也成了「母親教我的歌」了！

（2001年3月8日　世界日報副刊）

音樂‧心情‧大自然

一天之中，清晨是我心情最好的時刻。

我在窗外麻雀的對話中醒來，隔日的疲累和憂煩，早在長夜酣睡中煙消雲散，睜開眼睛的剎那，迎進滿室朝陽，給夜來黝暗的寢室帶來光和影，也帶給自己滿心愉悅。我知道，這天將有一個晴好的天氣；我，也將有一個全新的我，以及愉快的一天！

好天氣帶來好心情。一首義大利歌曲是這樣唱的：「黑暗將逝，黎明已來臨，日光照耀，大地放光明……」那是雷昂卡發洛的「黎明已來臨Mattinata」是我最愛的歌曲之一。喜歡它不只是因為詞曲優美動聽，最主要的，它是一首歌頌清晨的歌曲，活潑清新，充滿朝氣，令人感到陽光的招手，大自然的呼喚。尤其在帕瓦洛第穿透雲天的歌聲中，感受格外強烈。

可是，今早醒來，窗外灰濛濛，室內也仍一片昏暗，沒有我期待的金光跳躍。朝陽隱沒在厚厚的雲層中。泫然欲泣的天色告訴我，今天即使不下雨，也將是一個陰霾天。我的心情不期然輕敷上灰暗色調。

這一陣子，一波接一波的滯留鋒、雲雨帶什麼的，我每早醒來都在盼望那躍進眼簾的第一道金陽，好帶來一天的好心情。

換了從前，接下一個壞心情之後，很難把它甩開，走過哀樂中年，臨到恬淡無欲的將老心境，總會有很多為自己紓解、調整心情的管道。

比如今天吧，我試著換一件鮮桔色的毛衣，配上黑色長裙，讓明亮的暖色把陽光帶至心內。小時候我家對門的小洋房，就有一堵亮黃色的牆壁，配上秋香色的屋頂，不管天雨天晴，都令人感覺與陽光同在。就像梵谷常用的色彩，永遠燃燒著熱情與生命！天氣不好時，我常常佇在窗口，感受那一片如陽光的亮麗和溫煦！

前不久的一個陰霾天，我正想不出用什麼方法來調整心情，朋友來電約我喝下午茶。室內暖柔的燈光，隔絕了外面的陰冷，當那盅命名「彩虹」的飲料端來，更給我帶來驚喜。奇異果的碧綠，柳橙的鮮黃，加上西瓜的艷紅，在長頸玻璃杯的晶瑩中，層次分明的透出一道彩虹，雖然只是點到為止，卻已給了我雨過天晴的喜悅！

一位朋友說，當她心情不好時，她用唱歌來抒發。我便沒有這等道行，我唱歌時，一定是心裡最快樂的時刻，心情欠佳，連話都不想說，別說唱歌了。

例外的一次，我無故遭一位好友的誤解，心裡的委屈、難過，令我沮喪。我坐在案前，信手翻到舒伯特的「音樂頌An die Musik」，唱著唱著：「偉大的音樂，正當那陰暗的時光，我絆倒在人海狂瀾深處，是你復活了我那疲憊的心靈，使我解脫一切世俗的煩惱，恢復了我的力量和自信心……」我一遍又一遍的唱，唱到淚流滿面，最後幾乎是哽咽著唱的。音樂感動了我，安慰了我，也鼓舞了我。這首歌似乎是為當時的我而寫。為什麼在二百年前舒伯特便洞燭我現在的心境？倏地，像撥雲見日，蔽翳盡散，我胸臆中一片澄明。終於，我走出陰霾，重又找回陽光！

「心情」很抽象，也很微妙，它的變化往往就在一念之間，音樂便是轉換心情的靈丹妙藥。

當我的情緒處於低潮時，我常常藉音樂來調適。不過，我不會選柴可夫斯基的交響曲，他的「悲愴」也好，「第五號」也好，陰鬱的氣氛只會把你的心情拽向谷底。拉赫曼尼諾夫也不適合，他承襲了俄羅斯音樂憂傷的風格，某些曲子沉鬱得化不開，令人有喘不過氣來的感覺。雖然這兩位大師的作品，都是我的最愛，但我寧願選一個心平氣和的時候聽它。這個時候，我多半會選孟德爾頌，在「義大利交響曲」中，我彷彿嗅到南歐燦爛陽光的氣味，恣意的享受晴天碧空帶來的歡愉；「芬格爾岩洞序曲」又帶我走到另一個孤獨的小島，面對四周環繞的無垠大海，強風、巨浪和海鳥的鳴唱，天籟和音樂已融為一體。難怪連華格納都讚美他是描寫大自然風光的音樂家。音樂與大自然的力量，撫平我浮動的情緒，帶領我走過心情的低谷，重拾信心。當我進入他們的音樂世界，漫步空靈超凡的意境中，漸漸的，自己也像不食人間煙火的精靈，心境澄明平靜，塵世的喜怒哀樂，紛紛擾擾，全都摒除在意念之外了。

（1995年6月16日　中央日報副刊）

春城無處不飛花

現代人的生活，越來越離不開音樂了。你有沒有計算過，從大清早鬧鐘的音樂鈴響起那一刻開始，你的這一天，要給多少音樂重重包圍著。

打開廣播或電視，音樂是一定少不了的；鑽進公車、計程車，音樂也如影隨形。商店、百貨公司、餐廳、速食店、美容院、車站、機場，到處音樂飄送。休閒時也自投羅網，把自己一頭栽進卡拉OK或KTV的漩渦中。

國家有國歌，學校有校歌，電臺有臺聲；廣告有歌，電影有歌，連續劇有主題歌，連公司打烊也有晚安曲。乍看之下，好像大家都有耳福了。但耳朵是不關門的，這些震盪在四面八方，品質良莠不齊的音樂，不管令人心曠神怡也好，心煩氣躁也好，你都得照單全收，別無選擇。

比起其他藝術，音樂的感染力是如此的直接。當你感受到音樂的存在時，已經身受它的影響了。

人的一生中，要接觸多少音樂是數也數不清的。但大多數音樂都如春風拂面，聽過就算，也不會與它發生任何牽連瓜葛。

有一些音樂卻是與我們關係密切，甚至終生難忘的。

媽媽對寶寶唱搖籃曲，是你來到這個「音樂」人間所接的第一招。在充滿愛的溫柔輕唱中，情緒得到紓解。不安、哭鬧漸漸靜止，於是酣然入睡夢。

生日快樂歌，一生伴隨你好幾十次。當歌聲唱起那一刻，你會虛榮的自以為這歌是作曲者特地為你而寫。

驪歌的情緒比較複雜，在感傷中夾雜著興奮和期待。也是人生過程中不容易忘記的一首歌曲。

最難忘和最快樂的，大概是結婚進行曲了，在樂聲中，挽著你心愛的人，那種寫在臉上的喜悅和滿足，彷彿昭告天下：「我們從此將過著幸福美滿的生活！」

聰明的人，看準了音樂對人們的影響力，常常運用音樂傳達感情，左右情緒，甚至用音樂完成人力無法做到的事，結果證明效力彰顯。宗教是最明顯的例子。要是沒有許多聖樂和讚美詩，宗教感人的力量勢必削弱一半。古今中外，有許多音樂家投入宗教音樂，譜出許多神聖不朽的動人樂章，即使非教徒聽了，也會情不自禁的深受感動。

音樂是激勵民心和打擊敵人的最佳武器。大家最熟悉的，就是法國革命時著名的「馬賽進行曲」。它使法國的國運，從此進入一個新的里程碑。和法國一樣，中國的抗戰歌曲，也是有一股不可抵擋的震懾力量。它激勵全國軍民的心，團結一致，敵愾同仇，爭取到最後勝利。難怪有人說，抗戰勝利是唱出來的。

還有利用音樂安撫病人的情緒，甚至治療疾病，促使乳牛乳量增多，都是令人不可思議，又事實俱在的。

當然，並非所有音樂都是正面的，我們應該欣賞自己喜愛的、有格調的音樂，使生活過得更充實，更愉快。

（1992年10月15日　國語日報）

蕭邦・故國情

沒有一首樂曲能如此打動我的心絃——「蕭邦的E小調第一號鋼琴協奏曲」，第一次聽它，便有他鄉遇故知的驚喜。這感覺從何而來，我不知道。也許是蕭邦的樂曲親和力強；更多一點是來自他內心深處某種情緒的感染。撼動之餘，便一聽鍾情了。

在我還買不起音響的那個年月，我只有守在桌上唯一的小收音機旁邊，耐心的等待電臺的古典音樂節目不知何時會有它的出現。在渴念中，我特地跑到唱片行買回我擁有的第一張唱片，就是這張蕭邦的協奏曲，黑膠三十三轉，大師魯賓斯坦演奏的。說不出的興奮心情，雖然還沒能給它一個發揮空間的實體，但擁有它，心靈也就彷彿有了旋律。

雖然蕭邦這首「第一號鋼琴協奏曲」，在他的作品中不算是最成功的，人們在評價上，甚至認為還不如他的「F小調第二號鋼琴協奏曲」。但我還是情有獨鍾。以一個愛樂者的純欣賞來說，對樂曲的喜愛是主觀的，見仁見智的。聽它，能撫平我易感而波動的情緒；聽它，也能疏導深藏我心中一些找不到出口的感情。即使這樣，我已滿足！

在我的感覺，蕭邦的「E小調第一號鋼琴協奏曲」，正如另一首也是我所醉心的拉哈曼尼諾夫的「C小調第二號鋼琴協奏曲」一樣，在浪漫、詩情中，隱約透著一份悽悽悒悒的淡淡鄉愁。想來，蕭邦早年遠離異族入侵的故國，就是帶著這種心情而去的，跟自我放逐他鄉的拉哈曼尼諾夫相似，胸臆間充滿思念故國的情懷！

想我剛聽這些樂曲的當年，正是我從故土連根拔起的青少年時代。那個多愁善感的年齡，移植在水土不服的異鄉，思戀家園和故人之情，格外深切，格外牽牽絆絆，難怪心靈深處總是隱藏著一份揮不去的愁緒。而音樂家出自心靈的深邃感情和豐富流動的旋律，牽引著我，也牽引著那份不知名的愁緒，得以盡情的宣洩、釋放！

而今，在我日薄西山之年，再次連根拔起，從我的第二故鄉——臺灣遷居加拿大，與故土遙隔何止千里萬里，鄉愁也就更深更濃了。此時，聆聽蕭邦的「E小調第一號鋼琴協奏曲」也好，拉哈曼尼諾夫的「C小調第二號鋼琴協奏曲」也好，這兩首不同風格，卻有著共同的情懷的樂曲，也正好紓解我和許許多多遊子的思鄉之情！

（世界日報藝文采風）

乘著樂音的翅膀

從我還分不清什麼是通俗音樂，什麼又是嚴肅音樂的年齡，我就毫無理由地愛上了古典樂曲。我們家沒有音樂淵源，也缺少音樂氣氛，唯一跟音樂扯得上關係的，便是一部手搖的留聲機。十來張七十八轉的唱片中，有二〇年代的流行歌，如王人美、黎莉莉等唱的「特別快車」、「桃花江」之類，有金少山的京曲「霸王別姬」，也有廣東大戲「卓文君白頭吟」。七、八歲的我，卻統統不愛，只對那張舒伯特的「小夜曲」和舒曼的「夢幻曲」情有獨鍾，百聽不厭。聽著聽著，到後來唱片的溝紋都快給磨平了。

唸小學時，母親剛好擔任校長職務，我跟著她住在學校。小學有一台風琴，課餘便成了我唯一抒發愛樂之情的對象。我不會彈琴，只有用笨拙的小手，把唱過聽過的音符，生澀地按在琴鍵上，卻也自得其樂，滿足我的音樂慾。

結婚之後買的第一台五燈真空管收音機，成了我的至寶，我總算有了一個親近音樂的管道。而且由我主控，我可以隨心所欲地把所有電台的古典音樂節目，製成一張表，按時收聽，一個不漏。

那時，中廣公司的古典音樂點播，便是我必聽的節目。

從電台的音樂節目中，我聆賞的曲目更廣泛，終日悠遊諸大師的作品中，不亦樂乎。偶然還參加節目舉辦的音樂猜謎，我記得，我曾獲得的最大獎項，是正聲公司贈送的全套普西尼歌劇「波希米亞人」，三十三轉的唱片，一共三張。

聽音樂的經驗累積下來，我有了自己的愛好與選擇。這時，電台播放的音樂我已不想照單全收了。我要聽自己所愛聽的。於是，陸續有了電唱機、音響。唱片更是從三十三轉硬質的、塑膠的，到錄音帶、CD，加起來總數要超過四位數。

我只是個普通的愛樂者，不是「聽」家，對收聽音樂的工具不會要求太高。固然好的音響，更能提升聲音的質感、層次和震撼力，但卻無損於音樂本身感人的力量。因此，只要有一部過得去的音響，對我來說，已經心滿意足了。

不過，我倒很在意音樂會的臨場感。在現場聆賞，你可以直接感受到音樂撼動心靈的力量，尤其聽交響樂或協奏曲的感受特別強烈。如果是室內樂或聲樂，又彷彿能與台上的他們心靈相通、感情互動。而會場上的氣氛和聽眾的反應，在在都不是罐頭音樂所能給予的。因此在台北，好的音樂會我一定不會放過。遺憾的是，來到溫哥華之後，由於路遠，自己又不會開車，這種享受已大大的減少了。

在家中，我聽音樂常常是隨著心情選樂曲，但有時也會特意讓音樂來改變情緒。身處異國，心裡常會升起一股莫名的愁緒，說是鄉愁也好，思友之情也對，這時候我會聽拉赫曼尼諾夫的第二號鋼琴協奏曲，這是我最愛，也是聽得最多的樂曲，憂鬱、哀傷，卻又異常的抒情。它牽動我的愁絲，隨著樂章的進行，得以宣洩。但有時我卻寧可聽莫扎特或孟德爾遜，讓流暢明朗的旋律，領我進入另一個境界，彷如有股歡欣、樂觀的力量注入心靈，心情豁然開朗。

我聽音樂是全天候的，帶孩子聽，做家事聽，寫稿也聽，睡前沒有音樂無法入夢。這時，音樂是營造氣氛，是放鬆心情，是催眠曲，常常只在耳邊飄過，不會全心全意去聽。但是，偶然也會「擦槍走火」，聽著聽著，有時竟進入情況，以致飯糊菜焦，或者想要催眠反而失眠了。

每天，我會另撥一個時段，讓自己真正的「聽」音樂，也許在午後休息的時間，或是晚上的睡前。我敞開心靈，盡情馳騁在音樂的國度中；我放縱感覺，恣意沉醉在旋律的醇醪裡。這時，我感到生命是如此的豐盈、如此的充實。人生還有什麼比乘著樂音的翅膀翱翔更逍遙，更自得的！

（2000年2月18日　世界日報副刊）

追夢

小時候我喜歡做夢，做得最多的是作家夢。可能與我從小愛看「閒書」有關。我一向患有文字饑渴症，任何片紙隻字到了我手裡都是寶，半張包東西的報紙、一片殘缺的書頁，都能吸引我，都能讀得津津有味。

抗戰期間，從廣州市逃難回家鄉蕉嶺縣，我才剛進小學。窮鄉僻壤沒有適當的兒童讀物，那段求知若渴的年齡，家裡現成的章回小說便成了我療饑止渴的良藥。「七俠五義」、「包公奇案」、「薛仁貴征東」、「薛丁山征西」、「平山冷燕」、「再生緣」、「筆生花」……乃至「紅樓夢」、「聊齋」這些文學經典，也一概生吞活剝，不管能否消化，吸收多少，照樣耽溺其中。

直到五、六年級，才從一位愛書的陳稼生老師處接觸到新文學。於是，徐志摩、冰心、廬隱、老舍、巴金等文學大師又成為我的新偶像。崇拜之餘，小小心靈從此有了「夢」，幻想自己有朝一日也能像他們一樣，提筆成為作家。

打從小學六年級，陳老師在我一篇自由命題的作文中，選了一首短詩「寂寞的雲」，投到梅縣「中山日報」副刊，居然躋身在諸多成人作品中刊登出來。之後，我的作家夢做得更香更濃了。

中學之後，我的最愛轉變為翻譯小說，哈代、羅曼羅蘭、福樓拜爾、屠格涅夫、托爾斯泰，全是我心中的神。那時，抗戰剛勝利，我們復員回到廣州，學校圖書館藏書有限，只好到租書店找尋，或在假日、課後跑到書店「打書釘」。

不過，隨著年齡的增長，看多了文學巨擘的力作，眼高手低，反而膽怯不敢輕舉妄動，甚至連夢也不敢做了。

一九四九年我隨父母到了臺灣，進入「中華日報社」當記者。在我潛意識裡，以為這樣同屬文字工作，會更接近夢想的實現，是「作家夢」的踏腳石。等真正投身其中，才發現並不盡然。

原來，創作和報導是不同一國的。雖然一樣運用文字，然而，創作是透過文字傳達自己的思想、感情和理念，天馬行空，隨意揮灑。報導則是做橋樑的工作，「我」只能作一名旁述者。

這其間的差別，在我心中一直無法平衡。

不過，一段時日之後，我逐漸有了一點體認，記者的「新聞鼻」，不但可以訓練「嗅覺」的敏銳，也能對事物的觀察和判斷，有一定程度的提昇。對以後的寫作，不無幫助。這一發現，令我茅塞頓開，心中了然！

真正投入創作是在我結婚生子，退出記者行列之後。我的第一篇散文「鋼筆」，刊載在一本文藝性的雜誌「文藝春秋月刊」上。

其後數十年的筆耕生涯，雖然不算辛勤，倒也有脈絡可循。卅二歲之前以寫散文為多，其中也寫一些短篇小說；四十歲開始固定為「臺灣新生報」、「徵信新聞」（「中國時報」前身）以及「大華晚報」等家庭版撰寫專欄。一方面也重作馮婦在「家庭月刊」雜誌擔任編輯，再度執筆寫報導文章。

直至從雜誌社退休之後，才又重拾鏽筆，回到散文創作的路上。這期間，我先後出版了「廚房外的天地」、「幸福的時光」、「拙婦」、「誤把櫻花作桃花」、「不同軌道的列車」及「人生有歌」等六本書。其中五本散文，一本短篇小說。

有人說，寫作是條寂寞的路，耐不住孤寂的人是無法走下去的。真的，我做「作家夢」的當年，無從體會，及至自己拿起筆，才真正有所感受：當靈感來臨，只有孤獨上路，才能放縱你的思維，任它無拘無束，揮灑自如；當夜闌人靜，熒熒孤燈下，奮筆疾書時，也只有寂寞相隨，才能享受到暢所欲言那種淋灕盡致的快感！這種孤寂換取的代價，唯有過來人更能體會和珍惜！

（2000年12月7日　新生報副刊）

此處不留爺，自有留爺處

也許我的運氣較佳，也許當年分食副刊園地這塊大餅的人沒那麼多，爬格子以來，我遭遇退稿這檔子事的機率倒不算頂頻仍。

不常給退稿，並不意味沒給退過稿。即使只有那麼一兩次，心情都是同樣沮喪，同樣不是滋味。每當打開信箱，最不願看到的就是那個去了又回，厚厚重重的信封，掂起來特別沉甸甸的，簡直把一顆心也給拽了下去。印有報社頭銜的專用封套，有如死亡宣判書，希望死了，自信心也死了，絕望得幾乎沒有勇氣去面對明天。

但人總是健忘的，當明天來臨，一切自會煙消雲散。情緒平復了，自信心也回來了。取出退稿，字斟句酌，修修改改，打扮一番之後，貼上郵票，再送上另一個旅程，又將是一個新希望的燃起——不，應該說，一個漫長緊張等待的開始。

等待的心情，是另一種不同的滋味。分秒難捱，任何風吹草動都會虛驚一場。碰到快手的編輯，快刀斬亂麻，不管好歹速戰速決，日子還好過些；如果遇上慢郎中，在等待的分分秒秒，一顆心老懸在半空，不死不活，那才教人難受！當年「中央日報」的孫如陵主編是把快手，他認稿不認人，給他退稿太多的作者，管他叫「快」子手。他處理稿件非常明快，該登該退，不出一周便見分曉。假使作者超過「危險期」未見作品璧還，那麼，你便吃了定心丸啦！

時至今日，某些報紙處理稿件的方式，已改進許多，當他認可你的文章，便盡快知會你，免得你受引頸企盼的活罪，作法比較「人道」。他們雖然聲明不退回稿件，但如作者特別要求或附回郵信封，還是會遵照辦理。不過，現在許多作者採用email方式投遞，來去無踪，也無從退起。這種不著痕跡的做法，倒也乾淨俐落。

猶記四、五十年代，也就是我初習寫作的那個年月，光是台北的日晚報加起來怕沒有十家以上。副刊更是，除了純文藝，還有其他各種性質的，加上地方報紙，天寬地闊。投稿人優遊其間，希望無窮。因此，稿子打回票，也不致沒有出頭天之日。正所謂「此處不留爺，自有留爺處」，除非你是個死心眼，偏愛在某個特定的刊物發表。

那時候的副刊，小說似乎較吃香。所有副刊都有連載中或長篇小說，版面上最顯目的頭條，也非短篇小說莫屬。十年河東，十年河西，曾幾何時，隨著時代腳步的加快，讀者的口味也改變了。風水輪流轉的結果，字數冗長的小說不若短小精悍的散文受歡迎。在小說打入冷宮後，有小小說、極短篇之類的短文應運而生。隨著副刊走向的改變，文章的風格、內容，甚至行文也起了不小的變化。

就在這個時候，我因在雜誌社任職，終日與文字為伍，而得了寫作倦怠症。退休之後，本有大把工夫可以漫遊方格子之間，但我反而把興趣轉向音樂。我不但對音樂癡迷，甚至還縱身入海，學習起聲樂以及加入合唱團，終日沉緬在音符、旋律中。寫作的事，早就撂在一旁，難得一顧了，一些文藝界的好友常說我不務正業，走火入魔。

天地良心，說寫作是我的「正業」，也未免太抬舉我，充其量我只能算是愛好者而已。何況，當傳播媒體走向電子化之際，報紙副刊的大餅越來越小，而投向寫作的人反而越來越多。既然長江後浪推前浪，投稿者人才輩出，我何不樂得當個識時務的人。否則，接到的退稿太多時，已經無「處」可留「爺」了！

（2003年4月2日　世界日報副刊）

爬格子遊戲

每個走上寫作之途的人，剛開始，幾乎都是單純為興趣提筆；要不，就是懷有一份使命感而寫，甚至把寫作奉為神聖不可褻瀆的理想。至於有沒有稿費，那是連想都不屑去想的問題。

寫著寫著，漸漸發現稿費實質的鼓勵，似乎遠比抽象的「興趣」和「使命」來得可貴，來得誘人。於是，不知不覺地，便把寫作的目標定位在稿費上。有了這種連自己都意想不到的轉變，自然就沒有人會回過頭去再唱「純享受寫作樂趣而不談稿酬」的高調了。

我提筆的當初也不例外，我是懷著一份近乎虔敬的心情，以及美麗的憧憬才走上這條路的。雖然不敢說有什麼崇高的理想或抱負，至少是為了興趣，為了「我有話要說」而寫。

沒想到自從當家主事，飽受生活的俗務瑣事煩擾之後，才倏地發現，稿費縱使不能成什麼氣候，卻也是一筆不無小補的收入，尤其遇到青黃不接或有不時之需時，起碼可以解一解燃眉之急。從此，我對寫作的目的就有了不大不小的轉變，稿費也成了稿子投出去後的一個希望、一個企盼了！

中國文人一向自命清高，看不起金錢，我不幸或多或少也感染了這種毛病。對於自己的轉變，有時不免會自責、會慚愧。然而，當面對現實時，卻又不得不承認，這畢竟是件無可奈何的事！

那時，我因為孩子的出生，辭去報社的工作，列為沒有收入的「家管」，而藤的報館又不景氣，經常欠薪，發薪水變為一年三節的大事，養家活口的指望，只好落在稿費上。靠著我們這兩支筆，居然也捱過一段短暫的過渡期。

我將寫作的出發點兵分兩路：一路是純過癮，為寫作而寫作，寫我思我感，寫一切我想寫的；一路是為稿費而寫，化個什麼筆名，隨別人的高興，點什麼菜，我上什麼菜，寫別人要我寫的。

我們的書桌是接力賽的跑道，桌燈長明。在熒熒孤燈下，常常是白天我伏案疾書，深夜則輪到藤披掛上陣。還好那時只有老大一個孩子，更慶幸的是她還算滿乖滿靜的。

當孩子小一點的時候，把她放在小床，一瓶奶，幾件玩具，便能自得其樂的過好半天，隨我在書桌寫多久，她都不哭不鬧。可是，到了學爬學說時，她卻不甘屈就在四周欄柵侷促的小床了。我只好放她在我的椅後，讓她也參與我的爬格子遊戲。

她站在我背後，一雙小手圍著我的脖子。興趣來時，她跟我搶紙搶筆；鬧夠了，偶爾也怡然自得的拉開嗓門唱自己編的歌。有時候，等我寫倦了，驀然回首，才驚覺分外安靜的孩子，竟仆在我的背後睡著了。

那段日子，回想起來似乎還透著幾許辛酸。但在當時，也許還年輕吧，反而覺得有一份樂在其中的悠遊情趣。不過，那種日子不算長，等老二老么相繼加入我們之後，情形便大為改觀，我業已失去享受「忙碌中的自在」的樂趣了。寫稿成為家事、奶瓶、尿布混戰中另一個戰場，我必須利用孩子睡覺的時間「搶」著寫。在這種狼狽艱辛的情況下，產量自然銳減。相對的，稿費收入也大打折扣。

幸虧藤很快換了工作。有了固定的薪資，稿費算是外快，降為可有可無的收入。怪的是，既已不必為稿費爬格子，寫作反而像失去了目標，連當年為興趣而寫的那股熱勁，也似乎一併消失，有時候甚至寧願自己是個不識之無的文盲。這一點，大概跟我後來在雜誌社擔任撰稿的工作有關，經年累月的寫，在文字不斷的壓力下，我於是得了這種後遺症。

我天生沒有數字頭腦，不擅理財。寫稿以來，稿費的收入，都是零星進來，零碎支出，從來不曾做過有計畫的運用，更不會想到未雨綢繆，儲存起來。往往拿到稿費，不是混在家用項下用掉，就是帶孩子們出去吃吃玩玩，花掉算數。因為在我這個沒有金錢概念的腦袋中，錢賺來就是要花的，既然寫稿是一格一格的爬得辛苦，用的時候就該花得痛快，在花錢的樂趣中，辛勞似乎也就得到了補償，不是嗎？

（1988年11月24日　大華晚報）

進入忘我的境界

如果我說，我最少有十年以上沒進過電影院，你也許會說，有啥稀奇。但如果我告訴你，當我年輕時曾經是超級影迷，不但有過一天趕三場電影的紀錄，甚至像「亂世佳人」這種超級長片，我可以連看三場，而且回家還做筆記！民國卅八年從廣州來台，箱子裡放的不是衣物，而是一本本電影畫報。這種對電影死忠的影迷，何以淪落到十年不跨進電影院的地步？

原因是時下的電影，對我胃口的可以說太少、太少了。

年輕時我雖曾是影迷，但對電影卻有太多的「不看」。譬如胡鬧的喜劇不看，脫離現實的科幻、武俠片不看，殘暴的動作打鬥片不看，慘烈殘酷的戰爭片更不看。除了文藝片還是文藝片。最愛的是音樂文藝片，尤其是名著改編的愛情片或倫理片。

音樂片中，以音樂家的傳記最得我心，像描述蕭邦與喬治桑惺惺相惜的「一曲難忘」，舒曼與克拉拉愛得天長地久、刻骨銘心的「艷曲凡心」，李斯特與俄國女伯爵一段沒有結果的愛情「一曲相思未了情」，小約翰史特勞斯與著名女歌唱家浪漫維也納森林之旅的「翠堤春曉」，帕格尼尼的傳奇故事「劍膽琴心」，莫扎特坎坷一生的「阿瑪迪斯」等等音樂大師的際遇，這些扣人心弦的電影深印我腦海，即使過了十年、廿年，甚至半個世紀都仍記憶猶新。

名著改編的文藝片如白朗特姊妹的「魂歸離恨天」，狄更斯的「雙城記」、「塊肉餘生」；托爾斯泰的「戰爭與和平」，福樓拜的「包法利夫人」，哈代的「黛絲結娘」，杜斯妥也夫斯基的「卡拉馬助夫兄弟們」，巴斯特納克的「齊瓦哥醫生」，褚威格的「一個陌生女子的來信」，海明威的「戰地春夢」、「戰地鐘聲」，霍桑的「紅字」——有些是先看電影再去找小說，但多半是先讀過小說才看電影的。

在我印象中，最忠於原著的莫過於「飄」改編的「亂世佳人」了。你幾乎可以從書中看到電影的某一場景，或是從電影的畫面尋覓出書中的章節。而片中幾位重要人物彷彿活自書中，如費雯麗的郝思嘉、克拉克蓋博的白瑞德、奧莉薇德夏蕙蘭的韓媚蘭、李斯禮荷霍的衛希禮，都不作第二人想。

電影看多了，看小說時，對書中主角的代言人，心裡不免悄悄地自有主張。我看「一個陌生女子的來信」時，就把書中那個小說家的角色派給路易斯喬登。因為他在「巫山雲」中的音樂家，表現出非常相似的魅力，後來果如我所料的改編為電影，男主角也果如我所料的選擇了路易斯喬登。可惜電影拍得不甚成功，角色的發揮也打了折扣，令我萬分失望！

還有一部令我徹底失望的電影「除卻巫山不是雲」，改編自風靡一時的小說「琥珀」。我看小說時，曾期待電影的出現將會成為「亂世佳人」第二，甚至超越。可是，看過之後，已把它歸類為第三流了。

電影也罷，小說也罷，令人癡迷的，除了故事的架構，角色的掌握，氣氛的營造之外，當然還有許多專業的手法和技巧，才能提升藝術的層次，帶領人們進入一個跳脫時空、渾然忘我的境界。如果能在其中體驗人生的甜酸苦辣、喜怒哀樂之外，更能參透生離死別的無常，進而有所超脫，那真是娛樂之餘的另一收穫了！

（2000年3月24日　世界日報副刊）

【散文】輯三：生活情趣

魅力溫哥華

韋瓦第（Vivaldi）有一首傳世的小提琴協奏曲「四季」，每次聽它，心情都不由自主隨著曲中季節的轉換而變化。來到四季分明的溫哥華，體會更深，真實生活中對春夏秋冬的遞嬗，感受也更真切。

溫哥華景色之美，只要來過的人都會給予肯定，它的春花秋葉、夏月冬雪各有其風韻。

溫哥華的春天，常常使人有一覺夢醒大地復甦的驚喜。時序是一個奇妙的推手，嚴冬的腳步才剛離開，毫無預警地，樹木枝頭的嫩芽便抖動在料峭的春寒中了；強韌的生機也讓人感受到天地之間滿滿的生命力！

春花，是溫哥華魅力的最佳呈現。迎春、杜鵑、石楠、櫻花、鬱金香……都迫不及待的一叢叢、一簇簇爭先恐後展示風姿。它們像要竭盡生命，燦開枝頭。無論你身在何處，周遭總有姹紫嫣紅、花團錦簇，像是給人注入了一劑青春泉源！

如果說春花是溫哥華的魅力，那麼，秋葉便是加拿大令人魂牽夢縈的所在了。加拿大景色之所以迷人，林木森森是一大功臣。樹叢又是秋葉的母體，時序進入初秋，滿山遍野，星羅棋布，像調色盤，灑滿綠、黃、橙、紅，深深淺淺，比花更繽紛，更醉人！置身其間，令人不忍遽去。

楓葉是加拿大的象徵。它紅得濃艷，紅得壯烈，從醉紅而暗紅，然後殞落，有點捨我其誰的悲壯，令人憐惜而又肅然起敬！我常常拾起一片片掉落的楓葉，壓在案頭，夾在書中，陪伴我到明秋楓葉再紅的時候。

溫哥華的冬天就是雨多，綿綿不斷的大雨小雨下個不停，不下雨的時候也總是烏雲蓋頂，滿天昏暗。看著老天滿臉愁雲慘霧，加上周遭繁華落盡的花木，枯槁著容顏，光禿著枝椏，瑟縮在寒風中，透著一股蒼涼肅殺。此情此景常常會使人毫無由來的心情低落，悲從中來！

然而，不知道那一天，當一覺醒來，拉起窗帘的剎那，大地一片潔白，雪，就這樣悄悄地，飄然降臨大地，掩蓋了一切枯槁衰敗，不見了蒼涼肅殺，也驅散了悲情愁緒，宇宙之間變得如此純淨和無瑕！

初履溫哥華時，來自亞熱帶從未看過雪的我們，驚艷之餘，竟不顧一切拉著藤和孫兒們打起雪仗來。可是，三天過去了，甚至一周、半月，雪還未融化，到處一片白茫茫，未免感到單調乏味，好些地方還因人踐車輾變得污穢烏濁。妨礙觀瞻事小，一旦誤踩黑冰或車輛打滑，那就更危險了。因此心中又不免暗禱，寧可忍受那漫天的蒼涼肅殺、枯槁衰敗，但願再也不要有飄雪的日子了。

儘管溫哥華的春花燦爛，秋葉醉人，但我卻偏愛它的長夏，尤其是夏日黃昏。

溫哥華是一個多雨的地方，但在晝長夜短的夏天，卻是艷陽高照的日子居多。尤其是我們居住的白石市，因為地理位置的關係，日照總是偏愛這兒。打從清晨五點多睜開眼睛，迎著的便是一個晴朗美好的開始。望著藍澄澄的天空，自然會帶來一天的好心情；而黃昏，已是向晚時分的九點多了，夕照仍發揮它最後的威力，染紅半爿天之後，才依依地緩緩西沉。

夏天清晨，我起得特別早，推開落地窗，比我更早起的烏鴉，已三五成群的跳動在草地上覓食了。當我把早餐剩下的麵包灑落草坪，牠們驚喜之餘，總會想盡辦法引來更多的同伴分饗。我感動牠們那份無私和友愛，群鴉覓食也成了我每天期待的畫面！

夏日午後，似乎是一天中最寂靜的時光，微風輕輕拂過，太陽也懶懶地掛在天邊。這時，我總會泡一壺茶，或端一杯咖啡，坐在院子陰涼的一隅。手中會有一本書，或者什麼也沒有，只是坐在涼風裡冥想，童年的往事，青春的記憶，孩子的成長……都一一回到腦海。想著想著，竟不知不覺進入了夢鄉！

晚飯後，我最愛坐在後院的盪椅上，搖著晃著，陣陣歸鳥遠遠穿過雲絮，掠過天邊，飛向遠處的樹叢。有時候，矮樹叢中突然蹦出一隻小野兔，怯生生的溜過草地，鑽進對面的花樹間，矮小的花樹藏不住它的身軀，看過去還以為多了一朵白花。偶然來湊熱鬧的小松鼠，胆子可不小，大喇喇地嗑食掉落地上的果實不算，還用牠那靈活的小眼睛，滴溜溜地和我對著看呢！

微風過處，飄來數不清的白色飛絮，像一朵朵小小的降落傘，著陸在碧綠的草地上，尋覓它們生命的歸宿。周圍是那樣謐靜，連蟲聲也是那樣輕輕地、輕輕地。這時，我總會情不自禁的哼起一首歌，古諾（Gounod）的「小夜曲」。那是所有小夜曲中我的最愛，也是我和藤最常合唱的一首：「黃昏後，當你在我懷中，柔聲歌唱……」是那麼浪漫，而又那麼柔情蜜意！

然而，藤在兩年前一場小中風之後，得靠輪椅代步，到院子共享夏日黃昏的時光，已不可多得。我當然也就難得再有此心情，更不忍獨享那曾經是二人世界的夏夜時光了。

我不知道，我生命中的美麗長夏，是否就此離我遠去？

（2013年5月24月　世界日報華人文學）

霜葉紅於二月花

剛踏上溫哥華，便給迎面而來的幾棵楓樹醉倒了。滿枝醉得酡紅的葉子，在風裡翻飛招展，把仲秋十月的天空舞得如醉如痴！

沒想到好戲還在後頭。有一天，我來到居住的白石市（White Rock）不遠的美加邊境和平拱門公園，更給那一片火紅震懾住。這輩子我還沒見過那麼多種的紅色聚集在一塊兒，深深淺淺，如此濃密，而又如此層次分明。它們像火燄，一起在夕照中燃燒，染紅了徜徉的遊人，也照亮了逐漸加深的暮靄。

來溫哥華之前，我只見識過紅色的楓葉，到了這裡，才知道楓葉原來也有黃顏色的。那些嫩黃、橙黃的楓葉，飛舞在陽光下，閃動如一片片璀璨的金箔，煞是誘人！

楓葉轉紅，多半自頂端開始。過程中，一株楓樹從枝椏到樹梢，可以同時呈現綠、黃、嫩紅、綠紅多種顏色，它的變化像四季，也像人生。大自然的法則，永遠都那麼有規律；它的傑作，也永遠令人驚嘆！

有一種楓樹，以不變應萬變的姿態出現，管你周遭花開花落，葉綠葉黃，它始終殷紅著葉子，長年挺立地面。下雪的時候，雖也繁華褪盡，落英繽紛，但暗朱色的枝椏，怯怯地露在一片雪地上，給單調的大地，增添一點調劑。

加拿大是楓葉王國，每年時序一到，便處處展示它的特色，深山幽谷，平疇丘陵，連馬路兩旁及社區巷道的人行道都種滿楓樹，住家的院落也不甘後人，家家戶戶少不得種三兩株楓樹點綴。有些兩旁遍植楓樹的巷道，遠遠望去，整條巷子淹沒在一片嫣紅中。

我們居住的社區，門前人行道上種了兩排楓樹，雖然樹齡還淺，但時令一到，卻也盡職地把樹葉染紅。那艷麗的醉紅，在暮色中自有一番惹人憐愛的美，我每次進出社區，都忍不住捨車流連。「停車坐愛楓林晚，霜葉紅於二月花」，杜牧道盡我當時的心境！

楓葉雖美，但能給人欣賞的時間卻很短暫。一株楓樹從變色到落葉，大約只有二十天光景，到十月杪，幾乎都先後凋零了。散落滿地厚厚的一層楓紅，像完成來到世間的任務，即使香消玉殞，卻淒美得令人不忍踐踏。

不過，季節遞嬗，落葉瀟瀟，都是自然現象，不必傷時悲物過多留戀，季節過去還會再來，楓葉沒了也會再紅。於是，我告別了落葉，衷心期待著下一個秋季和新一代楓紅！

（2000年12月17日　世界日報）

這樣的午后，真好！

自從水天約了到陽明山喝茶之後，我就滿心的期待著，七七說：「你又不愛喝茶，為什麼老惦記著這事？」

為什麼？我也說不上來，就像藤和孩子們常常不解的問我，為什麼平時滴茶不沾，每次家庭聚會卻偏愛選廣東飲茶一樣。

有關茶的約會，我總是格外企盼。

七月的陽光像一團火，炙得大地像要焚燒起來似的，車輪滾動在柏油路面，像輾過牛皮糖。揚起的熱氣，坐在冷氣車廂裡，也似乎感覺得到。

台灣的夏天，就數七月最酷，我們卻迫不及待的冒著這酷暑，驅車上陽明山喝茶。時間是某一天的下午兩點，電台正播報台北市此刻的氣溫是攝氏卅六度七。

喝茶的地方在山路旁的坡地上，每頂涼棚下都有茶桌，三三五五橫豎的擺著，雖然佔地不大，但散落四處的涼棚，每頂都有相當的距離。

我們選了緊靠樹幹搭蓋的涼亭。濃密的枝葉，像一把大傘，我們在傘蔭下一張四人座的茶桌前，各據一方坐了下來。透著拙樸的原木桌、長條板凳，看似熟悉又陌生，這上面彷彿有我童年的影子。

抗戰時期某些鄉村的小吃店，或是公路旁邊給行人歇腳的小茶攤。失落了五十年的記憶，一下子都跳了回來。

此起彼落的蟬聲，肆意的嘶叫，像多重奏，像大合唱，有默契的唱和著。我正抬頭向綠叢中尋覓。七七說：「這蟬聲好響亮，好特別，跟我家院子的不太一樣。」送茶來的老闆接腔：「當然啦，城市裡的蟬，嗓子早給污染壞去，不再清亮了！」那麼，人呢？

草堆裡忽然竄出一對白鵝，目中無人，大搖大擺的打我身邊走過。我伸手想跟牠們招呼，手才舉起，牠們卻不領情的向我啄了過來。

涼風穿過綠葉，向我們篩下，大自然的風扇最是無私，它公平地吹拂大地萬物。一陣清風飄動了我們的髮梢，四人不約而同的齊喊：「好涼快！」

蟬聲戛然而止，樂手休息了。整片山坡突然靜得一點聲息都沒有，宇宙似乎在剎那間靜止。炎夏的暑氣，塵世的煩囂，也都隨之消失。

茶具是普通的瓷器，不夠古趣；端上來的煤氣爐，更嫌文明得緊。然而，我們人在山中，人在綠蔭、蟬聲裡，心中自有汲山泉、烹香茗的意境，也就無須斤斤計較自來水或是煤氣爐了。

水天熟練地燙過茶具，注入開水。蜷曲的茶葉，在沸水中緩緩舒展，一如花朵的綻放。在展開的同時，它將生命的精華作無我的奉獻，點點滴滴盡溶入水中。茶色漸漸濃了，空氣中於是飄浮著茶香。

「唔，好茶！」一品梅很內行的端起茶杯，閉上眼，徐徐地吸氣。我喝了一口，果然齒頰留香，餘甘猶存。

淡淡茶香中，我們把各自帶來的「功課」取出，有各人自己寫的稿子，也有新近在報章雜誌讀過的好文章，拿來與大家分享。這是我們最常的聊天方式。七七一向不贊成沒有主題的扯淡，她說：「那是浪費生命的行為。」她建議每次聚會，不論談寫作、談唱歌，或是某本書、某篇文章，在聊天的過程中，享受了休閒的快樂、友情的滋潤，也在其中得到一點東西。

偶然，我們也會隨興一下，東南西北，海闊天空的閒聊。那種輕鬆得幾乎放縱的快樂，又是另一種心境。「茶也清喲，水也清喲，清水燒茶，獻給心上的人。情人上山你停一停，情人上山你停一停，喝口新茶表表我的心……」此時此地，我們很有默契的唱起「茶山情歌」來。

這首貴州民歌是我最喜歡的民謠之一，不但曲調好聽，歌詞更是細膩而深情。採茶姑娘對心儀的男子，旁敲側擊的試探與示意，由淺而深，句句含情，令人無法不動心。聽她淺淺的問：「你家鄉有沒有這樣的茶林？茶林裡有沒有採茶的大姐？大姐裡有沒有你心愛的人？」然後更往深裡暗示：「我的採茶歌你愛不愛聽？這歌聲像不像你家鄉的曲調？採茶女像不像你心愛的人？」

歌聲的結束，也就意味歡聚該散了，這是每次聚會的不成文約定。茶味越來越淡，暮色卻越來越濃，我們只好相期下次的約會。

我不喝茶，但我喜歡茶的約會，無論是純喝茶、下午茶，甚至廣東飲茶，看時間來選定我最愛的方式。因為茶香甘醇又耐人尋味，一如親情與友情，綿長而永遠芬芳。

每次有茶的約會，我總是那麼熱切的企盼！

（1993年9月13日　新生報副刊）

只為了看日出？

約好去阿里山，心裡企盼和興奮的，不是阿里山的神木、日出和無邊無際的雲海，更不是去圓一個期待了四十年的夢，而是去赴擁衾夜談的十人約會。

藤無法理解我的熱切與興奮；更不能認同我們聊天為何要選阿里山？正如我當年弄不懂母親和姨母，到任何地方遊玩都得帶上麻將一樣。他說：

「要聊天，臺北、陽明山，甚至烏來多的是好所在，何必路遠迢迢坐七八個小時火車，折騰到阿里山去？」他為我們幾近「瘋狂」的做法，莫可奈何的搖頭太息。

到風景區去看山看水，享受野趣，自是每個旅人的首要目標；但夥同知己好友一起享受旅遊以外的樂趣——比如聊天，也不失人生一樂。這種樂趣還常常喧賓奪主，遠超過遊山玩水。換了從前，這種本末倒置的所為，我也會不以為然。但現在，我非但能欣然接受，甚至還熱切地盼望起來。是日久成自然呢，還是體力大不如前了？也許兩者都有吧！至此，我已完全理解當年母親和姨母為何帶上麻將去旅遊了。

這次上阿里山也正是如此。

九月的阿里山秋意正濃，剛步出車站，絲絲涼意便迎面襲來，沒有污染的天空，格外的藍淨清湛。站在海跋二千多公呎的高峯上，跟太陽的距離似乎拉近了。但儘管如此，亮麗炙膚的陽光，還是抵擋不住一波波襲來的冷風，大家紛紛加上外套。

多雨的阿里山，難得有這樣晴好的天氣，這將是一個觀看日出的大好機會。據說有人曾來三四回都是乘興而來，敗興而歸的，我們何其有幸！大夥兒珍惜之餘，決定打破「傳統」，明早看日出去！並且互相約定：「晚上不許聊天，不許晚睡！」

晚飯後，大家都很守約，各自打道回房，準備養精蓄銳，明早看日出去！

我和蕭滬音老師、邱七七一間。平日見面就有說不完的話，難得共住一室，良機豈甘放過？但一切為了看日出，只有三緘其口，各自匆匆浴罷，熄燈就寢。看看錶才九點剛過，在臺北正是夜貓子休閒活動的開始：打電話、聊天、看電視、聽音樂、看書……而現在，得躺在旅館陌生的床上輾轉反側，只為了明天要看日出！

半個時辰過去了，還未有鼾聲傳出，倒是輕微的咳嗽聲時有起落。是不是意味著三個人都在暗地裡互相試探？誰也不願點破。忽然，不知那個先笑了出來，這一笑，解除了一切禁忌，三人不約而同地從被窩裡坐起來，捻亮燈光，打開話匣子。

門縫裡透出的燈光，引來對面房間的四個人，房門輕叩處，一個、兩個……披著外衣，躡手躡腳全都進來了！

聊天陣容一下子增加四位，聲勢壯大，聲音自然也響亮，於是，隔壁房間的另外三位也聞聲而至。

十人全聚齊了，大家索性豁了出去，把明天一早看日出的事丟一邊，敞開胸懷大聊起來。

隨著夜色的深濃，山上的時序，彷彿一下子從深秋進入寒冬，溫度計正指著攝氏七度，大家乾脆棄椅就床，鑽進被窩裡。

在寒氣逼人的深夜，聊興正濃的當兒，大家嘴裡不說，心中都有一個共同的遺憾，要是手中有一杯小酒，豈不更有情調？

念頭才起，七七已神祕兮兮地從行囊中取出一瓶白蘭地，她對這班老友知之甚深，才會默契十足的偷攜「祕密武器」上山。

在大家歡呼聲中，做事俐落的美玲，熱心服務的民來，把臺北帶來的豆腐乾、花生米、方塊酥統統拿出來。

幾杯之後，不知誰先引起話題，要每個人為自己所扮演的妻、母角色打分數。

這可是一個有趣的難題，在座的每一位都是妻子和母親，都曾為自己的角色努力過、付出過，也都有一籮筐的得意和牢騷，因此，每個人都搶著發言。可是，表過功之後，到評分這個節骨眼時，卻謙虛得不肯為自己打分數，把這道難題留給座上聽眾去傷腦筋。結果，當然是皆大歡喜，人人都得一百分啦！

在柔和燈光的包圍中，在醇酒美點的助興下，話題不斷，笑聲不斷，每張笑意深濃的臉頰，都亮紅亮紅的，儘管外面夜深寒重，但房間裡的氣氛卻是如此溫馨與美好！

時間在歡樂中很快的溜走，十一點、十二點……，沒有一個人願意就寢，更沒有一個人提看日出這檔子事，一切按照原本來意——到阿里山赴一個擁衾夜談的十人約會！

看日出，那是下次的事兒！

（1994年12月16日　新生報副刊）

戀「小」情結

有人說我童心未泯，我卻說自己有戀「小」情結。不知道為甚麼，一些具體而微的小東西，會對我有如此巨大的吸引力，而且似乎是一輩子的事。小時候，對小動物的疼惜，家裡養的小狗、小貓，甚至小雞、小豬都會受到我的特別「恩寵」和照顧。長大以後，環境改變，心性依然。我喜愛的對象，已由活蹦亂跳的，移情為無聲無息的。但「小」，一直還是我的最愛。出門在外，無論走到那兒，吸引我目光的，永遠都是那些「小不點兒」。只要在我能力範圍內，總會納為珍藏。擁有它們，便像擁有全世界，心裡感到好滿足！

那些「戰利品」多半係出自我手，也有不少是另一半和三個孩子的「代打」。他們受我的感染，無論出差或旅遊，目光很自然便會落在小東西上。親朋好友知道我的，偶然也會投我所好，餽贈一二。

在大夥兒的共襄盛舉下，我的五個陳列櫃已物滿為患，無法容納那些數不清的「小來客」了，我只好效法故宮，輪流展示，過一陣子抽換部份。

其實，我的收藏都屬無心插柳，只要看對眼便信手拈來，累積到一個數量，才把它展示出來。但巧的是儘管數量不少，類別卻不多，歸納起來也不過幾大類。由此可見，我的情結不只是一個「小」字了得！

由於我喜愛音樂，愛屋及烏，小樂器便成了我的首選。只要是樂器，不管材質、造型，買了再說。因此也成了數量最多，造型最繁雜的一項。計有水晶、瑪瑙、玻璃、琺瑯、金屬、木質，甚至嵌了時鐘的那種。我把它們分別放置：樂器之王鋼琴的數目最多，平臺、直立，各式各樣的鋼琴，單獨放在最上層，有點居高臨下，唯我獨尊之概；大提琴、小提琴、豎琴、魯特琴、吉它歸於一類，足夠來個弦樂多重奏；各種管樂器和打擊樂器則放在另外一格，讓古典和流行結合在一起；還有一層是專屬中國樂器的，胡琴、古箏、琵琶、月琴、笙、簫、嗩吶等等組成一個樂團，令人彷如置身繁弦急管，絲竹齊鳴之中！

其他如小茶壺：陶瓷的、紫砂的、玉石的各擺一層，還有一組只有拇指大小的陶壺，令我愛不釋手；優雅的歐洲下午茶，又另設一邊。小花瓶中，青花、粉彩、結晶釉、水晶、琺瑯各據一方，還有異國風情如阿拉伯、南亞、東瀛等則另外放置，儼然壁壘分明。

這些分別擺在客、飯廳和起居室的小東西，多少有點展示的意味，來訪客人的讚美，不管真心或客套，我不但照單全收，飄飄然之餘，也不免為那些放在較私人空間，得不到掌聲的小鞋和小香水抱屈。我敢打賭，它們的魅力，絕不在前面那些人們口中的「小可愛」之下！

小香水放在我臥房的浴室，五、六十瓶香水樣品，便有十來種品牌和風姿，它們綽約地站在浴缸上面，顧影自憐，孤芳自賞。

六、七十「隻」大小不等的高跟鞋、長、短靴、繡花鞋、拖鞋，中式、西式、日式，還有荷蘭的木頭鞋，婷婷玉立在客用的化妝間。其中最有紀念價值的，是二哥送給孩子們的小木屐。這雙只有三公分長度的小小木屐，是四十多年前二哥用一雙巧手，一刀一刀削製而成。別說木屐在這瀕臨絕跡的年頭，深具代表意義；而二哥也已離開我們將近四年了，睹物思人，真是無限感傷！

因為醉心音樂，我的飾品也以音符和樂器的造型為多，耳環、別針、項鍊。還有繪了各種樂器的用品，如茶杯、杯墊、電話、筆筒、信插、衣架、時鐘，只差沒有像一位也是樂痴的聲樂家曹繼怡老師，連洗手間用的衛生紙都印有音符，真令同是樂痴的我不忍下手呢！

如歌似的叫賣聲

如果說，市聲代表一個都市的呼吸，顯示它的生命與活力，那麼，叫賣聲便是這個城市的歌聲，為它唱出多采多姿的情調和特色。我不敢想像一個沒有市聲的都市，將會是多麼沉寂可怕的死城，了無生氣，尤其聽不到外面的叫賣聲，就彷如生存在無人荒島，充滿孤寂與疏離！

不記得是哪一年的颱風天，風風雨雨延續到第二天中午，外面除了一陣緊似一陣的風狂雨驟之外，什麼聲音都靜止了。突然之間，我生出被世界遺棄的恐懼，充滿了孤獨和無助。直至中午風停雨止，巷子裡傳來第一聲賣饅頭的叫喊，我一躍而出，買了一大包回來，儘管我平常多麼不喜歡吃這玩意兒。

社會形態和人們消費習慣改變之後，許多叫賣聲也隨之消失。留下來的少數，卻拜科技之賜，利用擴音器製造出各種聲浪，加入了噪音的行列。因此，令我分外的懷念起以前如歌似的叫賣聲了。

從前大街小巷出現次數最多的是「酒矸倘賣嘸」，同樣一句簡單的叫賣，但各人的韻律和音調不同，風格也就各異，聽多了之後，張三李四都分得一清二楚。

我最喜歡聽的是每天清晨那一聲「豆乾、豆腐啊！」的女高音，她像晨雞報曉，不管炎夏寒冬，只要天朦朦亮，就會準時出現巷子那頭，愈來愈近，然後又漸行漸遠。嫋嫋餘音，那一聲清亮甜潤彷彿仍凝結在清涼的空氣中。這聲音代表著勤勞、活力，聽到它，再懶的主婦，也不好意思賴在床上。它是我們的晨鐘，有了它，沒有人偷懶。

賣醬菜的鈴噹也是我喜歡聽的，那細碎清越的鈴聲，有一份屬於農業社會的悠閒和安詳。可惜，它早已離我們遠去。隨著生活腳步的匆匆，早上沒有人肯花時間熬煮稀飯，也就無人一大早起來買醬菜了。那令人懷念的鈴噹聲，也像早年消失的牛車鈴噹，只響在人們的記憶中。

令人不忍聽的是午夜夢迴，響在耳畔的「茶葉蛋」和「燒肉粽」叫賣聲。尤其迴盪在嚴冬寒夜裡，聲音中傳達出多少生活的掙扎和無奈！

小時候有好些叫賣聲直至現在還縈迴耳際。在廣州，每逢菊黃蟹肥的秋天，街頭巷尾便響起了「膏蟹肥、肉蟹靚咧！」的叫賣聲，他們特別把一尾聲「咧」拖得長長的，就像歌曲的尾音，由強轉弱，裊裊散去，耐人尋味。

還有賣淮鹽白欖的，摺一隻隻紙船，盛著用淮鹽醃漬過的橄欖。賣的人吹著一支自製的短竹簫，聲音淒清，不知名的小調，飄散在黃昏薄暮裡，聽來有一種悲涼的況味。

最美的是賣花聲了，小姑娘、老太太、挽著竹籃子，「玉蘭花、玉簪花來啦……」、「夜來香、茉莉咧……」每次聽它，使我想起那首歌：「春寒料峭，女郎窈窕，一聲劃破春城曉，花兒真好，姐見真俏，春光賤賣憑人要！」

有人形容義大利人的歌喉美妙，連叫賣聲也像唱歌，我曾在一部以那不勒斯為背景的電影中，見識到他們如歌似的叫賣聲，嘹亮圓潤，不輸歌劇明星。

據說從前北平街頭的叫賣聲也是出了名的，我曾讀過許多描繪北平叫賣聲的文章。前年到北京，可惜停留的時間不長，沒有機會見識。不過，光聽他們說話，每一句的抑揚頓挫都有韻有緻，想來叫賣聲也必然悅耳動聽，但不知今日的北京，街頭是否仍保有這些好聽的叫賣聲？

曾經，台北街頭的一些小販，為了突顯自己的標幟，特別用各種器皿發出的音響代替叫賣，一來加深顧客印象，二來還可以節省氣力。像冰淇淋「叭布叭布」的喇叭聲，代表著透心涼加上美味，孩子們聽了很少不垂涎三尺的。像烤紅薯的「咧咧」竹筒聲、爆米花的敲洋鐵罐聲，聲聲都牽動著鄉愁和兒時的記憶。可惜，聲浪畢竟太大，太擾人，只能打入噪音之列。不過，修理洋傘、熱水瓶的鐵片聲，清越而有節奏，盪漾在長長的午後，似有催眠的作用。

最令我受不了的，以前每到傍晚時分，巷子裡就來了一位老先生敲著大鍋在賣饅頭。每次聽了，都令我聯想起抗戰時家鄉的空襲警報，鄉下沒有警報器，敲大鑼或撞大鐘，就表示有敵機來襲，即使幾十年後，聽了仍讓我緊張。

農業社會遠去了，許多行業或消失，或改變經營方式，街頭的叫賣聲在不知不覺中越來越少，我自從搬到大馬路旁的新居以來，一天之中幾乎聽不到任何叫賣聲，只有每天黃昏後，馬路那頭響起的土窰雞、蒜頭雞的叫賣聲。單調的聲音透過麥克風，雖然有點令人不耐和刺耳，但奇怪的是，每天到了這個時候，如果這聲音不出現，我竟還懷著幾分等待的心情呢！

（1995年5月25日　青年日報）

神來之筆

住在海外，每個主婦似乎都練就一身本領，尤其是廚藝。家鄉菜不用說，就是大江南北的餐點也難不倒她們，甚至西式、日式、韓式、印度、希臘……，菜是菜，點心是點心，真令人吃在嘴裡，羨在心頭！就拿我居住的溫哥華來說，不管是同鄉會年節同樂，或者友朋之間的potluck小聚，大夥兒莫不秀出看家本領。看著她們那琳瑯滿目的精心傑作，更令我羨在心頭，愧疚之情油然而生！

想我身為主婦，好歹在廚房裡也「混」了數十寒暑，莫說異邦餐點，就是家常便飯，也端不出一道像樣的大菜。逢年過節、親朋造訪；尤其是有點「別苗頭」味道的potluck，對我來說，比考駕照的難度還要高。

不知道是我對烹飪這門學問特別不來電，還是我的腦袋瓜子真格比別人笨？總之，我剛結婚時，除了炒蛋、煎蛋，甚麼菜都不會做。好在我們兩人都是外勤記者，不常在家吃飯，偶然開伙，摸不清行情的藤，還常常期待滿滿的問：「今兒個有甚麼好吃的呀？」可是，當餐桌上老出現煎蛋、炒蛋時，他也只有知趣地默默扒飯的份兒了。

有了孩子，情況便不一樣。母愛的驅使，我心甘情願地花大把心思和工夫在烹飪上，搜集食譜、請教「前輩」。儘管如此，可是看孩子們對吃飯的興趣缺缺，我就知道，一切努力都是白費。我不禁為之氣餒！

有一次，姊姊來我家，無意中替我找出問題所在。當她站在廚房灶邊看我做菜，眼睛忽然停在空空的調味品架上：

「你的調味料呢？該不會就只有鹽巴和醬油吧！」她訝異的問。

不幸給她言中，事實果真如是！

等她見識了我的「廚技」之後，更是驚奇的大叫：「哪有人才剛斟油，菜和水便跟著下鍋的?!」沒等說完，她便忍不住搶過來示範一番了。

至此，我才恍然大悟，原來，做菜除了鹽和醬油，還有這麼些我不知道的法寶；至此，我也才了解，原來，炒菜還有先來後到的竅門！

雖然從姊姊那兒學了一招，但「師父引進門，修行在個人」，頑石如我，烹調技術還是沒有多大進展。當然，在我細心觀察、揣摩之下，好歹也掌握到一點點孩子們的口味，像番茄炒牛肉，紅燒雞腿等等，似乎頗得他們的捧場。可惜都屬家常小菜，上不了檯面。

年復一年，孩子們就在我那些上不了檯面的菜色，以及滿心的愧疚中長大、成家。而我，也把做菜的棒子交給烹調技術比我高明的媳婦。沒有了這燙手的山芋，心頭頓然輕鬆不少。

然而，移居溫哥華之後，常會碰到這種場面：同鄉會年節同樂、親朋好友三不五時聚會，合唱團、教會、英文班的老師和同學不時舉辦potluck同歡……。面對一些比我年輕、資淺而又能幹的主婦，端出一道道色香味俱佳，兼千變萬化的菜餚；而我，充其量只能拿出媳婦捉刀的「冒牌菜」。況且，請槍手的次數多了，人家問起來，自己的臉上也有點掛不住。思來想去，還是重新出發吧，明天，我這個資深主婦一定到「媽媽教室」的烹飪班報名，當一名新生，一切從頭學起。反正，活到老學到老，為時不晚，不是嗎？

（2007年11月21日　中華日報）

綠簾子

後院的水泥牆角，不知道什麼時候長了一株小小的爬藤，嫩嫩的圓葉子前端，伸出一條卷曲的觸鬚，綠油油的迎著晨曦，昂然而努力地往上攀附，直向牆頭那邊爬去。當我打開後院門，頓覺眼前一亮，驚喜不已。

這堵水泥牆一直是我的心結。它灰不溜丟，四平八穩的框著一方冷冷硬硬的水門汀，死氣沉沉而又令人窒息。本來，我早有意思給它改頭換面，填填泥土種點什麼，好好的綠化一番的。無奈日常洗濯晾曬又少不了它，只好眼不見為淨，沒事儘量少到後院去。想不到這株不知名的小小藤蔓，卻為我踏出綠化的第一步。

小爬藤的發展力量好驚人，只有幾天工夫，就兵分幾路到處繁衍：一株朝著洗衣機打轉，繞著水管往上竄，一株更是直奔牆頭，伸向二樓陽台欄杆攀登。當我好奇的追踪「尋根」的結果，發現它旺盛生命的源頭，原來只是牆角縫中一撮少之又少的泥土。訝異之餘，不禁對它堅強的生命力和所作的努力，肅然起敬！

我一向喜歡藤蔓植物，因為它溫順聽話，只要你稍作牽引，它便乖乖的照著你的意思生長：纏著蔦蘿的樹幹，繞滿牽牛的短籬，還有垂著串串紫藤的棚架。尤其綠藤滿壁的屋子，一直是我嚮往的住居。但這種房子的起碼條件是牆壁，即使不能住「家有四壁」的獨門獨棟，至少也得住在擁有「一壁江山」的邊間才行。可是，居住在「水泥森林」櫛比鱗次的都市中，要經營這麼一幢綠屋談何容易？

很湊巧，有一趟「綠化之旅」的機會，竟讓我大開眼界，看到了我夢寐中的綠屋，也讓我見識到這種翠圍綠繞的房屋，除了「外在美」，使環境美化，滿足人們視覺享受外，它的「內在美」，在人們日常生活中，也發揮著實用的功能。有了綠壁的保護和抵擋，酷夏的驕陽不致直接肆虐房子，室內的氣溫因而降低，住在裡面的主人，可以享有一個涼涼的長夏。

我們的行腳停在一幢爬滿綠藤的屋子前面。據說，這幢二層樓房的主人，費了廿五年工夫經營的綠屋，經過無數個寒暑的繁衍茁長，茂密的爬牆虎，光是厚度已有五公分之多。難怪除了露在外面的門窗，幾乎找不到磚瓦水泥的痕跡，整個看起來彷彿是一座綠色的碉堡。

更壯觀的是另外一幢大樓，爬牆虎把整幢房屋包裝得綠意盎然，漂亮極了。修剪整齊的爬牆虎，縱橫交錯，而又疏落有致的圍著屋子四周和頂端，感覺這些藤蔓跟房子是與生俱來，同時「生長」，那麼自然，那麼渾然天成！

據農業專家所作的一項測試結果顯示，在夏季裡，爬牆虎可使室內的溫度降低攝氏十度左右。也就是說，即使是攝氏卅六七度的炎炎夏日，住在繞滿爬牆虎的屋子裡，可以不需仰賴任何科技產品，就能享受到初秋的涼意。這真是一項又美麗又經濟的做法。

因此，許多有心的農業專家們，認為在寸土寸金的都市裡，空間有限，如果要提倡綠化，最好的方法就是在屋子的水泥牆上，攀爬蔓性植物，成為處處皆綠壁，給這些「水泥森林」似的房子披上一層綠衣，提高綠視率，讓人們目光所視之處，不再單調乏味。

有園藝專家就曾經語重心長的建議：綠化環境先最好是從自己家裡做起。除了在室內、陽台、屋頂、院子多多蒔種花木之外，還建議把水泥牆加以綠化。譬如院子的圍牆以栽植花木代替水泥，像九重葛、蔓性玫瑰既帶刺又會開花，作為生籬，除了美觀，還可以防止陌生者的闖入。就算已經有了水泥牆，也可在牆邊種些七里香、馬櫻丹、金霞花、杜鵑花等，在繁花似錦、花香氤氳中，生硬醜陋的水泥牆給遮住了、美化了。再者，就是家家有綠屋，如果每棟房子的外牆都種植藤蔓，層層的綠葉不但軟化水泥的硬感，還美化了居住環境、淨化空氣、調節氣溫，以及有防風及隔絕噪音等許多功能，真是一舉數得。

要建造「綠壁」，就非蔓性植物不可。蔓性植物有一類是必需支架引導，才能攀爬的：有一類則不需任何牽引，自己便有攀附的能力，省事而且長得快。可惜這種優點多多的植物，種類很少，尤其適合亞熱帶地區栽種的，只有長春藤，薜荔和爬牆虎三種。

長春藤屬長綠性植物，喜歡在氣溫較涼較冷的高山地區生長，在平地裡，不但長得慢，也不容易種好。

薜荔的葉子很小，以氣根附岩牆壁，生長迅速，其實是一種很理想的綠壁植材，除了綠化外，還可以種出各種動物的造型，美化庭園。

名叫地錦的爬牆虎，在台灣生長得特別快，也特別受人們的喜愛。通常在陽春一二月才開始萌芽，隨著氣溫的升高，它們也節節竄爬，只要一兩年光景，它便把勢力擴張到整幅牆壁了。並且藉著葉子的蒸散作用，為牆壁除去大量的輻射熱，彷彿給屋子樹上一道天然的防熱綠簾子。同時，它屬於落葉植物，春來發枝，甚至開花，秋天結實，冬臨落葉，對住屋有冬暖夏涼的作用。

這種擋熱的綠簾，在六月花季裡，盛開著清香撲鼻的花朵，招蜂引蝶，等到花落結果，還惹來成群追逐啄食的鳥兒雀兒，吱吱啾啾，很有情趣，而又熱鬧極了，因此，爬牆虎一直是台灣綠壁的寵兒。

要是不怕麻煩，搭上支架或鐵絲，種點需要牽引的藤蔓，那麼，可選擇的範圍就更廣了，怒放在春節前後的炮仗紅，夏日盛開的龍吐珠、珊瑚藤、蔦蘿、大鄧伯花，初秋綻放的蒜香藤，花期從晚秋到翌年仲夏的九重葛。一年四季花謝了，花又開了。姹紫嫣紅的花朵，把綠屋點綴得花團錦簇，成了多彩多姿的花屋，讓你長年生活在繽紛斑斕的世界中。

這趟綠色之旅，打開了我多年的心結，我對綠化後院那角冷硬的水門汀，有了信心和心得。同時，也改變了我對綠壁的看法，不是非得「家有四壁」或有「一壁江山」的人，才有資格綠化，只要有牆壁，就可以擁有綠屋。因此，我得好好盤算，如何來給我家牆壁「造」一道綠簾子了！

（1987年12月22日　青年日報副刊）

那些遠去了的……

我站在車水馬龍的中山北路極目東望，高聳的樓房擋住我的視線，我看不見昔日幽靜的長巷，更望不到花叢樹影間一棟棟木造的日式平房。只見人潮車浪一波波向我湧來，就像六十年前海峽澎湃洶湧的波濤，挾著我從廣州奔向臺灣……。

從驚濤駭浪的臺灣海峽登上基隆碼頭，耳邊猶自響著颱風餘威的呼嘯，心裡卻踏實安然了。人未到臺灣便先領教了颱風的下馬威。來接船的表哥說得好：「颱風是來歡迎你們的！」

踩著颱風肆虐後的殘枝敗葉，我們踏進姨母家日式庭院的曲折石徑。只見園中魚池小橋、石塔燈檯，一派東洋情調。

脫鞋上了榻榻米，更讓我眼界大開，一百多坪的房子，除了客廳一套沙發外，每間房只有矮桌和坐墊，別無任何家具。而且七八個房間幾乎都是相通的，房與房一覽無遺，毫無遮掩。

「我們晚上睡哪兒呀？」臥室沒門沒床，沒有隱蔽，我躭心的悄悄問母親。

不待母親回答，姨母家的阿巴桑很快便進來了，她熟練地打開壁櫥，取出被褥、枕頭往榻榻米上一鋪，拉上紙門，便自成一個小天地。像變戲法，方便又有趣。

儘管躺在榻榻米上令我仍有暈船的感覺，但第二天大清早，便迫不及待的要出去「探險」了——這是我和表弟、表妹們最喜歡玩的遊戲。小時候每到一個新環境，我們都會結伴四出探險一番。常常會有意想不到的發現，刺激又好玩。這遊戲伴隨我們長大，一直樂此不疲。

這次也不例外。比我們早兩年到臺灣的表弟、表妹，已是識途老馬，一大早便等在飯廳，要作我的嚮導。

姨母的房子座落在臺北市大正町六條通尾，也就是光復後改名為中山北路一段一〇五巷（現已歸屬林森北路）。走出大門，右邊過去是一道碧綠的坡道。我一瞧，驚喜的叫了起來：「哇，這裡是一道小山坡呢！」

看清之後，小山坡原來只是長滿雜草的小小斜坡。雖然有點失望，但沿著小徑上去，是一條叫做新生南路的狹長堤防。往前看，大片大片綠油油的稻田迎向我們；瑠公圳就像一條腰帶，蜿蜿蜒蜒的綰住堤防與稻田，把它們分成兩個世界。這一邊是車煙人聲，紛紛擾擾的濁世紅塵，那一邊卻是平疇綠野，蛙鳴蟲叫的清幽世界。

這個發現比預期的小山坡更令我驚喜。我給了它一個名字叫「後山」。

日據時代的大正町原是日本人的高級住宅區。尤其從鐵道到南京東路這一段，總共有十條通（巷子），大部份房子都是宅大院深。長巷深幽，兩旁的行道樹修剪得平平整整，掩映著每家庭院牆頭伸出的花木，卻又充滿生機，令人心曠神怡！

那時的中山北路算是繁華熱鬧的商業區，但兩旁的店舖仍是低矮的建築，店面簡樸，更談不上裝潢布置，而且多半是家庭式經營，老闆伙計全是一家人，對顧客也親切和氣，挺有人情味。

三條通口有家麵包店「蜜月堂」的豆沙麵包，是母親最喜歡的早點。有一次我去買麵包忘記帶錢，他們不但讓我賒欠，還自動借豆漿錢給我呢。

我們最喜歡光顧的是長安西路口一家叫「透心涼」的冰菓店，他們有各式各樣的刨冰，令從未吃過刨冰的我，大開眼界。每晚飯後幾乎都會「散步」到那兒，吃一客灑上各種顏色的清冰，或是放了蜜李、梅子、楊桃乾之類的四菓冰。那種直沁心肺的清涼冷冽，的確名副其實的「透心涼」。不過，冰淇淋和冰棒卻令人不敢領教。冰淇淋裡面摻有碎冰塊，還得費點嚼勁；冰棒充其量只能算是加了糖的冰棍，至於所謂的紅豆冰棒，更只是在冰棒的頂端多了幾顆紅豆而已。

我們探險的範圍越來越大了，逛遍後山和十條通之後，擴展到圓山動物園、神社、然後臺北橋、川端橋（中正橋）、西門町的淡水河水門。這些都是當年臺北市的邊陲地帶。因為都是以橋為界，初來乍到的我，還以為臺北市像一個島，四周都給這幾條河所環繞呢！

那時候臺北市的交通工具，除了「一路」和「五路」兩線公車外，只有黃包車和少數三輪車、計程車了。公車班次少得可憐，等個把鐘頭是家常便飯；黃包車的車輪奇大，坐在其中居高臨下令人怕怕；三輪車和計程車又太「貴族化」，不屬我等階級。因此，最可靠還是安步當車。好在那時年輕力壯，一切不是問題。

我最喜歡去的地方便是電影院了。那時的戲院只有「大世界」、「新世界」、「臺灣」、「美都麗」、和「第一劇場」。除了「第一劇場」外，全都在西門町。從大正町走來也有好一段路，但我從未坐過車子。雖然放映的片子我在廣州時大都看過，還是樂此不疲，像「簡愛」和「亂世佳人」我便一看再看，簡直是超級影迷！

我們探險的陣容，除了我和表弟、表妹之外，還有三個大男孩。他們是姨母好友之子，在大陸易幟前夕來臺升學的。我們每天一起散步、打球、吃刨冰，像哥們似的。不久，那個即將進入大學最後階段的大哥，卻為了個人的理念，獨自返回大陸，追求他的理想去了。臨行前，他悄悄的遞了張紙條，單獨約我晚上到後山散步。一向迷糊的我，倏然有所驚覺。這突如期來的邀約，令我卻步。他，終於帶著「遺憾」離開臺灣——這是他後來輾轉從香港捎來的信上形容的。兩岸隔絕四十餘年，他的影子早已在我心中模糊了。多年前從美國表弟那兒得知他病逝的消息，心中除了悵然，還有一絲絲歉意！

曾經居住臺灣快半個世紀，定居加拿大也有十多年。而今，驀然回首，世界彷彿變了樣：那段青澀的歲月早已流逝，而綰在瑠公圳上的絲帶也不復見。滄海桑田，矗立在昔日平疇綠野上的，是一幢幢聳入雲霄的高樓；縱橫的阡陌，亦為四通八達的馬路所取代。佈滿鐵欄杆的林森北路，截斷了六條通清幽深遠的長巷；兩旁生機盎然的行道樹不見了，整排整排的水泥叢林把巷道變窄。雜亂的環境，清幽不再。母親、姨母、姊姊、表哥、表妹，還有那個不曾擦出火花的大男孩，都已相繼作古。而我，滿頭青絲也化成雪！

一切都遠了，遠了。但我，仍痴痴的站在車水馬龍的街頭，縱目四望，尋找那些流逝了的……

（2009年9月　文訊雜誌第287期）

把歲月染白

從小，我就有一頭烏亮濃密的黑髮，每次剪髮，理髮的人不是讚美就是抱怨，使我深深體會三千煩惱絲的滋味。這頭傲人又惱人的烏髮，得自母親的遺傳。在我記憶中永遠有這樣一個故事：十四歲的母親便有一條烏溜溜油亮亮的長辮，當年也是十四歲的父親，隨著管家到母親家相親，害羞的母親一溜煙的躲進書房，仆在案頭。及腰的長辮吸引了少年父親的目光，也攫住了他一生的戀情！當母親講述這段往事時，眼中猶自閃爍著一絲嬌羞與喜悅。

我的濃髮帶給我的總是煩惱多於喜悅。我是家中的老么，諸事常常身不由己，頭髮也一樣，從我懂得照鏡子，鏡中反映的，永遠都是一頭清湯寡水的妹妹頭。到了愛美的年齡，我也曾羨慕同學頭上多變的髮型，以及各式各樣的花髮夾，但我卻只有一個髮型，一個看起來像長不大的傻丫頭的髮型！

脫離「髮禁」的那些歲月，已是唸高中以後的事了。由於課業的壓力，以及更多吸引我注意力的事物，對於「髮事」已不是那麼的在意了；偶然也「隨波逐流」的燙燙頭髮，或編兩條辮子，但更多時候還是索性就讓它清湯掛麵。隨著年歲增長，孩子、家務、工作加上各種繁瑣的雜務，已疲累得使我對外表沒有任何要求。尤其選了一個比我更不修邊幅的另一半，即使我剃了個大光頭他也不會有異議。

年過半百之後，華髮悄悄的在我的頭頂、兩鬢冒了出來，我也沒去注意，更不會多在意。但有一天，我在辦公室的電梯，遇見樓上久未碰面的同事，她打量我一番後，關心的問道：「你最近身體還好吧？怎麼看起來像沒精打采的樣子！」我愣了愣，跑進洗手間，鏡中的我，果然憔悴不堪，才不過五十出頭，卻十足一副老太婆的樣子！

我有點不甘心，往藤身旁一站，就像一對「姊弟戀」的夫妻。即使我再不重視外表，也不願像是他的大姊，何況他還比我大好幾歲呢！左右思量的結果，終於悟出問題的癥結：就是那斑白頭髮惹的禍！

於是，下定決心買了染髮劑，來個改頭換面。

沒想到神奇的事情發生了，染髮劑竟還我不止十年的歲月！從此，我與它結下了不解之緣。

離譜的事不時發生在染髮之後的我身上：在溫哥華，我與大女兒同在一個合唱團，不止一次，團裡新來的朋友以為我和她是姊妹；更荒謬的一次，與藤出現在一個陌生的場合，竟有人誤認已是滿頭華髮的他是我的父親！

這些美麗的誤會，常令我既抱歉又禁不住有些許沾沾自喜。當我心中正為歉意與得意交戰時，卻也發現染髮的麻煩，更甚於白髮帶來的煩惱！

我的頭髮除了濃密之外，生長的速度也奇快——至少我自己感覺如是。染髮還不到兩周，根根銀絲便如雨後春筍般冒了上來，特別是頭頂髮際的部位分外顯眼。如果任由它黑白分明的發展下去，豈不成了「此地無銀三百兩」？既然上了賊船，只好將錯就錯了。於是，每隔一個時期便得抽出個把鐘頭為我那頭「煩惱絲」而煩惱，不但浪費時間，也是挺麻煩的一件事。

歲月匆匆，屈指算算我煩惱了將近三十個寒暑。在這期間，雖然也曾讓我為外表沒有跟著歲月快速增長的假象而竊喜。但年齡畢竟瞞不了自己，在漸漸步入老年體力日衰之際，染髮已成為一個負擔，有點不勝負荷了！

也許是風氣，也許是觀念，我住在溫哥華的這些年，發現此地的白人耆老，不論男女，鮮少有染髮的。他們頂著滿頭銀絲，顯得優雅而尊貴。他們的悠閒、自在，他們的活力、自信，散發出另一種的美，令人忘卻他們的年齡！我這才領悟，每個年齡都有它不同的美，只要活得自在、自信，自然就顯得年輕，顯得美了。

念頭一轉，我立刻把剩餘的染髮劑丟進垃圾箱。任由歲月染我滿頭雪白！

有人說得好，每一根白髮都代表著人生的智慧，我雖然不敢把自己定位到偌高的境界，但頂著滿頭皤皤白髮的我，搭乘捷運有人讓座；走在路上有優先權；從未給過我讚語的藤，有一天，在端詳我一番之後竟然冒出一句：「我怎麼發現你越來越有點慈眉善目了呢……！」

（2013年4月　文訊雜誌第330期）

閃亮的珠子

魯琳從芝加哥捎來一張舊照，照片中神采飛揚的九個，清一色都是女生。每張臉上燦爛的笑容，展示了當時的心情。

這是一張五十年前的老照片，我在一次搬家時弄丟了，曾經心疼不已。如今魯琳讓照片重現我眼前，得以再睹諸好友昔日風采，雀躍之餘，恍如隔世！

照片中都是當年臺北各大報的女記者，雖不能說叱吒風雲，卻也是眾所矚目的人物。五十年前一向陽盛陰衰的新聞界，擁有如此陣仗的女記者，能不廣受各界所關注？

如果說，人的一生都有一段最珍貴，最值得回味的黃金歲月，那麼，那幾年無冕王的生涯，便是我這輩子活得最瀟灑，最難忘的時光了。

在那段日子裡，我擁有的實在太多，太多：美好的年華，理想的工作，真摯的友誼，甜美的愛情……把我的生命充填得如此豐盈！尤其珍貴的友情，像一顆顆珠粒，珍藏在我記憶中，永遠閃亮！

當年女記者雖不少，但都分散跑各條不同的路線。我剛進新聞界，跑文教的女記者只有「中央日報」的王理璜、「民族報」的蕭葳和「中華日報」的我。我們三人年齡接近，興趣相投，友誼很快便建立起來。三人同進同出，感情進展特別快，特別融洽。同業們管我們叫「三劍客」。

理璜出身名校科班，加上才智過人，文筆流暢，才剛進入新聞界便被看好，成為各方注目的「明日之星」。私底下，三劍客雖情同姊妹，但拚起新聞可是你死我活，互不禮讓。理璜不時有出其不意的獨家報導出現在第二天的文教版上，常讓我們吃不完兜著走。然而，我們的友誼從未受此影響，三劍客還是形影不離的「三劍客」。

晚上工作，午夜發完稿摸黑回家，剛開始時心中未免怕怕。理璜回家與我同路，她自告奮勇做我的護花使者，結伴回家。我住南昌街，她住稍遠的龍泉街，每次，等我進入巷子她才獨自上路。那時，深夜的臺北街頭冷清寂寥，腳踏車輪子，滾過寬闊的中山南路，輾碎搖曳的椰子樹影。我們青春的笑語，也肆無忌憚地抖落靜寂的夜空。

有一晚，月色特別明亮，我們雅興大發，跑進新公園賞月。正當漫步花間時，倏地，迎面閃來一個高大的身影，擋住我們的去路。原來是個洋人。從他滿嘴的胡說八道和薰人的酒氣，八成是個醉眼昏花的酒鬼，錯把我們當成是「落翅仔」了，嚇得我們落荒而逃，還管什麼詩情畫意？

理璜是湖南人，湘女多情，她的感情也和文采一樣，豐富奔放而充滿魅力，不知風靡了多少新聞圈內的單身同業，追求者排著長龍等候她的點名。

蕭葳年紀輕輕，卻老成持重，有大姊姊風範。她家不在臺灣，隻身住在報社宿舍。有父母家人在此的我，反而常常受她的照顧。每次到她宿舍，她總要弄些我愛吃的零嘴招待我。

「三劍客」的局面沒維持多少時候，跑文教的女同業又增加好幾位生力軍。原來跑工礦農林的「新生報」記者黃順華和「全民日報」的齊棣華，以及新進「公論報」的李曼諾，也加入跑文教的行列，陣容頓時壯大起來。連不採訪文教新聞的「公論報」記者簡潤芝，和「臺灣新聞社」記者首萍津也經常跟我們玩在一起。

我們這群女孩子，人一多，膽子也就壯了。除了棣華和潤芝有家和孩子羈絆，無法像我們那樣了無牽掛之外，我們這幾個女「光棍」有事沒事便騎上鐵馬，四處遨遊，碧潭、新店、北投——一面飛車，一面唱歌談笑，完全旁若無人，從不理會路人對我們的側目，只顧宣洩自己溢滿胸臆的快樂！

剛好我們幾個又都喜歡唱歌，理璜和萍津受過聲樂訓練，曼諾有副甜美的歌喉，而我，也愛歌成痴。於是，發完稿後大夥兒常常聚在萍津的宿舍，盡情的唱。年輕的我們，陶醉在歡快中，卻不知擾人清夢。

有一次，颱風來襲，中午才發過颱風警報，晚上發完稿時，已是一副山雨欲來之勢了。但我們這群天不怕、地不怕的瘋子，居然還敢跑到新公園的草地上，縱情高歌，恣意談笑。風勢越緊，雨點也越驟，而我們，興致卻越來越高亢。一首唱罷又一首。呼嘯的風雨是我們的伴奏，凌空的樹葉也為我們飛舞，直到警察來勸我們回家才罷休。

和藤談戀愛之後，我逐漸從這圈子分離出來，沉醉在兩人世界中。結婚生子後我更辭去報社工作，也正式退出我們的文教記者圈。

接著便是蕭葳結婚，遷離臺北市；理璜婚後調內勤；不久之後，曼諾也出國去了。我們的「集團」幾乎星散！

照片中的九人，年齡最大的是沈大姊沈嫄璋。她是「新生報」的資深記者，豪爽好客，加上酒量奇佳，千杯不醉，家中經常高朋滿座。可惜後來因牽涉思想問題而身繫囹圄，令朋友們唏噓不已。

張魯琳與我共事「中華日報」，又同是廣東老鄉，經常對我照顧有加。她採訪能力強，中英文了得，成為跑外事和要聞的強棒。後來辭去報社工作，到美國唸書、結婚。這張她珍藏了幾十年的照片，就是當年大夥兒在「記者之家」歡送她時，「中央日報」的攝影記者郭惠煜為我們照的。我手中還抱著幾個月的大女兒純如呢。

簡潤芝和李曼諾不久也先後去了美國。潤芝嬌小玲瓏，卻衝勁十足，跑起新聞不讓鬚眉。曼諾給人嬌滴滴的感覺，但她也跟潤芝一樣充滿活力。

最令朋友不捨的是齊棣華。沉默寡言的她，有一支生花妙筆，寫得一手好散文。可惜英年早逝，因罹病默默走完她的一生！

一直固守崗位的只有黃順華。也是名校名系出身的她，穿著打扮很男性，行事作風也很男性，文筆洗練瀟脫更有男士之風，但她卻是個女權至上者。經常標榜獨立、獨身的她，最後還是走進了結婚禮堂。

時光荏苒，半個世紀匆匆過去。歲月模糊了照片中的影像，卻無法沖淡我記憶中的珍藏。今後，不管多少年月，這些友情的珠粒仍會一直閃亮在我的生命中，永遠，永遠！

（2004年4月16日　世界日報副刊）

前排左起：鍾麗珠（懷抱長女林純如）、新生報沈嫄璋、中華日報張魯琳、中央日報王理璜、公論報簡潤芝；後排左起：全民日報齊棣華、公論報李曼諾、民族報蕭葳、新生報黃順華（攝影：中央日報郭惠煜）

不再當「烈士」

四月四日早上，老大念幼稚園的兒子打電話來：「外婆，今天是兒童節，媽媽要上班，你帶我出去玩好嗎？」

我因為要趕一篇稿子，無法答應他。過了一會，老二剛會打電話的兒子又傳話過來。同樣的原因、同樣的要求，我還是同樣無奈地拒絕了他。

放下電話，我突然覺得自己好殘忍！我想得出電話那頭兩個小傢伙失望的神情，真是深怕剛才無情地拒絕，傷害了兩顆稚嫩的心靈。可是，我答應人家的稿子，卻又不能失信，怎麼辦？我在電話旁邊走來走去，坐立難安。那副心神恍惚的樣子，藤看在眼裡，忍不住地說話了：

「看妳，老毛病又犯了，事情既然決定，還想那麼多幹麼？真是婆婆媽媽！」

我正因為是「婆婆」「媽媽」，才會比他多那麼一點剪不斷、扯不清的牽掛和羈絆，那有他想得開，放得下！

「當初是妳自己硬要堅持什麼原則，不替兒女帶下一代的。好啦，等女兒或小外孫求救的電話一來，卻又失魂落魄似的！」每次，我的矛盾和猶豫都成了他取笑和數落的把柄。

沒錯，當初我是這樣決定的，即使現在我也仍然如此堅持，初衷不改。因為我認為撫育兒女是做父母的職責，是天經地義、無法推卸的。我已經為他們忘我地奉獻過、犧牲過。沒有義務、更沒有精力再為第三代作同樣的付出。我要在有生之年的最後歲月中，找回失落已久的自己，做一些以前想做而沒有時間做的事。

還好，孩子們都能體諒我這種心情，他們壓根兒就沒敢想過要我再為孫輩勞碌。倒是我，在一切照著原則變成事實後，心裡卻老犯嘀咕，不時地在作自我譴責和批判，懷疑自己是不是做得太無情、太不夠慈愛了？尤其每天看到兩個女兒早送晚接，不管颱風暴雨、嚴寒酷暑，大清早便得把酣夢中的孩子挖起來送到保母家，我真是打心裡疼起、憐起。每次看到人家的孩子，在爺爺奶奶的照顧呵護下，享受著天倫的溫馨和幸福，恨不得馬上丟開一切，把他們帶回家來，好好疼愛和照料。

可是，當我冷靜下來，想到自己不久前才好不容易從一個「忘了我是誰」的歲月中走出，如今還要「自投羅網」地再進入相同的日子裡，我又沒有勇氣去改變目前的現狀了。何況，時不我予，我的年齡、我的體力已不容許我再作這種「奢侈」的付出。尤其眼見一位朋友，為孫輩操勞過度而病倒，更不敢貿然嘗試。

有人說，女人一旦作了母親，她就是烈士，一輩子作徹徹底底的奉獻與犧牲。我那朋友是不折不扣的「烈士」。她在孫子還沒出世便先辦好退休，準備迎接未來的新寵兒。待孫兒一下地，她迫不及待地接下了做母親的一切職務，餵奶、洗澡、換尿布，夜裡孩子哭鬧，還要起來抱他、哄他。她忘我地、熟練地做著與當年同樣的工作，卻不知道自己已經沒有當年的精神與體力。結果，孩子長胖了，會喊奶奶了，而自己的健康卻亮起了紅燈。到醫院檢查，得了十二指腸潰瘍。醫生警告她多休息，別再為兒孫操心。可是，等她的病體稍有起色，又接下第二棒，為另一個孫子的來臨作奉獻，把醫生的忠告丟諸腦後。

比起她來，我似乎太自私、太寡情了，但她的做法我卻不敢苟同。我始終認為「烈士」應該留給孩子的媽去當。越俎代庖，不管對自己或孩子的媽媽都是不公平的。西諺有一句話：「父母對兒女，是責任、是義務；祖父母看孫輩只需持著欣賞的態度去享受就得了。」這跟我們古老的說法「含飴弄孫」很接近。因此，我還是帶著欣賞和享受的心情去關愛、去接近孫輩吧！

想通之後，如釋重負，我輕鬆而高興地抓起話筒告訴兩個小外孫，明天帶你們遊小人國去！

（1986年5月　婦友月刊）

圓桌情

買飯桌時，藤堅持要十四人份的大圓桌。他很有遠見的計算：「三個孩子將來結婚生子，每家大小四口，加上我們兩老，星期假日都回家來，沒有偌大的桌面，怎麼坐得下？」

那時，我家三個孩子才分別唸高中和大學。

圓桌買回來可大大的發揮了它的效益。雖然當時只是五口之家，平日稀稀鬆鬆各據一方，但到了星期假日，圓桌上總是笑語不斷。常常是午飯吃過了，全家仍圍著杯盤狼藉的餐桌，誰都不願離席，除非堆積如山的功課或同學的約會等著他們，才依依不捨的一一離去。晚餐情況更熱烈，沒有功課，沒有約會，有時聊興正濃，還接上消夜。

星期假日如果孩子中有誰帶同學回家，或堂哥表姊來訪，圓桌的功效更大了。大夥兒團團的圍著飯桌，包餃子、喝飲料、彈吉他、玩撲克，歌聲笑語喧騰熱鬧。一張大圓桌坐不下，有時，外圍還坐了一圈。

藤的確有遠見，孩子們結婚後，除了兒子目前只有一個出生不久的小女娃外，兩個女兒都各有一雙壯丁，正如藤所料的四口之家。

小外孫還小的那段日子，星期假日女兒兩家八口，又是抱又是牽的回到家來。不但比以前加倍熱鬧，多了四個活潑調皮的小男生，也增加幾許忙亂和樂趣。可是，等外孫們長大到有自己的意見時，很顯然的，外婆廚下那一點點看家本領，已無法滿足他們的要求了。在市面上五花八門的餐點誘惑下，每周的餐聚，不是改在茶樓便是飯館。不過，飯後仍回家裡圓桌上，泡杯茶，煮壺咖啡，天南地北的閒話家常，任憑四個小壯丁在客廳鬧翻天。

不過，每逢年節多半在家裡過。這時候，大圓桌總是坐得滿滿的。等大夥兒都坐定後，藤總要露出既滿足又得意的笑容說：「幸虧這桌面夠大……」下面的話不言而喻，大家都能心領神會。飯後的「圓桌會議」是免不了的，這是我們家的傳統，也是闔家老少心中的企盼。圓桌，彷彿有股向心力，緊密的凝聚著每一分子對家的感情和依戀！

這張圓桌在我們家少說也有二十年。現在，不但式樣嫌老，也有點舊了。尤其這些年，兩個女兒闔家相繼到國外定居，家中人口驟減。星期假日，只剩兒子媳婦以及還不會上桌吃飯的小孫女，場面冷清許多。幾次，我建議換張小一點的新飯桌，藤總是搖頭不語。

上星期日，兒子媳婦有應酬，一家三口不在家，偌大的圓桌，只剩兩老各據一方。想起往日的盛況，心裡忽然有股說不出的滋味。藤也一樣，默默的低頭扒飯，想來，他也跟我有相同的心情。忽然，他放下飯碗，彷彿下了很大的決心說：「明天，我們選新飯桌去！」

（1997年3月2日　國語日報）

漫漫長夜

抵達同安，已是向晚時分，白日將盡，路燈未燃，到處一片昏昏黃黃。

小葉把我們帶進同安縣政府招待所。痲石路面凹凹凸凸，幾次扭痛我的腳踝，加上饑腸轆轆、旅途勞累、入境人員的官腔官調，我的耐力已到了極限。

進得庭院，飄散在空氣中淡淡的玉蘭花香，把我牽進一個新的「鄉愁」中，我已經開始懷念臺北了。

座落庭院盡頭的兩排舊式樓房，在薄暮蒼茫中張臂等待我們。樓房是開放式，不設大門，進去就是五六間房，依著長廊一字排開。房門口一列盥洗的水槽，像學校宿舍，又像醫院病房。

小葉領我們走進靠裡的一棟，直上三樓。

這一層只有兩個房間，隔壁那間，門上套著一把古老的銅鎖。

「這兩間都是高幹來開會、出差住的，我託了好多人情才弄到。」小葉邊開鎖邊指隔壁說，語氣中帶點兒得意。

小葉是藤的侄女婿，在一家工廠搞業務，挺機靈活躍的年輕人。

房門打開，一股霉味撲面而來，似乎很久沒人住了，顯然高幹來得不夠勤快，我想。

房間的確不錯，是一間頗為寬敞的套房。前後都各有一條走廊，前走廊擺了兩張沙發，算是會客室；後走廊則通往盥洗間。房間本身相當大，兩張單人床、梳妝台、書桌、衣櫥、茶几之外，還有一台只有在影片道具中才看得到的臉盆架，上面端放著臉盆和毛巾。

浴室很大，很古舊。蹲式馬桶，蓄滿水的浴池，池邊還有一支長柄勺，給人舀水沖馬桶用的。蔚為奇觀的是浴池的水龍頭，有拳頭大，又笨又鏽，不知道是那位祖輩時代的產物，並且不停地滴水。我像走進一個久遠的年代：抗戰時期？民國初年？甚至更早更遠！我的心開始有一點莫名其妙的不安，人也變得恍恍惚惚，不踏實起來。

這感覺也許來自浴室的照明，五燭光的燈泡，如豆似的懸在半空。進入浴室，令人很難一眼分辨哪是浴池、哪是馬桶。令人擔憂的是，房間通浴室的走廊，卻連燈也沒有，我不知道夜裡得起來好幾趟的我，今晚將如何摸黑進入洗手間！

當我正為眼前的景象困擾時，小葉開口了：「怎麼樣？我的自作主張不會錯吧！像這樣的房間，一天才三十二元人民幣，要是住華僑賓館，八十元外匯券一天，還沒有那麼寬敞舒適呢！」

的確便宜，即使在一九八九年的當時，大陸物價還沒有飆漲，這價碼也屬低檔。不過，我還是寧願住原本託他代訂的華僑賓館，雖說房間小些，我也並未住過，但既然是此地唯一招待歸僑的旅館，總會比這裡現代點吧！

但這話怎能說？我只有微笑點頭的份兒。說老實話，對小葉煞費苦心的安排，我和藤都由衷的感激。

晚飯是到三哥家吃的，他與藤兄弟倆分離了快半個世紀，自有流不完的淚水，和訴不盡的衷腸。還有遠從福建各縣市趕來的表弟妹們，大家又哭又笑的熱鬧了一個晚上。

從三哥家溫暖熱情的人氣中回到招待所，格外感到冷清和黝暗。兩排樓房靜靜寂寂，我不知道他們是早睡還是壓根兒就沒人住。我們穿過暗黝黝的庭院、暗黝黝的長廊和樓梯。數著自己腳步的回音，更見寂然。

房間的燈光也不見得有多亮，連客廳計算，還不到八十燭光。送我們回來的小葉和小玲夫婦一走，我們便被包圍在一片昏暗、沉寂和霉味中了。

我一向怕黑，和藤約好，我晚上起來他一定得醒著。他答應了，我這才安心就寢。

我躺在略帶霉味的枕褥上，雖然經過一天的折騰；雖然經過感情的激動，身心已是疲憊不堪，腦子卻清醒異常。輾轉反側，不斷變換睡姿，就是無法入夢。隔壁床的藤，早已鼾聲如雷。

看看錶，才十二點剛過，在台北這時我還在收聽中廣調頻二台的「古典音樂世界」，難怪我了無睡意。

我晚上睡覺習慣開亮燈，空調的風口正對著燈罩，一晃一晃的，晃得我有點頭暈，剛才還嫌不夠亮的燈光，這時卻覺得分外刺眼，我只好起來把燈關熄。

沒有燈光，頭不暈了，眼睛也好過些。可是，黑暗和死寂，卻像一張巨大的網，從四面八方向我罩來，而且越收越緊，束得我彷彿連氣都喘不過來。

剛進門時的不安和不踏實，這時，正強烈的向我襲來。

我突然想起晚上三嫂和表妹的對話。表妹問我們住哪兒，我告訴了她。但一向住在福州的表妹還是弄不清楚招待所的方位。三嫂說：「就是從前的××醫院嘛！」

當時聽過，也沒想到什麼，但此時此地，我卻有了許多聯想。一切有關醫院可怕的傳說都兜上腦海，而且越想越多，越害怕。

忽的，我似乎聽見有人在拍打窗戶，聲音就在後面走廊，一聲緊似一聲。我不敢回頭看，更不敢到隔壁床去叫醒藤，只有把氈子拼命往頭上拉，也顧不得霉味有多重了。

拍了一陣子，聲音突然停了，我也悄悄把頭伸出來，並且試圖下床開燈。可是，當我的腳才剛下地，聲音又來了。這次是在浴室那邊。拍打聲配合著水龍頭的水滴，非常有規律。間中還夾雜著輕而細的噠噠聲，像貓爪著地，又像人踮起腳尖在走路。

我又縮回氈子裡，不停地發抖。偷眼望望窗外，還是一片漆黑，離天亮還遠著呢。這漫漫長夜，何時才過去！

在一陣像是急促的腳步聲之後，噗通一聲巨響，好像有什麼躍進浴池了。是人，是鬼，是狐，是仙，我已來不及細想，本能地尖叫起來。可是，喉嚨這時卻像給人掐住了，任我怎樣努力嘶喊，發出來的，只是微弱而可憐的呻吟。

平常爛睡如泥的藤，竟然從酣夢中驚醒，惺忪睡眼中還以為我在做噩夢。

開亮燈，我和他像恐怖片中的患難夫妻，手扣著手，一步一步，慢慢移往浴室。

打開浴室燈，一切如常，窗戶關得好好的，浴池也平靜無波，水龍頭還是照樣滴水。

「神經兮兮的，就愛胡思亂想，把夢也當成真！」藤白了我一眼，又兀自尋周公去了。

我真是在做噩夢嗎？我自己也有點迷糊了！

不管是真，是夢，是鬼狐，還是幻覺，反正，我已打定主意，明天一早就搬家，搬到華僑賓館去。長夜的驚懼，我已顧不得辜負小葉的苦心了。

（1994年1月12日　新生報副刊）

歌一曲自由，歌一曲生命！

生命像一首歌，有長有短，有悲有喜。對蔡曲旦先生來說，他的生命之歌，譜寫著太多的感傷與無奈！

蔡老師是我的音樂老師。從一九五七年給中共當權派扣上右派的大帽子之後，他的生命裡便再也不曾出現過喜樂的音符。直至一九七九年他逃離中國大陸到香港定居，在自由的空氣中，他才重為自己的生命譜上喜悅與歡愉。而且在受了廿年苦難與折磨之後，仍能一本自己熱愛音樂，熱愛自由的初衷，把生命詮釋得更光彩，更耀眼。這不能不說是一項奇蹟。

一九七九年，才剛踏上香港的土地，他就印證了這項奇蹟。他應邀到大會堂音樂廳作首次亮相的那一回，他以廿年沒有開口演唱，卻仍亮麗的音色；用獨特的運氣方式，輕輕鬆鬆的把爐火純青的演唱技巧表達出來，立刻贏得全場雷動的掌聲和喝采！

蔡老師是在一九四二年我在廣東梅縣唸小學時的音樂老師。他以一個曾受嚴格聲樂訓練的程度，來教我們這批小蘿蔔頭，當然是大材小用。不過，那時他是帶著滿身的疲憊和傷病，從烽烟漫天的粵北前線，來到粵東的山城歇腳療傷的。本來準備做過客，待身體康復後再上前線。沒想到給正待推展的梅縣樂教羈絆住，一待就是六年。在這期間，他不但為提昇梅縣各中學合唱團的水準，投注了許多心力，並且帶動了整個山城的合唱風氣。

蔡老師是廣東揭陽人，從小在印尼生長。來到梅縣，他只能說國語和廣東白話，對說客家語系的梅縣學生來講，無異是鴨聽雷。好在音樂本身就是大眾語言，無須特別溝通，因此，喜歡小孩子的蔡老師很快便與學生打成一片。我呢，因為生長在廣州，又是剛從廣州回去不久，在語言上可以跟蔡老師溝通，加上我喜歡唱歌，蔡老師對我的印象特別深，雖然只教過我一個學期，可是，八年後在廣州街頭重遇，他仍能一眼便認出我。

人的命運很奇怪，往往就在一念之間改變了一生。蔡老師就是這樣。他是印尼華僑，從小生長在與音樂完全不相干的珠寶世家中，生活富裕，不識愁滋味。原本只想順理成章繼承父業，將來做個珠寶商人。雖然偶而也會做做畫家或文學家的夢，但從未夢想過當音樂家。想不到陪媽媽看了一部音樂傳記影片卻改變了今後的命運。那是敘述作曲家、也是小提琴巨擘的帕格尼尼一生的電影，片中優美的小提琴旋律，深深打動了他的心，使他下定決心要做一個像帕格尼尼一樣偉大的音樂家。

母親知道他的志向，既贊同又高興的給他買了一把價值不貲的義大利名琴，還為他延聘名師。可是，名師的標準太高，把每個學生都當作天才，嚴厲得過了頭，使初學的他，望琴生畏，只好棄琴改學聲樂。

義大利籍的聲樂老師，也是一樣嚴格。開始時，他先要學生到醫院見習解剖，認識人體各種器官，尤其要了解呼吸和發聲的來龍去脈。然後再花兩年時間訓練呼吸和練習共鳴，至第三年才開始學唱抒情歌曲，第四年學歌劇。平時，老師還動不動摔歌譜、罵人。

可是，嚴師出高徒，蔡老師就在這樣嚴格的訓練下，不但打下紮實的基礎，對聲樂也越來越投入，越來越喜愛了。四年結束之後，母親特地為他在雅加達開了一場演唱會，得到相當高的評價和讚譽。

生活在異邦的僑胞，民族意識都特別強烈。祖國抗日的烽火燃起，立即激起許多愛國僑胞的沸騰熱血，紛紛回國參加抗日，獻身祖國。蔡志師也不後人。他對優裕的生活、曙光在望的前程毫不眷戀，毅然的捨棄一切，悄悄留書返國，加入抗日行列。

他先到廣州，打算伺機北上參加抗戰。可是，那時的廣州每天受到日機轟炸，北上的交通主道粵漢鐵路也斷絕了。他只好參加當地的抗日組織，每天跟著宣傳隊上街貼標語、唱歌、演講，讓民眾認清敵人的野心和殘暴，激起抗日情緒。

不久，廣州淪陷了，宣傳隊堅持到最後一刻才撤離。在敵人的炮火緊迫中，輾轉到了粵北和東江的戰區與游擊區。在槍林彈雨中，用歌聲喚起民眾，宣傳抗日。

就在那時候，他認識了「杜鵑花」的作詞者方蕪軍。民國卅一年三月粵北大捷，方蕪軍、黃友棣、蔡老師都同在粵北廣東省臨時省會曲江。當時正是暮春時節，杜鵑花開遍城裡城外，為這戰雲密佈的小城，添上美麗的景色。方蕪軍心中有所感，馬上寫下歌詞，跟蔡老師兩人研討修改後，寄給黃友棣，請他譜曲，作為祝捷。譜好給蔡老師試唱後，大受感動。隨即在曲江青年會舉行了一場演唱會。

這首至今仍膾炙人口的抗戰歌曲，就這樣唱了開來，傳遍了大後方的每個角落，也一直傳唱到今天。

那時，在戰火、饑餓、疲累的交織下，蔡老師終於病倒了。就這樣，他來到梅縣，歇下行腳，為山城的音樂教育貢獻自己。

以後幾十年，蔡老師每逢開演唱會，曲目中一定選唱這首有紀念意義的歌曲，一來記取抗戰精神，二來也懷念那段難忘的歲月和珍貴的友情！直至四十五年後，他在高雄演唱時，剛好碰到黃友棣先生和林聲翕先生，老友見面，恍如隔世。除了高興和感慨之外，黃友棣先生還說，雖然「杜鵑花」的唱法，有好些爭議，但他還是覺得蔡老師的詮釋最得他心。

我與蔡老師的師生緣只有一個學期，而且那時的我還只是個十二歲的小女孩，以後便一直沒跟蔡老師聯絡。直至卅八年我離開廣州往臺灣前夕，在漢民北路一家書局前遇到他。那時，蔡老師比以前胖多了，也黑多了，我差點認不出他，他卻衝口叫出我的名字。他仍然從事教育工作，在廣州市培正中學教音樂。還特地邀我到他家拜見師母，也見到他們兩個可愛的小寶寶。他告訴我，下星期即將在長堤的青年會舉行獨唱會，還送我五張演唱會入場券。遺憾的是，我因行期在即，無法參加，失去聆賞的機會！

前年五月一個星期天早晨，我照例扭開警察電臺頻道，收聽每周日的音樂節目「美的旋律」。剛好有人按門鈴，待我回到收音機旁，主持人呂麗莉已經在進行訪問了。只聽得那濃重鄉音的國語，那似曾相識的聲音，直覺告訴我，莫非是蔡曲旦老師？再細聽談話內容，果然不出所料，是蔡老師逃離大陸後，第一次回到自由祖國，並且剛在高雄舉行過一場成功的演唱會。與大兒子思靈（男高音），小兒子思朗（男低音），女兒思樂（鋼琴伴奏）同臺演出，並到臺南掃墓，拜祭師母。師母六年前病逝香港，蔡老師特在臺南選了一塊風景秀麗的地方，讓她安息在自由祖國的土地上。

我興奮地與呂麗莉聯絡後，才知道蔡老師早已回香港，訪問是錄音。不過，麗莉很熱心地替我安排在臺灣工作的思朗，和剛從美國回港，路經此地的思靈兄弟見面。從他們的口中，及後來蔡老師的信裡，知道他在文革期間吃了不少苦頭，幸虧他的堅強樂觀，沒有給整死鬥垮；也只有他強韌的生命力，使他在經歷萬劫後，仍能以古稀高齡屹立舞臺，面對觀眾。

去年十月我到香港，特地去拜見蔡老師。跟蔡老師快四十年沒見過面，他除了消瘦不少之外，一點沒有想像中的蒼老和風霜，那種氣定神閒，充滿自信的樣子，還是跟以前一樣。不過，提起以前那些年的際遇，他卻不勝唏噓，沉痛悲憤。想不到這位滿腔熱忱，一心報國的愛國老人，在抗戰期間經歷了千辛萬苦後，才剛嘗到勝利之果的甘甜時，又被迫走上一條更艱苦困頓的路途！

抗戰勝利後，蔡老師在廣州有一份理想的工作，而且由於他多年的努力，已贏得南國歌王的美譽。在一次馬思聰南來，兩人在長堤青年會聯合舉辦過一場音樂會之後，更被稱為「北馬南蔡」。那時，他真的是前程似錦！

當他正待更上層樓的時候，廣州變色了。中共主政的頭幾年，以他在音樂界的聲望與影響力，當局經常安排他在廣州市各大專院校、電臺講演和演唱。並到北京、上海、杭州等地巡迴演唱。還派他為「中國音樂學會廣東分會」的常務理事及演出組長、文藝七級的駐會專職幹部。經常代表「廣東音協」接待國外藝術家來訪演出，以及主持藝術技巧交流活動。

然而，好景不常，當一九五七年中共所謂的「百家爭鳴」，大搞反右派運動時，蔡老師這種西洋發聲唱法，被視為「封資修」的產物。而他耿直率真的脾氣，和對音樂的維護、堅持和執著，更開罪了當權派，惹來莫大的麻煩，給戴上「反動學術權威」的帽子，打成大右派。天天開會檢討批判不算，連服務的學校也因怕事，把他列為「留校察看」。他氣不過，寧可回家吃老米，也不願為五斗米折腰。

可是，在共產社會的制度下，家無餘糧，那有老米支持你賭這口氣？只要一天沒工作便沒收入、沒飯吃。不但如此，連所有口糧和日用品的配給券也停發。就算你手頭有錢，也沒地方可買東西。尤其是一餐都不可或缺的糧食。蔡老師有四個孩子，岳母也住在一起，一家七口，有老有小，難道真要他們喝西北風不成？但他不肯向親朋告貸，一來怕連累他們，二來不肯輕易向人伸手的個性，使他寧願靠典當度日，何況，那個時候，人人自顧不暇，誰還有餘力接濟你？於是，只好把典當的錢買番薯過日子。長期營養不良，一家人有的患了水腫，兩人得了肝炎，真是屋漏更遭連夜雨！

後來曾經有好幾次他去買番薯，給朋友和學生碰見。他們知道實情後，都紛紛偷偷接濟他，送錢、送米，白天不敢來，便在晚上送來，怕被人看見，米還用帽子蓋著。棉被不夠用，也虧得朋友在半夜裡悄悄送來。這段日子就是這樣挨過來的！

文革期間他數度被抄家，二度關進牛棚。其中一次還是馬思聰的投奔自由，中共當局認為跟他有一點關連，而把他關進去的。

「即使給關進牛棚，我還是莫名其妙，不知自己究竟犯了什麼罪？」蔡老師說。因此，他也是一直持著「死不悔改」的態度。他說：

「我始終認為政治是政治，藝術是藝術，不能混為一談。藝術家可以不過問政治，但共產黨卻是政治掛帥，藝術必須受政治干預。在基本上，我的觀念跟他們是南轅北轍，但我也只能消極以對。在牛棚中，他們每天分三班找我去談話、開會，我表面上裝出一副專心的樣子，腦子裡想的卻是自己的音樂。我把這幾十年來對聲樂呼吸法的經驗和心得，在腦子裡構思、整理，準備將來有機會集冊成書。」

這一點一滴凝聚腦海的精華，到了香港他便出版成書。後來又感到有未盡之處，增添不少資料和圖片，連同原書交給臺灣的大呂出版社重新印行。

牛棚裡關了一年多，出來時，他的家已被整得面目全非，搜刮一空。鋼琴給抄了，多年灌錄的唱片和樂譜，也給紅衛兵毀掉，全家只剩下一塊多錢。在那些紅小鬼拳打腳踢、七爭八鬪之後，全家給趕到一棟建在天臺上、搖搖欲墜的危樓木屋裡，一住就是十年。但抄不走、毀不掉的，是蔡曲旦老師樂觀堅毅的性格，和那永恆的歌聲！

由於紅衛兵鬧事，學校停課，蔡老師不讓孩子出去，每天在家給他們上音樂課。可是，學聲樂不能沒有聲音，有聲音又會給自己製造麻煩。於是，他每天清晨四、五點鐘，帶領著兩個兒子和學生，躲到越秀山的林子裡練唱。那片遼濶又茂密的樹林，掩蔽著、護衛著他們，即使有人聽到聲音也找不到他們。就這樣，靠著一個定音器，沒有鋼琴，沒有樂譜，在神不知，鬼不覺中，他不但保有自己清亮的嗓音，同時也進行著音樂薪傳的工作！

一九七九年他以華僑身份，終於得以離開那塊他曾經熱愛過的土地，踏上香港，重新呼吸自由空氣。如今，他在香港清華書院執教，他將以有生之年，繼續為音樂教育奉獻自己！

（1987年5月21日　大華晚報）

赤足天使

前不久，為了搬家總清鞋櫃，我扔掉一大袋半新不舊的鞋子。這包不合時、不合腳的各式各樣鞋子，少說也有十來雙。曾經赤腳走過抗戰物力維艱日子的我，實在有點丟不下手。

我望著這袋鞋子，滿懷著罪惡感走進了時光隧道。

我已忘記打什麼時候起沒穿過鞋子了。

我只記得最後一雙皮鞋是紅色的，圓圓的鞋頭上還繫著一隻小蝴蝶結。那是我八歲生日快到時，母親提前買給我的禮物。她特地帶我到廣州市鞋店最多的「雙門底」去買。母親說：「這裡買的鞋子較耐穿，回到鄉下，有錢都買不到皮鞋呢！」

那時正是抗戰開始，盧溝橋的砲聲離我們雖遠，但廣州市的戰時氣氛，隨著防空演習警報的鳴叫，日趨緊張。父母親決定摒當一切，帶我們兄妹四人早日返回蕉嶺故鄉。

蕉嶺是山城，我們的老家靄嶺村更是靠山的小村莊，唯一的市鎮新舖圩只有一條直街。幾十家店舖就沒有一家皮鞋店。

皮鞋在這個地方是奢侈品。

可想而知我腳上的紅皮鞋是如何的引人注目了。尤其穿著它上學，總會惹起同學們酸溜溜的言語，有點羡慕，又帶點揶揄：「嘖嘖嘖，著番鞋哪，莫踢到腳趾頭啊！」

當然，也有同學對我的番鞋躍躍欲試的，那是跟我要好的幾個。有時候，我跟她們換鞋子穿，我穿她們污漬斑斑的布鞋，穿她們有股怪味的力士鞋。打光腳的同學，也怯生生的把沾有泥土的腳板，伸進我的紅鞋裡，嘗試一下穿番鞋的滋味。

可惜，番鞋沒讓我風光多久，腳長大了，鞋子穿不下，只好眼睜睜的任由母親送人。

母親從圩上買回跟同學一樣的力士鞋給我，我聞到那股嗆鼻的橡膠味，就先沒好感，再看它那男女不分的式樣，心裡更是排斥得緊。母親說：「抗戰期間，有鞋子穿已經不錯啦，等有一天連力士鞋都沒得穿時，才知道苦吶！」

母親的話，不久之後果然應驗，我們真的連力士鞋都穿不起了。力士鞋是從汕頭水路運來的。自從潮汕一帶戰局吃緊，鞋子的來路也斷了。圩上洋貨店雖然還有點存貨，但奇貨可居，價格暴漲，誰也買不出手。

赤腳上學的人越來越多。反正鄉下人平日光腳慣了，穿鞋子對他們來說反而是一種負擔。也有同學穿自己母親或祖母手做的布鞋。但布漲價之後，鞋面的花色便越來越雜，反正什麼現成就做什麼。男生也有穿花布鞋的。穿補鞋的人多了起來，常常是一雙黑布鞋子，鞋頭卻補了一塊大花布。

母親還是那句老話：「有鞋子穿就不錯啦！」

抗戰越久，物資也越匱乏。幸虧當時大家都有一個共識：「一切為前線，一切為抗戰！」煤油燈換成豆油燈、桐油燈，最後用松脂、竹把照明。粗鹽代替牙膏，茶枯當作肥皂，粗布權充毛巾，連布鞋也視作珍品。大家咬緊牙關，只為一個共同的信念：「打贏這場聖戰！」

為了提倡節約救國，梅縣、蕉嶺等幾個縣市的中小學校共同發起一項「赤足運動」，一時間展開得如火如荼。從鼓勵、勸導，到全面禁止，學生已沒人穿鞋子上學，路上到處可見赤腳大仙。

其實，我們學校早就在實行赤足運動了。平日穿鞋子上學的，只有數得出那幾個，我是其中之一。母親一向不許女孩子在人前光腳。可是，當赤足運動雷厲風行時，母親第一個響應——因為她是村裡「德重小學」的校長，她必須領導全校學生徹底實行。當然，我更得做大家的榜樣。從此，我把鞋子束之高閣，每天跟所有同學一樣，光著腳上課。

初中我升學到梅縣女師附中，梅縣離新舖圩五十華里，是個教育相當發達的文化重鎮，市面比新舖圩大，也繁榮。但現在，上下學時間，放眼街頭，學生盡是赤腳大仙。

女師推行赤足運動最徹底，誰要不遵守，即使把鞋子藏在書包，給糾察隊發現，便得在朝會上罰站。誰也丟不起這個臉。因此，即使嚴寒酷暑，都沒有人敢穿鞋子。

民國卅四年，隨著曲江的失守，有些機關疏散到梅縣，街頭一下子湧現許多時髦的仕女，給這純樸寧靜的文化城帶來小小的衝激。市面也驟然繁華起來，最明顯的是茶樓飯館的增多。

暑假快到時，梅縣各級學校發起一項大規模義賣。學生利用周末及星期日到街頭、到各茶樓飯館賣花，所得捐獻支援前線。我們一夥廿多人被派到當時最新穎漂亮的茶樓「清耀園」。

開張不久的「清耀園」，每逢假日簡直座無虛席，都是外地客較多。我因為會講白話（廣州話），跟他們可以溝通，要我打頭陣。生性羞怯的我，提著花籃，光著一雙腳丫子，踩在光潔的地板，穿過耀眼的燈光，不由自主的自慚形穢起來。原本就拙於言詞的我，這時更是吶吶不知所措。眼看歸隊的時間快到，賣出的花朵還不到四分之一。大夥兒都快急哭了，我更是自責愧疚交加。

突然，靠裡桌一位穿藍布旗袍的大姐姐，輕盈的走向我們。她自我介紹說，是從坪石中山大學來的。她接過我的花籃，很自然地一面帶領著大家唱歌，一面向座中客義賣花朵。「先生，買一朵花吧，先生，買一朵花吧！這是自由之花呀，這是勝利之花呀，買了花，救了國家……」一時，歌聲此起彼落，座中客人也唱和著，把所有人的情緒帶到最高點。一籃花不消多久便銷售一空。

「清耀園」明亮的燈光輝映著我們興奮泛紅的臉龐，是那麼的年輕光鮮，一雙雙沾著塵土的腳丫子，也頓時變得高貴聖潔了。倏地，我覺得我們像一群戴著光環的赤足天使，在為多難的祖國執行一項神聖的使命！我們，為什麼要自慚形穢！

（1994年10月11日　臺灣日報副刊）

流浪的牧童

「我已沒有家了，我家在廣州……」音樂課上，她又為我們唱這首歌了。每次上她的課，同學們都會一再要求她唱。這是她的招牌歌，在這之前，還有誰聽過唱得比她更好的？

這是黃友棣作曲，荷子寫詞的「我的家在廣州」。

她是我們的代課老師歐陽莉莉，年紀好輕，齊耳短髮個子嬌小，要不是那一身藍布旗袍，要不是端坐在鋼琴前，別人準會把她當作學生。她是從曲江疏散到梅縣來的，那是民國卅四年曲江淪陷之後。我在梅縣女師附中唸初中三年級。

第一次聽她唱這歌，是在學校的晚會上。小小個子，站在偌大的台上，顯得有點孤單。她黯然神傷的唱出：「我已沒有家了，我家在廣州。我記起了門外的綠水，我記起了庭前的垂柳，我記起了被鞭撻的奴隸，我記起了被輾軋的豬牛。還有我白髮的老娘，我千千萬萬的戰鬥朋友……」清潤甜柔的歌聲裡透著太多愁戚和憂傷。它牽動著我，把我帶至懷鄉思親，憂國傷民的情緒中。當唱到：「廣州沉淪，可是，廣州也在戰鬥……」那沉痛中的激昂，又彷彿有股穿透力量，撼動著我，使我全身熱血沸騰不已。

自此，我深深的喜愛這首歌。儘管廣州不是我的家鄉，但那裡是我生長的地方；儘管蕉嶺是我的故園，而我卻朝思暮想著那塊孕育我的土地！

廣州的家，門外沒有綠水，庭前也沒有垂柳，卻是我居住了八年的家。那兒有我溫暖的窩，有我的夢，我的歡笑，還有我讀過的童話，鍾愛過的洋娃娃。誰想到一夕之間，盧溝橋響起砲聲，轟碎了這一切。為了安全，我跟隨父母兄姊，搭上前往九龍的火車，逃避日機來襲，隨時準備著回家鄉避難。

坐在火車上，我猶自頻頻回首張望，然而，從此再也看不到那曾經屬於我的家，和那裡的一切一切！

在九龍，我們住的地方離廣九鐵路不遠，當廣州還未陷敵，火車依然每天定時定候的打這兒經過。我也一定站在門前，目迎目送。看著它從遠方呼嘯而來，又揚長奔向那無垠的天邊。它奔向何方，我雖然知道，但有時我寧可不知，因為它的目的地，正是我回不去的來時路啊！最令年幼的我困惑的是，為什麼我可以乘火車來這裡，而它卻不能載我回去？

再從九龍舟車輾轉回到蕉嶺故鄉，已是廣州沉淪以後的事。爸媽認為既已無法重回廣州，只有回老家一途了。

故鄉張開雙臂迎接我們，並在它的庇護下，抗日戰爭中我們沒有逃過難，嘗過顛沛流離之苦。雖然沒有物質享受，但溫飽不虞，生活安定，比起全中國其他受苦受難的同胞，我們真算得上是幸運兒。歐陽老師卻是這場戰爭的受害者。她是廣州人，隻身離開故鄉和家人，逃難到曲江，又輾轉流浪到梅縣。

也許語言相通，也許我特別喜歡唱歌，在班上，她很快的便注意到我。放學後常常找我到音樂教室教我唱歌。不過，多半時間都在聽她唱。

她最常唱的是一首我從未聽過的抗戰歌曲：「河邊草青又青，太陽落山一片紅，長流水，聲嗚咽，從早放牛直到晚，無衣無食到處受饑寒，何時何日回家鄉？恨不得牛群當戰馬，長鞭變刀槍，號角吹起進行曲，驅逐敵人，收回家鄉，牧童永不流落在他鄉！」

每次，她幾乎都是嗚咽著唱的，濃濁的嗓音，完全失去平日的清脆甜美。有一次唱完這歌後，淚痕仍在臉頰，她幽幽的告訴我：「我就是那個流浪的牧童！」我這才知道，這場戰爭毀了她的家，奪去了她的父母兄姊，使她成為一個流浪他鄉的孤兒！

我不敢答腔，也不敢抬頭看她。我知道，只要一開口，我的淚水便會不聽使喚的流下來。

自此之後，不知怎的，我對歐陽老師的遭遇，總懷有一份同情和更多的歉疚！是為了自己的幸運，還是為了她的不幸？我自己也說不上來！

（1995年7月5日）

唱出一個勝利來

「靜夜中我抱著槍，守衛在哨崗上，月亮的清輝，使我想起了家鄉。呵，母親！呵，母親！你半夜裡還倚在窗前盼望……」

這首懷鄉思親的歌曲，在抗戰時期，我年少的歲月裡，每次唱起，都哽咽得唱不下去；即使經過半個世紀，如今在垂老之年唱起它，黯然之情，仍然難抑。

其實，抗戰八年我是屬於少數的幸運者之一，既未離鄉背井，嘗過顛沛流離之苦，而且一直在後方溫暖的家園和母愛的呵護下長大。但這首歌卻讓我感同身受，進入放哨的青年戰士思念家鄉和母親的感情中，跟他一同懷念、一同祝禱。這就是音樂和歌曲感人的力量！尤其生長在那個敵愾同仇、慷慨悲壯的大時代中，全國同胞的生命彷彿已融為一體；每個人都有一份不分你我、生死與共的共識與情懷。歌曲，就是牽動和結合這種感情的媒介和力量！

在中國的歌樂作品中，抗戰歌曲無疑是佔了極大的份量。八年中創作出來的歌曲，何止千首萬首！雖然那些歌曲大部分都是反映時代的有感之作，未必有很高的藝術價值，但歌中有血有淚有生命，真實的感情深深的打動著每一個中國人的心弦，引起強烈的共鳴，不管是慷慨激昂，沉慟哀傷，感懷抒情，都能鏤刻在唱過的人的腦海，永誌難忘，即使流過五、六十年歲月的長河，這些永恆的沙粒，仍然閃爍在每個人的心中。

一些當年走過抗戰的人，聚在一起，很自然的便想到唱抗戰歌曲，只要有誰開口，唱和的人一定此起彼落。每年七月七日抗戰紀念日，文友合唱團一群受過抗戰洗禮的團友，都會在新公園演唱抗戰歌曲，常常情況是台上噙著淚水唱，台下流著眼淚和。

前兩年的七月七日，一群也曾是抗戰青少年的作家王藍、鍾雷、李中和、張繼高、郭嗣汾、司馬中原、朱炎……跟文友合唱團的團友在文協度過一個難忘的抗戰紀念日。大夥兒輪番上台，在蕭滬音老師的伴奏中唱抗戰歌曲，有獨唱，也有合唱。最令人懷念的是難得開口唱歌的張繼高先生，抱病之身還和大家一起唱「黃水謠」、「畢業歌」，在抗戰歌聲中共同沉湎於一個永不泯滅的記憶裡。

中國人一向含蓄，很多人平日不輕易開口唱歌，但一唱起抗戰歌曲卻當仁不讓，一首接一首。想起抗戰期間，全國軍民只要唱起抗戰歌曲，幾乎都能琅琅上口，即使不識之無的販夫走卒，都能哼上幾句。在校的學生更不必說，學校的音樂課每周才一堂，但我們一學期下來會唱的歌曲，何止幾十首？那時候沒有電視、廣播、音響和電影這些大眾傳媒，但新歌一出，不論天南地北，很快便流傳開來。就像我們在廣東一個偏僻的山城裡，很快可以學到遠在華中的「保衛大武漢」這首地區性的歌；而在大後方的同胞，也能隨口唱出「再會吧香港」。連陷在敵手的同胞，也在偷偷地傳唱抗戰歌曲。

姨父丘念台先生抗戰期間曾領導一個東區服務隊，隊員大部分都是台灣同胞，他們在廣東後方各鄉鎮宣傳抗日。有一次來到我的家鄉蕉嶺縣新舖圩，晚會中，有人用客家話唱了一首叫化子歌：「啀唔講你就唔分廂，啀個屋掛就在鎮江，高樓大廈四四方，日本鬼子心咁狼，飛機炸彈搭大炮呀，轟炸燒毀就浪蕩光，大麻丘田就變口塘……」過不了多久，我家門口來了一個要飯的，手裡打著竹板，口中唱的正是那首「叫化子歌」。

其實，抗日歌曲並非自廿六年才開始有，日本人處心積慮的要掠奪我國土，已不是一朝一夕，民國廿年「九一八」之後便有不少反抗的心聲傳出，好些敘述東北浩劫的歌曲已有不少，像聶耳作的那首家喻戶曉的「鐵蹄下的歌女」是電影「風雲女郎」中的插曲，就是那個時候的作品。

抗戰歌曲雖說是應時應事的「時代歌曲」，但其中不乏藝術性很高的作品。因為當年幾乎全民參與寫與唱的情況下，還是有很多專業作曲家的傳世之作，像冼星海的「黃河大合唱」、張寒暉的「松花江上」，已成為抗戰歌曲的經典。聶耳的「義勇軍進行曲」後來也給中共選為國歌。汪逸秋的「江南三部曲」、賀綠汀的「嘉陵江上」、黃自的「抗敵歌」、「旗正飄飄」、夏之秋的「歌八百壯士」、「思鄉曲」、黃友棣的「月光曲」、「歸不得故鄉」、陸華柏的「故鄉」、陳田鶴的「巷戰歌」、劉雪庵的「長城謠」、麥新的「大刀進行曲」……都是傳唱至今的不朽名作。

當時許多著名作家也參與作詞的行列，例如羅家倫、張道藩、田漢、老舍等。尤其老舍與張曙合作的那首民謠風的歌曲「丈夫去當兵」：「丈夫去當兵，老婆叫一聲，毛兒的爹你等等我，為妻的將你送一程……」親切的小調，口語化的歌詞，一時膾炙人口。

用地方民謠譜的抗戰歌曲，富親和力，更能引起唱者的共鳴，例如山西民謠「李大媽」、陝北民謠「朱大嫂送雞蛋」、「延水謠」、東北民謠「高粱葉子青又青」、北方民謠「盧溝橋」、「蓮花落」等，唱起來在國仇家恨之外，還增添一份懷鄉思親的情愫，令人恨不得立刻打回老家去！

我永遠記得一位長輩說過：「抗戰勝利是唱出來的！」事實當然沒有這麼簡單，但抗戰歌曲鼓舞民心士氣的確功不可滅，而它在中國歌樂史上所佔的地位，也是不容置疑。可是，在經歷五、六十年的滄桑之後，抗戰歌聲已漸行漸遠，甚至只剩下嬝嬝餘音了，我不禁悲哀的想，在我們這些走過抗戰的一輩過去之後，抗戰歌聲是否也跟著杳然呢！

（1997年7月15日　青年日報副刊）

受用不盡的禮物

抗戰那年，我剛念完小學一年級，正是最貪玩的年齡。五十多年前，小孩子玩的花樣雖然沒有現在多，也沒有現在製造的精良和千變萬化，但是很多玩具和玩法，都是自己動手和動腦創造出來的。玩起來不但格外帶勁，還有一份特殊的感情與成就感，一輩子都無法忘記。

戰爭打得越久，物資越缺乏，曾經擁有的童話故事以及各式各樣的玩具，都因為沒有來源而絕跡了。因此要玩，就得拿出克難精神自己動腦動手！

當時，小學生最時興也最普通的遊戲不少，男生玩滾鐵環，打玻璃彈珠，射彈弓；女生冬天踢毽子，夏天抓石子或沙包。跳房子是不分男女生都愛玩，有時候各玩各的，有時候男女生也會玩在一塊。

這些玩具都不是花錢花買來的，家中破桶的鐵箍就是現成的鐵環。毽子上面的羽毛是拔自雄雞的尾巴。沙包更是方便，河岸沙灘上多的是材料，只要用小布塊縫一縫就成了；要不然，給河水沖刷得渾圓晶亮的小白石子，也是抓石子最好的工具。

除了玩，唱抗戰歌曲是我們最喜愛的娛樂了。當抗戰進行得如火如荼的時候，源源不斷的抗戰歌曲也從四面八方唱了起來。那時候，雖然沒有廣播、電視這些大眾傳播媒體，但是大家口傳口，一首首慷慨激昂、振奮人心的抗戰歌曲，就在大街小巷、田野山崗到處飛揚。從這些歌曲中，每個同胞都體會到國破家亡的慘痛，以及敵愾同仇、團結抗敵的意義。我們小孩子也在唱歌的樂趣中，生出對國家、民族、同胞的愛；認清自己將來肩負的責任！

從娛樂中得到的教育，分外來得自然而深刻。這是抗戰給予成長中孩子的一份特殊禮物，讓我們一生受用不盡！

（1995年10月14日　國語日報）

【散文】輯五：親情難忘

如緞般的長髮

母親年輕時有一頭濃密烏亮的長髮，像一匹黑緞，直瀉小腿。

十四歲那年，父親到外婆家相親，母親害羞，躲在書房不肯出來。老管家陳叔婆悄悄地領著父親溜進書房，只見母親伏在案前，把整張臉深深埋在臂彎，只露出後面一條烏溜黑亮的長髮辮。陳叔婆提起辮子，手裡摸著，口裡讚著，冷不防，一把抱起母親，好教站在一旁的父親瞧個仔細。誰知道當時也只有十四歲的父親，卻傻愣愣地，看到的依然還是那條油亮亮的大辮子！

長髮辮情繫著兩顆少男少女的心。這一結髮，便是七十二載！

他們第二次見面，仍是頭髮客串主角。

那一年，他們十七歲。距離相親已事隔三年，這一對訂過親的未婚夫妻，還未有緣相見。在上海求學的父親，學期中突然返回廣東老家探親，並「順便」到「懿德女子學堂」拜訪老校長。

父親與老校長之間原沒什麼淵源。如果有，也只是因為母親當時正在這間女子學堂就讀。想藉此看看母親，才是父親此行的真正目的。

老校長雖然明白父親的來意，但礙於當時的風氣，不便找母親出來相見。父親的願望無法達成。不過，他的來訪消息很快傳遍學校，同學們紛紛出籠打探，只有母親一個人躲在宿舍，不敢出來。

同學們傳回來的描繪很多：「金絲眼鏡西式頭」、「西裝革履」、「翩翩公子」、「白面書生」……但再有吸引力的形容詞也打動不了母親。唯有「西式頭」這一句。她想：「還是宣統二年哪，就有膽量剪辮子，這人的勇氣該有多大！」

母親是新女性，她同情革命，痛恨滿清腐敗無能，剪掉辮子是表示對滿清政府無言的抗議。因此，她倒想見識見識這位一直活在未知和臆測中的未婚夫，是何等人物！可惜距離太遠，又隔著窗子。遠遠地，除了「西式頭」之外，什麼都沒瞧見。

每次提起這兩段不算綺麗的愛情故事，母親的眼睛仍然發亮。從她眸中閃動的嬌羞與喜悅，可看出這兩段羅曼蒂克的往事，是如何地攪動她當年的少女情懷！

頭髮的故事伴隨著我長大，如黑緞般的長髮也一直盤踞我心，使我深深喜愛著。連帶的，我也喜歡上徐志摩那首「海韻」，更愛唱趙元任譜成後的歌曲，每次唱到：「在沙灘上，在暮色裡，有一個散髮的女郎，徘徊，徘徊……」眼前便會浮現一個披著黑緞長髮的影子，有點像母親頭髮故事中的女郎，但絕不是母親。因為在現實生活中，我從未看過如黑緞般長髮的母親。母親對我來講，是利落的短髮，是灰白的髮髻；是慈祥、勤勞的化身；充滿活力，熱愛生命，絕不是詩中那個神祕浪漫的女子！

母親那頭博得無數讚美的長髮，婚後沒多少年便剪短了。原因是節省梳理的時間。

由於祖母早逝，祖父是滿清時駐紐約和舊金山的總領事，長年居住國外，當家的重任便落在婚後不久的母親肩上。

管理一個有妯娌、有小姑，還有眾多婢僕、長工的大家庭，已屬不易，何況還要相夫教子、到學校教書。於是，母親毅然把一頭相伴相隨了二十多年的長髮剪短。剪刀剪斷了她的長髮，同時也剪斷了她少女時代的黃金歲月，從此擔負起為人媳、為人妻、為人母的人生責任！

退休後的母親，又恢復了蓄長髮。可惜歲月灰褪了它的烏黑，風霜掩蓋了它的亮麗。還好，濃密依然如昔，盤個髻兒在腦後，仍羨煞許多親友。

小時候我常遺憾無緣見到母親當年如黑緞般的青絲，但年歲增長之後，對許多事物的看法也改變了，我反而非常欣賞母親那頭閃著銀光的白髮，它伴隨母親走過九十年歲月，每一根銀絲都蘊涵著人生的智慧，都閃耀著尊貴動人的光輝！

母親很愛惜她那頭美髮，從不讓化學製品傷害它，包括燙髮藥、洗髮劑，甚至香皂。她一輩子沒燙過頭髮，洗頭也只用一種天然洗髮劑——茶枯。也就是榨過茶油的殘渣，製成餅狀後曬乾。洗的時候要用鐵鎚細細搗碎，浸泡在滾燙的熱水中，再濾去渣滓，相當麻煩。

麻煩的還不只這些，用茶枯的人不多，市面上很難買到。但母親從小到老，每住一個地方，無論是梅縣老家、廣州、上海、北京、瀋陽，甚至來到臺灣，她都想盡辦法買到。在盛行洗髮精的這些年，茶枯幾近絕跡，她還是千方百計託人到產地買來。

從小，替母親槌茶枯是我的專利。母親常誇我：「別看細妹平常粗心大意，槌起茶枯來倒是挺細心的，看看這茶枯槌得多粉、多勻呵！」有了母親的讚賞，我就更把這項差使當作義不容辭的工作了。

初二那年，我轉學到離家五十華里的梅縣女師附中唸書。母親每次寫信都會提到茶枯的事，當我讀到：「你離家後我就沒用過這麼細碎的茶枯了，真有點不太習慣……」我的淚水便忍不住潸潸而下。

我很喜歡茶枯那股特有的氣味，也喜歡母親剛洗過頭，髮間散發的淡淡清香。給人一種潔淨、純樸的感覺，就像母親平日的形象一樣。而今，母親去世已十二年，我也從此沒再看見過茶枯，觸摸過茶枯了，但在我心深處，永遠浮動著它那淡淡的，特殊的香氣！

白色的康乃馨

又是康乃馨繽紛的季節！

我再次走過去年那家花店。在門口猶豫了好一會，終於走進去，在五彩斑斕中選了一束白色的康乃馨。這一次，胖胖的老闆娘沒有問我什麼，便把花遞給我。素白的花瓣上還淌著幾滴水珠。我默默地接過花束，黯然走出店門。

我不知道這束花該怎樣交到母親手中，一如往年那樣。因為我無法確知母親究竟在那裡？母親，她已悄然離我遠去。去年十一月一日一個陰冷的下午，她結束了九十年的人生之旅，返回她永久歸屬的地方！

去年，也是康乃馨燦開的時節。母親節那天，我一大早到那家花店，買了一束紅色的康乃馨。當那位年齡和我相若的老闆娘，知道我是買來送給母親時，不禁萬分羨慕地說：「真福氣！」

誰說不是！年過半百，仍然還有為母親買一束紅康乃馨的福氣，我的確為自己的幸福感謝上蒼，可是，卻也時刻為自己的疏懶大意和缺乏耐性而自責，而愧疚！

母親住在左鄰三姐家，雖然只有一牆之隔，但上班、寫稿、家務，還有新添的兩個小外孫，把我的全部時間瓜分得零零碎碎，使我難得有較多的空暇去陪伴母親。有時去了，又只顧跟三姐說話，留給母親的時間，真是少之又少。

也許在我的潛意識裡，多少有點逃避的成分在。因為母親這些年來，談話的內容老是重重複複，甚至顛三倒四。那些聽了幾百遍、幾千遍的陳年舊事，我早可以倒背如流了。而她，還是一遍又一遍地當作昨天才發生的新鮮事，說給我們聽。有時候聽膩了，只有逃之夭夭，借題到廚房找三姐去。儘管如此，每次我們來了，母親總是興奮地拍拍床沿，要我們坐下，嘴裡還不停地叨唸：「來就好，來就好！看到你們，我就開心！」

回想起來，我真覺得自己好殘酷、好不孝！如今，每次上三姐家，對著母親那張空盪盪的床，我多願仍能像往日那樣，再坐在床沿，聽聽她那些說不完的陳年往事，那怕已聽過一百遍、一千遍！

其實，這也難怪母親。八十多年的歲月，就有八十多年回憶不盡的往事。即使一年一頁，也夠她翻上兩三個月了。何況，母親這一生經歷過的時代和風浪，使她的已往有著太多的不尋常。打前清到民國，從家庭到社會。她抗拒纏足，嚮往革命，爭取讀書的機會；她服務桑梓，畢生獻身教育；老年還為了子嗣給父親納妾。

而最令她椎心泣血的是我三個弟弟的夭折，和大哥、大姐的早逝。

我一直以為母親堅毅的個性，強韌得足以抵禦那一連串巨大的打擊。表面上，她總是那麼理性地處理一切，把工作放在最前面。尤其抗戰期間回到家鄉，接下鄉間小學的校務，她更是把全副心力投注在學校的整頓和改革上。可是，我卻清楚的記得，小時候當三個弟弟和大姐相繼去世的那些年，午夜夢迴，常常被前房母親的啜泣聲驚醒。哭聲中那種悲慟和無助，使我無法相信，那是白天經常帶著一副平靜笑容的母親所發出來的。原來，母親只是把她的哀傷深藏心底，藉工作的力量，支撐她面對現實！

在我小時候的印象中，母親是一具操作不停的機器，是校務叢脞的校長、誨人不倦的老師。她難得有時間歇下來，當然也就難得有工夫跟兒女作一些婆婆媽媽的親暱了。因此，我常常羨慕別的小朋友可以恣意地在他們母親的懷裡打滾撒嬌，而我，只有在生病的時候，才能享受到母親溫柔的撫慰。那種說不上來的溫馨又幸福的感覺，令我感動得巴望能永遠生病！

後來，母親看到我們姐妹跟孩子們親子之間親密的感情，總是充滿歉意地說：「你們小時候真可憐，從來就沒有享受過這些！」

其實，母親雖然不曾親自料理我們的生活起居，但我深深的知道，她對我們所付出的關愛和心血，跟天下母親沒有兩樣。而且她給了我們最好的榜樣，影響了我們日後的為人處事。

母親愛花、愛詩詞、愛小動物，興致來時，也愛摸幾圈衛生麻將。退休後的母親，就把精神寄託在這些興趣上，把生活安排得非常充實。

母親和五姨的興趣相同，感情也最好。姐妹倆常常在一塊填詞賦詩，或低吟淺唱。如果誰有新作，便拿出來互相切磋，交換意見。偶然也結伴到各地遊覽名勝古蹟，悠遊自得。

五姨比母親小兩歲。晚年時，姐妹倆更是相依相伴，時刻不離。我搬來永和之後，母親便一直跟我同住。姨母為了能時刻與母親相見，也搬到我的右鄰。直至我恢復工作，上班之後，留母親一個老人在家不放心，三姐才接她過去。不過，跟五姨家也只是咫尺之遙，還是可以每天在一起。

懂得安排生活，又有五姨作伴，母親的晚年一直不覺孤寂。只是在五年前，不慎摔斷了腿骨，每天只能在輪椅上過日子。近一兩年來，她的體力和精神更不濟了，大部分時間都躺在床上，但她很少生病，臨去時，也只是感到呼吸不順暢。送到醫院，醫生卻說：油盡了，燈也即將熄滅！

醫生說的一點沒錯。母親，她無私的，用生命的燈盞照亮我們，直至燃燒盡最後一滴油！
母親，現在我只能把這束白色的康乃馨獻在您的靈前，但願能一如往年把花交在您的手中那樣！

一首不忍重讀的詩

夢裡，我被自己的哭聲驚醒，
因為，我依稀記起臨別的情景：
　年老的母親，依依地佇立門前，
含淚凝送她的愛兒遠行。

此刻，寒風不斷地發出悲鳴，
聲調是如此的哀怨，如此的低沉。
　呵！那聲音為何這般的熟悉？
——似母親帶淚的嘆息頻頻！

此刻，夜雨不停地灑落窗櫺，
雨珠是如此的細碎，如此的淒清。
　呵！那水珠為何這般的熟悉？
——似母親雙頰的淚水盈盈！

夢裡，我被自己的哭聲驚醒，
因為，我彷彿見到家中的情景：
白髮的母親，孤寂地倚在門前，
期待地頻喚著我的小名。

這首詩是藤寫的。寫這詩時他才三十歲，離開母親整整十年。而今，三十年過去了。當年夜夜從思母夢中哭醒的遊子，已邁入花甲。而倚閭待兒歸的慈親，卻已蒙主寵召、回歸天國有四個年頭了。隔著海峽，只要慈母健在，再見面的希望仍然在。然而，跨越了生死，頓成天人永隔，母子團聚，只有寄望於虛無的來生。此刻，藤若重讀這詩，內心的悲楚哀傷，定然千百倍於寫詩的當日；而這個椎心刺骨的遺憾呵，又該如何去彌補！

他寫這詩時，我們結婚還不到三年，但我卻在數不清的深夜，在他夢中的哭聲裡驚醒。最初，我都笨嘴笨舌地在勸慰他，勸著、勸著，最後，連我自己也一塊兒陪他哭了。

這詩就在他許多哭醒的夜晚中，一個無眠的長夜寫下來的。寫好之後，他一遍也不敢重讀，便夾在一本記事冊中。這一夾，就是三十年。直到前不久，我清理舊物，才找了出來。

他不是一個多愁善感的人，但對母愛，他卻有太多的感懷。一首歌、一段小詩，常常會勾起他兒時的記憶；充塞在那些記憶中的，又盡是母親的影子。他與母親共同唱過的讚美詩，闔家圍在燈前唸的晚禱詞，還有離家之後，母親捎來的一封封、用那纖細筆觸畫出來的羅馬拼音的家書。一切一切，只要曾經與母親共同擁有的，一觸及，都令他心底淌血。

我與婆婆沒有緣，一直分隔在兩個世界，不曾見過面。但從藤點點滴滴的回憶中，我知道，她是一個典型的中國舊式賢妻良母，像大多數傳統的母親一樣，她無我地為家庭、為丈夫、為兒女奉獻一切。

公公本是個好心腸的醫師。年輕時在家鄉廈門及鼓浪嶼行醫，遇到貧困的病人，不但不收診金和藥費，還耽憂他們的生活無著，經常把米和菜錢也一併奉送。因此，這位病人口中的好醫師，對家人，尤其對妻子，卻常懷歉疚。因為他始終讓他們生活在捉襟見肘中，從來不曾享受過一般醫師家庭的優渥與富足。

本性喜愛文學的公公，中年以後，脫去醫師的白袍，到上海，然後又轉入後方辦雜誌、寫文章。「宇宙風」半月刊在抗戰期間雖然是享譽大後方的刊物，但創辦人卻為養雜誌，勒緊家人的褲帶。好在主婦持家有方，儉樸的物質生活，使兒女們更能體念物力維艱和父母的劬勞。而母愛的溫馨，也使他們心靈豐盈充實，常懷感恩之心。

藤是家中么兒，他曾享受過比兄姐更多的母愛和關懷。他記得六歲那年，因為重感冒鼻子發炎，鼻塞得連張大嘴巴都呼吸困難，晚上躺下來更是難過得輾轉反側，徹夜難眠。病在兒身，痛在娘心，母親看他痛苦的樣子，想不出更好的辦法。

那時候診所沒有抽鼻涕的設備，三更半夜又不忍驚醒熟睡中的丈夫，只好自己趴下身體，用嘴巴對準兒子的鼻孔，用力替他把鼻涕吸出來。當時，他小小年紀，印象卻終生難忘。雖然天下母親都愛兒女，但用嘴巴為孩子吸髒物，也許不是每個母親都能辦到，而母親卻如此做了。因此，藤比一般孩子懂事早，也善體親心。在父親去世後，家中那段拮据的日子裡，他反過來處處呵護照顧母親。母子間的心靈因此更接近，感情也更親密。

離開母親那年，正是抗戰勝利。他為了籌措全家復員回鄉的旅費，毅然跟一位長輩到剛光復的臺灣工作，以換取一筆為數不少的安家費。一個二十歲的大孩子，對給異族盤踞統治了五十年的臺灣，了解有限。但他卻不顧一切，千里迢迢的離鄉背井，捨割親情，遠別家人，隻身飄洋過海，投身在未可知之中。

離家前夕，母子倆手拉手，在門前的樹下徘徊深談了三、四個鐘頭，直至夜深露濃才回屋裡。第二天清晨，就在慈母淚眼凝睇和依依揮別中，頭也不敢稍回地走了。

沒想到這一別，竟成永訣。母子倆在相互苦念和期盼中，一晃就是三十多年。

算一算跟母親生活在一起的時光，只不過短短的七千多個日子。最令他無法原諒自己的是，在慈母身邊時，他貪婪地享盡了無限的關愛和呵護。然而，當母親年邁體衰，終日纏綿病榻，需要兒女隨侍照顧，侍奉湯藥時，他卻只能隔海無奈地對著蒼天吶喊呼號，不能插翅飛向娘親膝前，盡一盡為子之道。這分日益加深加濃的內疚，在他心底形成一道深沉的創痛，經常螫噬著他。

跟藤結婚之後，我只知道他似乎是個連開水都不會燒的人，想不到他深藏不露，身懷「絕技」而沒讓我知道。直到有一次，我害喜臥病在床，無法做飯。他跑新聞回家，走進冷灶冷鍋的廚房，沉吟片刻，轉身出去，買回肉和菜，說要為我洗手作羹湯。在我半信半疑之下，居然端出一盤煎得香噴噴的牛肉餅來。不過，他只是神情黯然地坐在一旁看我吃，自己一口也沒嚐。

自此之後，他再也不曾下過廚，當然也不會再表演這個絕活了。因為，牛肉餅是婆婆的拿手菜，也是她愛吃的一道菜。每次，當她氣喘病發作，不能做飯時，小小年紀的藤，便代她的勞。而每次，他都表演這道菜。牛肉餅成了母親傳給他的「衣缽」，也成了他表現孝心的「專利」。

在我們家，藤一向茶來伸手，飯來張口。但據二哥說，小時候的藤，在母親跟前卻是最得力的左右手，洗碗、掃地、跑腿，什麼都做。抗戰初期，公公先把雜誌社疏散到桂林，婆婆帶著兒女還羈留在淪陷區的上海，十幾歲的藤，便常常漏夜到天亮去排隊擠購配給米。他說的好，妻子年富力壯，操作家務勝任有餘，用不著他來插手；母親不同，當她年老體衰，體力不濟時，兒子為她分勞是天經地義，責無旁貸的事。其實，替母親分勞固然是人子之道；幫妻子的忙，何嘗不是丈夫的義務？不過，我明知這是他的偷懶哲學，反正那些年我已經不上班，不需他幫忙，他說怎樣有理，都隨他去。

婆婆在七十年五月八日病逝福建同安，享年九十整。即使在醫學發達的自由世界，九十歲也算克享天年了，何況在醫藥和營養都欠缺的大陸。只是她老人家去世之前，纏綿病榻有八、九年，而且還帶著與他們姐弟三人見面的未了心願。病痛加上思兒，肉體和心靈都受盡了折磨煎熬。好在還有孝順的三哥隨侍在側，身為虔誠基督徒的婆婆，也算是上帝對她的憐憫與恩典了。

以前，婆婆還能寫信的時候，每封信裡，都會提到她從未見面的兒媳和孫輩。她說，當她想念我們時，就摸出枕下我們寄去的照片來看，以慰思念之情。那年，二姐給她買了一臺錄音機，讓她好在病榻上聽聽聖詩解悶，因此，她囑三哥寫信要我們錄音寄給她。我們知道她的心意，立刻和二哥全家合錄了一卷帶子，每個兒孫都說了些話，合唱了聖詩，我還表演了幾句廣東腔的閩南話。

七十年四月，我們到香港探視二姐，把剩下的空白帶子帶給二姐錄音。不料，才剛到香港，便接到三哥來信，說母親病情轉危，氣若游絲，已是風中殘燭，隨時都可能熄滅。那時，我們祈望錄音帶能盡快寄到，讓她親耳聽到我們對她的想念和祝福。可是，當我們返臺不到半個月，便接到二姐來電，說母親已於五月八日去了！

天可憐見，就只差這麼幾天，錄音帶還沒交到她手中，她竟帶著遺憾走了！

早在中共大搞三反五反之初，透過香港的二姐，藤就頻頻寫信力勸母親想辦法出來。但那時她不忍心丟下年老多病的外婆與因勞改入獄的三哥，說什麼也不肯離開家鄉。及至外婆病逝，三哥出獄，家中已莫名其妙地給安上「特種戶口」，限制出境了。後來他們雖然改變策略，准許老年人到海外探親，可是，她老人家衰弱的病軀，再也經不起長途跋涉、舟車勞頓。三番五次的陰錯陽差，終鑄成了這齣母子生離死別的悲劇。

一道海峽，竟將千千萬萬的家庭，分隔在兩個世界。這真是時代的悲劇、中國人的悲劇，又豈只是婆婆與藤母子間的悲劇！

最後的相片

父親的新居靠近一座小公園。落成那天，我和兩位雙胞胎姐姐到臺中祝賀。細媽還沒來得及帶我們參觀新房子，父親便迫不及待地要領我們姐妹逛公園去。出門時姐姐為我們在新居前先拍一張照片。這是我們最後一次合照，也是父女倆這輩子唯一單獨合拍的一張照片。那已是五年前，父親九十五歲的事情。

顯然，父親喜愛公園遠甚於新居。晚年時的父親，作風有時顯得天真、率性。這完全不像我小時候記憶中的父親。

父親不愛笑，一臉嚴肅，聲音又大，即使不發威，也讓人看著害怕。好在他不常發脾氣，即使罵人也多半是雷聲大、雨點小。

我是老么，在父親面前最得寵，但卻也莫名其妙地跟著兄姐對他心生懼畏，有意疏遠。抗戰期間，他一直在內地工作，難得回家。偶然回來，訪客外出，總是喜歡把我帶在身邊。我呢，總要找出一大堆理由推卻，因為我知道，只要跟父親在一塊，心裡便會有一種說不出的壓迫感。即使在這種輕鬆閒適的時刻，我都能從他蹙眉沉思中，感受到氣氛的凝重和嚴肅。

等到自己長大了，做了父母，我逐漸了解父親的內心世界。原來，他也跟天下父親一樣，心裡滿溢著對子女的愛，無奈傳統指定他扮演嚴父的角色，不得不把滿腔的愛隱藏在嚴肅的外表下，不願，也不知道如何去向子女表達、溝通，使父母子女間平白失去許多相處歡愉的時光，令我深深遺憾！

五叔與我

第一次知道林語堂博士的大名，是在我小學五年級，讀完林氏三姐妹著的「吾家」以後。那時，他在我的印象裡，是個溫和風趣的父親。喜歡吃東西，但不愛理頭髮。我羨慕林氏姐妹有一位如此和藹可親的父親，也羨慕她們有位熱誠能幹的母親。當然，我更羨慕的，還是她們那個溫馨和樂的家！

中學時期，讀到林博士所編的開明英語讀本和文法時，他的學識和文采，給了我另一個印象。使他在我的心目中，又進而變成一個博學多才的學者。及至看過「京華煙雲」後，我已完全為他的才華和筆下創造的人物而傾倒。於是，他更成為我最崇拜的作家之一。

沒想到十多年後，有一天，我竟會稱他為叔父，成為他的親人晚輩，做他們大家庭中的一員。見面後，我對這位仰慕已久的長者，終於又有了新的認識。雖然我從有關五叔的文章裡，早就知道他是一位和樂慈祥的長者，但在想像中，長輩究竟是長輩，多少總會有一點長輩的威嚴。沒想到第一次見面，一個溫和的微笑，一次熱烈的握手，一番親切的問好，立即解除了我所有的拘束和不安。他——一位蜚聲國際文壇的名作家，竟平易謙沖得遠超乎我的意料！

與五叔相處之後，使我印象最深的，就是他有著滿腔濃得化不開的鄉思。他雖遠離故土三十餘年，但思想和生活習慣，依然保留著十足的中國化。在家中，和家人一直都用閩南話交談。因此，當他回國後，第一次見到我等晚輩，自然而然地也就打起鄉音來了。可是，我來臺灣已二十餘載，做閩南媳婦也有好一段時日，但我的閩南話卻夠不上及格的邊緣。這麼一來，可就窘啦！因為除我以外，只有二嫂是外省人。不過，她的閩南話已到幾可亂真的程度。於是，在瞠目結舌、窮然應付之餘，慚愧之心，油然而生。這還不止呢！外省媳婦的閩南話說不好，尚情有可原。但作為閩南人子孫的孩子們，居然也個個對鄉音一概「嘸宰羊」。我的孩子如此，二哥的孩子也如此。只有表哥的孩子，由於表嫂是閩南同鄉而例外。難怪當五叔公、五嬸婆發現「對牛彈琴」時，是那麼樣的意外，那麼樣的驚訝了。

回到臺灣，五叔感到最愜意的，就是鄉音了。他常說：「回到臺灣，就像回到閩南漳州的老家！」他這種心情，在「說鄉情」一文裡，便寫得非常清楚。他引用金聖嘆批西廂所列舉的三十三件「不亦樂乎」。其中一條，是久客還鄉之人，捨舟登陸，行漸近，漸聞本鄉土音，算為人生快事之一。說明自己的「有同感焉」。他寫：「我來臺灣，不期然而然聽見鄉音，自是快活。電影戲院，女招待不期然而說出閩南話。坐既定，隔座觀客，又不期然說吾閩土音。既出院，兩三位女子，打扮的是西裝白衣紅裙，在街中走路，又不期然而然，聽她們用閩南話互相揶揄，這又是何世修來的福分！」他還認為「這種故鄉情味，不足為外省人道也！」

也正因為他對故土的眷戀如此深厚，對家鄉的思念如此殷切。因此，他也像所有鄉土觀念強烈的中國人一樣，在去國三十多年以後，終於落葉歸根，返國長住。這項安排，是他早年就有的計畫。當他在民國四十七年第一次回國時，就曾經透露，將於七十歲那年歸隱林泉，返回祖國定居。甚至連地點也選定了風景秀麗的陽明山麓。他比喻自己在國外生活幾十年的心情，就像住在高高在上的大廈一樣，經常有一種根不能著地的感覺。果然，七年之後，他離開紐約，束裝返國。在陽明山腰蓋了一幢西班牙式的洋房，過著近乎歸隱的生活。在這個寬敞的庭院中，魚池假山，花木扶疏。雖乏淙淙清流之勝，卻富蒼蒼林園之美。站在屋後的陽臺上，七星山在望。滿山的青翠，山腰間的雲絮，似乎隨手可掬。向晚以後，憑欄遠眺，臺北市的萬家燈火，踩在腳下，就像是撒滿一地璀璨耀眼的寶石，真是天上人間！到了夜深人靜，幾回蛙鳴，數聲蟲叫，更使人幾疑回到漳州老家的田野間。五叔對這個環境非常滿意。覺得這才像是自己的家！他就在這個家裡寫作、讀書、散步、沉思……。

我們都很喜歡五叔陽明山環境清幽的家。但吸引著我們腳步的，並非那個曲徑通幽的庭院，也不是那幢古色古香的房子。而是包圍著我們的濃濃的親情——五叔的親切和五嬸的熱忱。每當我們前去省親，五叔都會放下手邊的工作，加入我們，跟我們閒話家常。在這種時候，他總是撇開一些過分嚴肅的話題，而僅輕鬆地談往事、話故人。懇摯地關懷著每一個親人、每一個子弟。這時，我們絕不會感到他是一位高不可攀學貫中西、馳名中外的學者，而只覺得他是自己一位和藹可親的長輩。

五叔崇尚自然，討厭束縛。因此，他最不喜歡穿西裝、打領帶。除非是正式的宴會，否則很難得看見他繫領結。冬天一襲長袍，夏天一件香港衫。在家如此，外出也如此。他愛自由愛得連鞋子都討厭，在家時，常常光著一雙腳板，他說，赤足是天所賦與的，革履是人工的，人工何可與造物媲美？

除了喜愛大自然，五叔還喜歡小動物。家中的魚池裡，養了不少魚類和小龜。照五叔的意思，本來還想養一隻鶴，但因為找不到鶴，只好養了幾隻鳥和一羣土雞。那三五成群，閒散在花徑裡的大小雞隻，倒也真能給這清幽的庭園點綴出一點鄉野的情趣。

五叔的興趣廣，深懂生活的藝術和情趣。他堅守著「盡力工作，盡情作樂」的原則。他說，如果一個人的生活，只有工作，沒有娛樂，這個人該多刻板和乏味！五叔喜歡旅行、釣魚、逛舊書攤和看電影。他把讀書也列為娛樂之一。此外，他還喜歡賭博。乍聽之下，我們不禁大吃一驚，五叔居然也會愛賭，真是不可思議！後來聽他說明，把賭錢也視作娛樂之一，只要賭得有限度、有分寸，不因賭而著迷、而誤事；不因賭而傾家蕩產、向人告貸，真正做到娛樂自己就夠了。我們這才恍然大悟，而覺得頗為入情入理。他說：人要有嚴肅的一面，也要有輕鬆的一面，才能使心靈得到適當的調劑。

人們總愛把文人與煙酒連在一起。煙斗，的確是五叔的標誌，提起林語堂，便令人聯想到煙斗。就像邱吉爾和他那著名的雪茄煙一樣。除了睡覺，五叔可以說是終日煙斗不離手。有一次，談到抽煙與寫作，五叔幽默地說：「有時候，當我翻閱自己的舊作，甚至可以從字裡行間，嗅出在哪一篇、哪一段裡所含的尼古丁最多！」不過，五叔從兩個月前已正式開始戒煙了。據他說，跟隨他數十年，須臾不離手的煙斗，一旦放下來，的確是很不習慣。每當看到香煙的時候，就有一股想抽的衝動，不得已，只好用糖果來代替。但不知數年以後，當五叔再翻閱自己在這段時期的作品時，是否也能從字裡行間，嗅出哪一篇、哪一段中所含的糖分最濃？

至於酒，五叔倒是個滴酒不沾的文人。他並非不愛酒，只是沒有酒量。可是，他卻喜歡看別人喝酒，也鼓勵別人喝酒，更喜歡聽喝酒的人豁拳行令。他覺得這樣才熱鬧，才有喝酒的情調。因此，每當我們在一起餐敘，他總愛點名叫人對飲或划拳。五嬸的酒量不錯，堂姐妹和外子兄弟也有豪量。每逢此時，五叔便會調兵遣將，要他們較量較量，使席上平添不少歡樂的氣氛。

五叔喜歡吃，對於吃食，他有時任性得像個小孩子，只要是他喜歡吃的東西，便放量地吃；不愛吃的，甚至連碰也不想碰。他常說，人體器官的調節最是奇妙，當你感到想吃什麼時，也正是自己體內最需要它的時候。五叔喜歡吃肉，不愛吃水果。每當此時，五嬸便得像哄孩子似地要他多吃水果，少吃肉類，尤其是肥肉。

五叔總是笑笑地說：「我的胃很好，什麼東西吃下去都能消化。」在「吾家」一書裡，亞娜就曾經這樣描述過她父親的胃納。她說：「父親的消化力是驚人的，有一次，他在寫給母親的信裡說過：我的肚子，除了橡皮以外，什麼也能夠消化！」近年來，他因患痛風宿疾，許多食物，像內臟和豆類及製品，都在禁忌之列。這對五叔來說，固然很不習慣。但五嬸呢，也因此而更須注意五叔的飲食，對他照顧得無微不至了。

對於五叔的學問和道德，五嬸也和我們一樣，總是推崇備至，引以為傲。可是，每當提起他的成就，五叔就會含笑地指著五嬸說：「我的成就，有一半是她的功勞！」這固然是五叔的謙虛，然而，事實上，五嬸也的確是一個大功臣。她不但是五叔的賢內助，照顧他的起居飲食，關懷他生活上的每一個細節，同時也是他事業的好幫手。五叔的許多瑣事，如信件的處理和親友間的酬酢，都由五嬸代勞，使他得以專心一意鑽研於寫作。因此，他們夫婦之間，互敬互愛，即使結褵已五十五載，感情卻始終如一。

這幾年，五叔嬸為了享受含飴弄孫之樂，不時旅居香港。但每年十月，他一定回國慶祝國慶，並向總統祝壽，順便也和這兒眾多親友晚輩共度他自己的生日。今年，是他的八秩華誕。算來，他回國定居已整整十年。和五叔相處這十年來，我進一步發現他，除了幽默、風趣、樂觀、平易、謙和之外，還擁有一顆童心——一顆率真的童心！他喜歡坦誠，不喜歡矯飾。他喜歡適度的幽默，不喜歡過分的嚴肅。正如他在「無所不談」的自序裡所寫「……有一部分是比較輕鬆幽默的文字。這種文字，莊諧並出，臺灣還沒有人敢寫。這是傳統所囿，恐怕寫了有失學者的尊嚴。大家文以載道，道已載了，陶冶性靈的文字在哪裡？難道人人做好人，時時做好事，天天如一天，年年如一年嗎？」

五叔的學識是那麼樣的淵博，他的風範又是那麼樣的超逸，絕不是我這支笨拙的禿筆所能描繪於萬一的。這裡，謹就個人記憶所及，寫下他生活上一些點點滴滴，藉以表示一個晚輩對他八秩華誕的賀忱。但願他老人家和五嬸永遠健康快樂，並永遠保持他們原有的年輕的心境與活力！

（1974年10月　華岡學報第9期）

【小小說】

原來如此

從小，他就是一個好奇寶寶。長大以後好奇心與年齡成正比，有增無減。凡是沒嘗試過的事物，他都想一試，而且大都付諸行動，即使沒有答案他也不在乎。

但有一件事，他卻始終無法，也沒有勇氣去嘗試的，那就是死亡。他實在很想知道，人死之後有什麼感覺？又會往何處去？可是，即使尋遍全世界，問遍所有人，甚至尋求宗教，也都不會得到答案。活著的人跟他一樣茫然，去世的人更不可能告訴他。

如今，他已屆知命之年，他決定豁出去，用自己的生命去一探這個終其一生想揭曉的謎底，究竟是什麼答案？

於是，他準備了一條繩子、一瓶安眠藥和一捆木炭。他決定不下到底用哪一種方式結束自己的生命？也就是說他究竟要搭乘哪一輛死亡的列車去尋找答案。

剎那間，他似乎找到答案了——不管用哪一種方式結束生命，跨出去的那一步，就是一切的結束。原來，生命的結束，也就是好奇心的結束，還有什麼可探究的？

人生難得幾回醉

雖說，「久旱逢甘雨，他鄉遇故知，洞房花燭夜，金榜題名時」，是古今公認人生最大的樂事。不過，這種樂事，一輩子只能遇上一、二，甚至一次也遇不上。樂固樂矣，可惜它的或然率畢竟太小了。

我生性樂天，深信「船到橋頭自然直」這句家鄉諺語。因此，凡遇上無法解決的難題時，往往一杯在手，圖他一醉。也許，當酒醒夢迴，已經雨過天晴，煩惱盡失。或者當酒氣昇華，靈感便從它的空隙中溜進來，於是，問題迎刃而解，豈不快哉！

有人罵我逃避現實、消極主義、懦夫……但是，不管它逃避現實也好，消極主義也罷，甚至懦夫也無所謂，試問死鑽牛角尖，問題又能解決幾許？倒不如一杯在手，先樂一樂再說。因此，人生難得幾回醉，不但成了我的擋箭牌，也是我人生的一大樂事！

在友朋輩中，我有酒仙之譽，雖斗酒當前而不醉。我曾經有過半打特級清酒而面不改容的紀錄，和我拚酒的幾員大將，個個玉山頹倒，躺在地上一動也不動。而我，仍然獨自騎了鐵馬，跌跌撞撞的回到宿舍。

到了宿舍，把鑰匙往孔裡一插，從門縫向裡瞧，柔軟的床舖，舒適的沙發，彷彿都到了跟前，於是，一納頭便往下倒。等到天亮醒來，才發現自己原來在門口睡了一宿！

自從那次之後，朋友們對我的酒量驚佩不已，酒仙之譽自此加在我的頭上。他們開玩笑說，哪天把我丟進公賣局的大酒池，到頭來，池裡的酒不見了，就只剩下一個我！

打小，我就跟酒結下不解緣。我們家世代釀酒，「廣東福記雙蒸酒」在家鄉遠近聞名，父親的酒量也跟我家招牌一般人盡皆知。

每晚，酒店打烊後，他便著我買來下酒菜，在如豆的燈光下，他一杯在手，自斟自酌。也許他感到獨酌太孤單，也許他有意訓練我為「接棒人」，試著找我作陪。很快地，當他發現我的「天份」，不禁大喜過望。從此，我便正式成為父親的酒伴了。

父親雖然「鼓勵」我喝酒，但他對我約法三章：只能淺斟低酌，酗酒則絕對嚴禁。尤其還在求學時期。這些年，我都能謹記在心，從無踰越。

我是個新聞媒體人，幹我們這一行的，每天接觸各式各樣的人與事，輕鬆愉快的時候固然有，煩惱氣悶的事兒可也不少。譬如一樁自認為獨家的頭條新聞，喜孜孜的窮追苦挖之下，不料卻被別人捷足先登；又譬如當你約好某位新聞人物作專訪時，他卻臨陣退卻，轉而接受另一家知名媒體的訪問。心中那份不平、氣忿和懊惱，實在不足為外人道！

遇上此類情況，我唯有把心一橫，眼睛一閉，走，到圓環，到龍山寺去喝它一個痛快，父親的叮嚀丟諸腦後。一瓶高粱，幾樣小菜，把憋在心裡的牢騷盡量發洩，把哽在喉間的骨頭盡快往外吐吧！這時，小何總是我最忠實的聽眾。等到牢騷發完了，酒瓶也翻過來了，我們便踩著棉花，輕飄飄的轉回宿舍。第二天，又是幹勁十足，找獨家頭條新聞去！

這種喝酒方式很不詩意，有時，我們也會效法詩人雅士的淺斟低酌，那是當我們之中有人剛發完自認得意的新聞稿子，無稿一身輕的時候。有一次，正當是這種心情，我們幾個無人約束的光桿，走出報社，一輪皎潔的明月，把我們的影子拉得長長的。不知道誰在感喟：明月當前，豈可無酒？一言驚醒夢中人，於是一呼百諾，買酒買菜，回到宿舍，桌子擺在陽臺上，舉杯邀明月，不讓李白專美於前。

由於情調不同，氣氛也趨向詩意，話題總脫不了談文論藝。從諾貝爾文學獎，談到「齊瓦哥醫生」的搬上銀幕；從李後主、白居易的詩詞談到現代詩的費解；從齊白石的山水談到抽象畫所鬧的許多笑話；從貝多芬的交響曲談到披頭四狂人的風靡年輕歌迷……。

酒意加強了談鋒，你一言，我一語，大家都有發表慾，都有一吐為快的衝動。於是，個個成了演說家、辯論家，而聽眾，卻一個都沒有。

月亮給吵得躲進雲層裡了，睡夢中的隣居也起來抗議了，充滿了「詩意」的酒會往往在不詩意的情況下結束。

儘管如此，每當我心情輕鬆愉快也好，滿腔氣悶煩惱也罷，我總是寄情於杯中。因為人生苦短，何不一杯在手，痛快的醉它幾回呢，你說是不？

【小說】

愛之夢

他又在彈李斯特那首「愛之夢」了。琴音落在寂靜的夜空，那樣纏綿，又那樣幽怨。不知道從什麼時候起，他有了深夜彈琴的習慣；也不知道打那時候開始，他對這首曲子，迷戀得近乎痴狂。每次，總是反反覆覆，彈了一遍又是一遍。

琴房沒開燈，從臥室望出去，剛好看到鋼琴龐大黝暗的陰影。淡淡的月色，從窗外瀉進，朦朧地勾劃出他坐在琴前的側影。微仰著頭，令人感覺他是閉上雙眼，連嘴巴也是緊抿著的。

雖然，他一直保持這個姿勢，除了手指在琴鍵撫弄滑動外，像一尊塑像，久久不動。可是，在光影中，我彷彿感到他的鼻翼微微翕張；我也依稀聽見他的心律不規則的跳動。我知道，曲子浪漫纏綿的旋律正牽引他進入一個縹緲的夢幻中；我也深深恐懼，那個隱藏在他記憶深處的影子，會再度從幻夢中現身。

我的心像給針扎了一下，暗暗滴血。我由衷的排斥這首令他痴迷的曲子，我更羨妒那個盤踞著他心靈的幻影。

時間已過午夜。長夏將盡，這郊區的半山已有些許秋意，涼氣沁人肌膚。我從椅背抓起他的睡袍，走入琴房。

我站在他的身後。好久，好久，他依然是剛才那副姿態；依然不曾察覺我的進來。正如我與他結縭雖已廿載，他仍舊沒有感覺我的存在一樣。

我已經無法清數他到底在彈第幾遍了。等樂曲接近尾聲，我把睡袍輕輕披上他的肩膀：

「蔚衍，已經很晚了，明天再彈吧！」

他像遽然從夢中驚醒，頹然垂下雙手。抬起頭，充滿歉意的說：「對不起，又把你吵醒了！」

他總是那麼客氣。每次，我為他做了什麼，或者他在無意中闖進我的生活圈，他都充滿歉意，滿懷惶然。彷彿我們不是一對相處多年的夫妻，而是兩個偶然碰在一塊的陌生人。

廿年的婚姻生活，平靜得像一泓死水，沒有漣漪，也了無生氣。他，蔚衍，那個由父親作主替我選擇的丈夫，活像一具機器人，默默地接受父母替他安排的前程；也認命地順從雙方家長訂下的婚姻。

雖然他在父親的公司，努力扮演一個克盡厥職的屬員；在家裡做一個從不逾越的丈夫。但我不難看出，這是一個假象，他竭盡所能的隱藏自己——把從前的他深深埋葬；而那個活在人們眼前的，只是一具行屍走肉。然而，當他坐在鋼琴前，手指滑動遊走在琴鍵上時，「他」復活了；他又回到以前的李蔚衍！

音樂幫助他找回自我，抑是想藉音樂忘卻現實、逃避現實？我不知道！這時，他的感情澎湃奔放，一曲才罷，又接一曲，蕭邦、舒曼、拉哈曼尼諾夫。但彈得最多的，還是這首「愛之夢」。

我不知道他為何對「愛之夢」的喜愛，會如此情有獨鍾。雖然它如夢如幻、似歌唱般的旋律，是那麼優美動聽，引人入勝！他的鍾情，可以理解。但我深知他的最愛是舒曼，而不是李斯特。平日除了「愛之夢」外，他從未彈過李斯特任何曲子。何況，每當他彈這首樂曲時，那種癡迷，那種沉醉，也是前所未有。

當然，這些我是永遠無法了解的，正如我們是夫妻，我卻永遠無法進入他緊閉的心扉，和他的心靈契合一樣。

直至有一天，我永難忘懷的一天。他從公司回來，破例沒有直接往琴房裡鑽，而是跑進廚房來找我。蒼白的臉頰，染上一層因激動泛起的紅暈，呼吸也顯得有點急促。

「如茵，出來！我替你介紹一個人！」難得顯現的笑容，閃亮了他的雙眼。他把我從廚房拉往客廳說。

落地窗前站著一個修長的女孩。微翹的鼻子上是一對清澈明亮的眼睛；直瀉雙肩的長髮，為她增添了幾分靈氣。

「來，我替你們介紹，這是秦芷，我剛收的學生。」他指指我又說：「她就是你的師母。」

那個叫秦芷的女孩，怯怯地投給我一個微笑。兩顆小小的虎牙，使她看來有點稚氣。打第一眼開始，我便喜歡上她了。只是，我覺得她的笑容有點熟悉，彷彿在那兒見過。

晚上就寢時，我提醒蔚衍：

「醫生不是一再囑咐，你不能在正常的工作量以外，再增加任何負擔了嗎？」

「我當然知道。不過，這是百泉介紹的，情形特殊。而且這女孩也確實有幾分音樂天賦。」陳百泉是他在日本學音樂時的同學兼摯友。

「對了，你不覺得這個女孩好生面善，像在那兒見過？」我突然想起白天的印象，問他。

「她？怎麼會呢！人家不久前才剛從日本回來的。」他起先一愣，然後回答我。

「她是日本人？」

我聽說蔚衍在日本唸書時，有一位情逾生死的日本戀人。有一次，我也曾在他一本塵封已久的琴譜裡，翻到過一張年輕女孩的照片。明亮的雙眸，飄飄的長髮，嘴角一抹怯怯的，似有若無的笑容。熟悉又陌生的交叉印象，女性的敏感，我本能地把秦芷跟照片聯想在一起。當然，我知道，秦芷的年紀，秦芷的標準國語，絕不可能是當年的照片中人！

黑暗中，隔床已寂然。顯然，他已驚覺自己的多言，機警地關起心扉，把我摒棄門外。我只好打住話題。

夢裡，我聽見一陣眇眇忽忽的鋼琴聲。似來自迢遙的雲端，又像就在對面琴房。我恍惚看見照片中的日本女孩，坐在鋼琴前面，蔚衍一手支著下巴，一手扶著她的肩膀，正深情地凝睇著她。但那個女孩的臉孔，卻是秦芷。我掙扎著想跑過去看個究竟。猛然用力便醒過來了。側耳傾聽，果然陣陣如訴如怨的琴聲，流瀉自琴房。

我捻亮床頭燈，隔床已空。

從臥室望過去，我看見黝暗的鋼琴前面，晃動著一個身影，微仰著頭，正如醉如痴的溶入樂曲凄美的旋律裡，就像以前好些不眠之夜一樣！

我開亮琴房的燈光，琴聲戛然而止。

他驚愕地回過頭來，眼裡透著一絲慍意。顯然，他在惱怒我的倏然闖入，驚擾了他的夢境。他的眼神也告訴我，他由衷的不歡迎我這不速之客。

「蔚衍，已經深夜三點了，你怎麼還不睡覺！」壁鐘的長短針已成直角。我明知他不悅，但心疼他的身體，還是殷殷催促。

「知道啦，你先去睡吧！」臉上的慍色很快平復，他又以一貫淡淡的聲調回答。他真是一個善於隱藏感情的人！

我知道多說無效，只有徒增他的厭煩，只好無言而退。

結婚以來，他的身體一直不好。頭暈、失眠，晚上不吃安眠藥無法入睡。他父親特地把這幢座落半山的別墅給我們住。山區環境清幽，也許對他的失眠症有所幫助。

婚後，我們一直沒有孩子，我把他當孩子似的照顧。可是，我能為他做的，也只是生活起居的關懷與照料，其餘的，我完全無能為力。

白天，他到父親的公司上班，在截然不同的世界裡，扮演傀儡的角色。下班回家，他躲進琴房，做自己的主宰。除了吃飯，他絕不踏出房門一步，直至深夜。

秦芷出現之後，一切有了改變，他不再掩藏自己的感情了。

在補習班上國文課的秦芷，每天下課後，固定上山跟蔚衍學琴。下班後的蔚衍，也準時準候趕回家來。偶然她稍有耽擱，他便開始焦躁不安，站在窗前張望等待。周末她不來上課，日子更是難挨。他顯得神情落寞，終日惶惶然若有所失，琴也不彈了，儘在琴房踱方步。

秦芷來練琴的日子，上課前，兩人多半對坐客廳喝咖啡，聽音樂。蔚衍邊聽邊為她解說；晚飯後，便關進琴房上課。從傳出的琴聲裡，我察覺秦芷的進步神速。正如蔚衍所說，她的確是一個有音樂天份的孩子。不過，她喜愛的樂曲似乎較傾向印象派以後的，譬如德布西、拉威爾，甚至普羅高菲夫、荀白克。這與偏愛浪漫派的蔚衍有點格格不入。因此，琴房裡不時傳出師生兩人意見不同的聲音。儘管如此，秦芷仍然非常尊重蔚衍。尤其對我，還多了一份母愛的依戀。練完琴，一定不忘到廚房幫忙我準備晚點。

相處久了之後，我發現她不但沒有第一次見面時的羞怯，還是一個乖巧懂事，卻也很有主見的女孩子。這可能與她從小失去母親，寄宿學校有關。這次就因為父親有事返臺，又適逢暑假，因而順便把她也一塊帶回來，學一點中文。為了不中斷她的鋼琴學習，特地拜託百泉，輾轉拜在蔚衍門下。

一個多月來，兩人每晚相對，我發現蔚衍對秦芷的感情，似乎超越了師生。他對她不僅僅愛慕，甚至有一點點迷戀。而且隨著時間日久，越陷越深；乃至走火入魔。他已不知不覺把她與深藏心中的影子重疊！

曾經有好幾次，當秦芷匆匆從補習班趕來，而他，卻不要她練琴，只管要她一遍又一遍的彈著他鍾愛的「愛之夢」。他自己則靠在琴側，支著下巴，默默的凝視她，一如我夢中所見。透著似痴迷，又像悵惘的眼神，看了令我不寒而慄。

有一次，颱風來襲。雖然只是輕度颱風，但從下午開始，山上便風雨交加，電話線也被吹壞，好些地區的電路不通。傍晚，秦芷受阻於風雨，不能上山來，也無法用電話聯絡。蔚衍從公司回來不久，未見她的到來，便開始坐立不安，不時跑到窗旁張望探看。一小時，兩小時過去了，他終於按捺不住，披上雨衣，衝向風雨，外出找電話打。

點點滴滴超乎師生的關愛和依戀，秦芷似有所覺。有一次，她來上課，陪同她來的，是一個長得很可愛的大男生，大眼睛，娃娃臉，一副稚氣未脫的模樣。秦芷介紹說是她的好朋友，也是青梅竹馬的玩伴趙哲。從他們不拘小節的互動看來，感情似乎不淺。離去時，兩人還是手拉著手走出大門的。

兩個月的暑假過去了，秦芷要回日本上學去。

秦芷的離去，對蔚衍來說，無疑是一個短暫的，交織著甜蜜與酸澀夢境的破碎。為此，蔚衍一如以前她不來上課時的情況般，無精打彩，失魂落魄。更嚴重的是，他常常顯得焦躁不安，精神恍惚。整天像無頭蒼蠅，四處瞎闖。晚上有時竟徹夜不寐。

無眠的夜裡，他把自己關進琴房，彈琴到天明。原本瘦削的雙頰，更見深陷。嘴唇也跟雙頰一樣蒼白。我看在眼裡，痛在心裡，卻一點也使不上力，無法施以援手。

每當我試著伸出雙手，企圖把他從痛苦的深淵拉上來。然而，我的手才剛剛伸出，他便敏感地把自己藏匿起來，令我無從下手。尤其接觸到他那空洞的，毫無表情的眼睛。滿腔的勇氣立刻化為烏有。

有一天，蔚衍的好朋友陳百泉從日本回來了。我們請他到家裡便飯，他看到蔚衍這副頹喪消沉的模樣，不禁大吃一驚。他悄悄地問我，蔚衍為何變成這般德性？我只好據實相告。百泉非常懊惱，一直自責不該把秦芷介紹給他，徒然攪亂我們平靜的生活，添加我們的煩惱。而最棘手的，還是如何把蔚衍再度從夢境中拉回現實。

解鈴還是繫鈴人，百泉說，這事只好交由他試試看。

百泉是個直性子，雖與我首次見面，但有話直說。而且從他的神情中，可看出他對我的友好。果然，從屋子的佈置，到烹調的手藝，他一直讚不絕口。兩杯酒下肚後，他還帶著幾分酒意對蔚衍說：「你今生娶妻若此，還有什麼可遺憾的！」

我知道，這些話一半是故意說給蔚衍聽的。不過，隨著百泉的讚美，我生平第一次接觸到蔚衍投過來溫柔的，帶著贊同的目光。

飯後，他們的聊興甚濃，人手一杯，坐在花園的星空下，天南地北的閒聊。他們談別後的近況，也談日本唸書的往事。談著，談著，百泉突然記起了什麼，用力拍了下蔚衍的肩膀說：

「嚇，好傢伙！你還記得我們的系花嗎？那個不食人間煙火，氣質脫俗的松子，現在可變成一個俗不可耐的胖女人了！終日穿梭交際場中，跟一些闊太太進出夜總會、百貨公司，再也不是當年老愛坐在鋼琴前面彈『愛之夢』的女孩！」

氣質脫俗？彈「愛之夢」的女孩？原來如此！

百泉提到松子時，蔚衍似乎有點震撼，手一晃，酒便灑出杯外。不過，很快地，他即回復平靜。

幾天後的一個黃昏，百泉約我們出來散步。三個人並排走在山道上，這時，正是落日時分。黃昏的景色本來就美，山上的黃昏更是迷人。站在山崖上，鮮紅的夕陽像一團火球，滾動在我們腳下，一寸一寸的滾向對面峽谷，終於消失在山坳間。剎時，萬道霞光，把半爿天渲染得燦爛奪目。一霎眼，光彩消失了。晚霞也從絢爛的金紅，轉為暗淡的灰藍。

我們三人都看呆了，蔚衍更是像化石一樣，目不轉睛的注視著那片瑰麗奇幻的蒼穹。我們在這山區住了廿年，卻從未走向山坡看過如此美景。

自此，百泉每天黃昏都上山來，哥兒倆相偕出去爬山坡，看落日，談人生，憶往事。

也許，這些日子百泉有意無意的明示暗喻，為他冥頑的心靈，開了一扇窗；也許，幻化無窮的天際，啟示了他，使他對人生有了一點什麼樣的憬悟。

百泉回日本後，每天，他仍按時按候的爬上山崖看落日。有時，他一個人單獨前往，但多半我都會陪他一塊去，連冬天也不間斷。即使沒有太陽或下雨的日子，他也照樣去。繚繞的山嵐，迷濛的雨景，對他一樣有吸引力。他不再躲進琴房作夢了。回來的路上，他也不再像已往一樣默默然而又茫茫然。他還會自動找話題跟我聊。我發現他不但開始走出夢境，回到現實，還奮力的企圖撕毀那個自縛的心繭。

當我正為他的轉變慶幸時，沒想到卻接到秦芷寄來的一封信。那是寄給我們兩人的。她信上說，今年暑期她已經大學畢業了，下個月即將回臺與未婚夫趙哲結婚。去年暑假在台學琴那段日子，受我們的照顧良多，是她一生中最難忘，最美好的時光，屆時懇請我們務必參加她的婚禮。末了，還開玩笑的說，想來「乾爸、乾媽」總不致不肯賞光吧！

這封信令我喜憂參半。喜的是秦芷有了好歸宿，她不但找到自己所愛，也許將會使蔚衍的夢徹底清醒過來。可是，我也深深恐懼，他剛剛才稍為平靜的心湖，會不會再度為這顆石子激起漣漪？我拿著信，正忐忑不安間，他從外面進來了，我只好把信交給他。

想不到他看完信後，立刻露出喜悅興奮的神色問我：「怎麼樣，你這個做乾媽的，準備送什麼大禮給乾女兒呀？」

懸在半空的一顆心，終於落了下來。頓時，一股暖流自心底湧上眼眶。我竭力忍住淚水，不讓它流出來！

正打算低頭走開之際，突然，一雙強而有力的臂膀，從身後把我緊緊環抱，擁入懷中。溫熱的雙唇，輕輕地為我吻舐淚水。倏地，我感到一陣暈眩——突如其來的溫暖與甜蜜，沖激著我，使我神智有點紊亂而不知所措。但從他深情、溫柔的眼神中，我體會出他對我的感情，竟是如此深摯，如此含蓄！

我終於發現，我們的心靈是那麼貼近，那麼契合！也是第一次感受到被一個人愛著，是多麼美好，多麼幸福！

等待了廿年的這一刻，我竟然淚下如雨，無法自已！

（2004年5月9、10、11日 世界日報小說世界）

【詩】

期待

當窗外的夜幕輕輕拉上
當第一顆晚星的光芒
映我雙睛閃亮
我倚在窗前
倚在窗前
盼望

我默默地凝聽
我細細的分辨
儘管紛沓的腳步聲
不停地自我窗前
走過

我迫切地祈求
祈求有一雙屬於我所
期待
悄悄地向我走來
一如你無數歸來的晚上

然而
我細數著腳步聲漸趨寂寥
我嘆息著時間的失落
啊　我愛
為什麼　為什麼你始終未曾自我窗下
走過
是天堂的風光旖旎
令你流連忘返
還是
夢中柔美的樂曲
使你不忍醒來

我按著悸動的心房
任何聲響都足以使它瘋狂
即使窗外的世界
已經岑寂如死亡
雖然我知　期待亦將成空幻

當黎明即將到來
當最後一顆晨星的光芒
自我的眼中消亡
我忍不住熱淚盈眶地呼喚
為何不歸來
為何不歸來

靜

雪後
宇宙停格了
風靜了
雪止了
海水也是

夕照
悄悄地給白色的大地
鍍上一層薄薄的金
長橋無言佇立
顧影自憐
落單的昏鴉
孤獨地棲息在
剛抖落雪花的樹梢

一切彷彿都沒發生過
連海濱的枯樹
也像孤獨的老人
對著遼闊的大海
沉默無語

（攝影：郭肇元）

林伊祝作品

詩
散文
小說

【詩】

夢裡

夢裡，我被自己的哭聲驚醒，
因為，我依稀記起臨別的情景：
年老的母親，依依地佇立門前，
含淚凝送她的愛兒遠行。

此刻，寒風不斷地發出悲鳴，
聲調是如此的哀怨，如此的低沉。
呵！那聲音為何這般的熟悉？
——似母親帶淚的嘆息頻頻！

此刻，夜雨不停地灑落窗櫺，
雨珠是如此的細碎，如此的淒清。

呵！那水珠為何這般的熟悉？
——似母親雙頰的淚水盈盈！

夢裡，我被自己的哭聲驚醒，
因為，我彷彿見到家中的情景：
白髮的母親，孤寂地倚在門前，
期待地頻喚著我的小名。

（1955年　於臺北）

孺慕

呵，媽！我願再回到您底身旁，
　　偎依著您像兒時一樣。
是當我剛離開襁褓後不久，
　　肺炎曾傳給我死神的召喚，
　　幸賴您忘食廢寢的看顧，
　　終使我得以生還於人間。
但我幼小無知的心靈，
　　何曾感念過您底慈祥？

呵，媽！我願再回到您底身旁，
　　偎依著您像兒時一樣。
是當我負笈離家的前夕，
　　我扶著您慢步於屋前的路上，
　　您說：「這是咱母子首次的別離，

此後，我將是如何的孤單！」
但我年輕無羈的心靈，
何曾體會到您底悲傷？

呵，媽！我願再回到您底身旁，
偎依著您像兒時一樣。
是當我那年還鄉探望，
不久隨又匆匆開始流浪，
清晨，您淒然的送我於門口，
雙眼含著晶瑩的淚光。
但我浪子般的心靈，
何曾顧念到您底失望？

如今，呵，親愛底媽！
當我已然瞭解您底悲傷，
當我深深依戀您底慈祥，
當我痛切悔恨曾使您失望，
然而，戰火已將您我遙隔於兩岸；

——我又將如何回到您底身旁，
偎依著您像兒時一樣?!

（1955年　於臺北）

【散文】

緬懷巴金老人

在我國當代文學史上，巴金，無疑是一位著作最豐，聲譽最隆，影響力也最廣最大的文壇巨擘之一。終其一生，巴老總共為後世留下了一千二、三百萬字以上龐大而珍貴的文化遺產；包括長、中、短篇小說，以及散文、論述與隨筆等。此外，他還出版了六十二本外國名著的譯本。由此可見，寫作乃是他生活的全部，就如他自己所說，他是「完全靠稿費生活的人」。

巴老的著作，不僅在國內擁有最多的讀者，極受推崇。他的許多重要作品，也都先後被翻譯成十幾、二十種以上的外國文字，介紹給眾多的外國讀者，而在國際文壇也備享盛名。在過去的一段期間中，且曾被認為是我國問鼎諾貝爾文學獎希望最濃的一位作家。雖然國人的此一美夢並未成真，但他仍在一九八二年至一九八五年間，先後榮獲義大利但丁國際榮譽獎、法國榮譽勳章和香港中文大學榮譽文學博士、美國文學藝術研究院名譽院士等諸多榮銜。這些榮銜，在在都顯示出他在文學上的輝煌成就與榮譽。使他實至名歸，而成為國際文壇一顆熠熠的巨星。

一九〇四年十一月廿五日，巴金出生於四川成都一個望族之家。本名李堯堂，字芾甘。是李氏家族長房的三男。十五歲就與其兄李堯林一同進入成都「外專」攻習外語。十九歲轉赴上海升學；而於一九二七年赴法留學。赴法後，隨即著手撰寫他的處女作中篇小說「滅亡」。當時，他還只是一個廿五歲的青年。「滅亡」在他廿五歲時脫稿完成。隨後在當時國內最權威的文學月刊「小說月報」連載發表後，立即引起讀者如潮的好評，而一舉成名。及至他最享盛名的激流三部曲第一部「家」，於一九三一年發表後，更立即風行全國。當時的青年，幾乎人手一本。巴老也從此被列入我國「文學大師」之林。其實，當時他也只有廿七歲而已。

李先生（這是我們全家對這位文學大師慣用的尊稱。此時如果改稱他的筆名，雖然顯得響亮，卻反覺有點生份與疏遠了）是家父林公憾廬生前的一位摯友，交誼至深。抗戰期間，他們攜手並肩，在日軍虎視眈眈的壓力下，共同為他們所獻身的文化事業而艱苦奮鬥。李先生經營的是文化生活出版社，家父主持的是宇宙風月刊（該刊係家叔林語堂先生與家父合辦的。為抗戰期間一般人均感財力、物力維艱的狀況下，仍能暢銷全國的少數刊物之一）。隨著戰事的演變，李先生與家父共同排除萬難，將文化生活出版社與宇宙風社雙雙從上海、而廣州、而香港，不斷的遷移。最後又歷盡艱險，把這兩個他們苦苦撐持的文化事業播遷至桂林，在桂林東郊的福隆園安頓下來。

自此，二位老友比鄰而居，朝夕相處，過從益密。每天在一起談國事、談時局、談文學。有時，二位好友還會為了爭論宗教問題而弄得面紅耳赤（家父是一位極虔誠的基督徒，而李先生卻是個執著的無神論者）。但這些爭論並無損於他們的私誼。到了翌日，他們又會聚在一起，煮一壺好茶，再次高談闊論。甚至再次為宗教問題而爭得面紅耳赤；但從未因此搞到不歡而散！

李先生出版社的客廳，經常洋溢著家父爽朗的笑聲。對於家父臉上從未消失過的笑容，及其豪放的笑聲，李先生顯然有著極深的印象與好感。他那本被稱為抗戰三部曲的「火」第三部，書中所寫的主人翁田惠世，便是以家父為其創作的原型。在那書中，他就曾一再深刻地描述了田惠世的爽朗性格與他經常飄滿空間的笑聲！

我有幸得以首次拜見這位景慕已久的偉大作家，是在一九四一年十二月。那年夏末，臥病多年的四哥病逝滬濱後，家父持著三哥由大後方潛回淪陷後的上海，把家母、二哥、二姊與我，接到桂林團聚。翌日午後，大概又到了他與李先生品茗高談的時段。家父在過去隔壁之前，就先問我：「想不想見見巴金？」我喜出望外，連聲回答：「想！當然想啊！」

走過隔壁，一進去就是出版社的客廳。家父把我介紹給李先生。我恭敬地行了一個禮後，就默默地坐在一旁，貪婪地靜聆他們高談闊論天下大事。其間，李先生偶而也轉身問我一些上海淪陷後的情況。當時我還年輕，鮮少注意外界的事物，所回答的只能是一些較膚淺、較浮面的現象。所以，他也就沒有對我做太多的「口試」了。

當時在場的，還有二位比我略長幾歲的年輕人。後來我才知道：那位男士叫王文陶，是李先生出版社的得力助手。另一位女士就是陳蘊珍小姐——一位漂亮、伶俐、溫和而友善的年輕女子。事後，家父告訴我：她就是李先生的「女朋友」，也就是他未來的妻子。家父還告訴我：陳小姐是西南聯大的高材生，筆名蕭珊，新詩寫得非常好。

那時候，李先生與陳小姐雖然尚未結婚，也無文定之約。但從他們的言談舉止，與眼神的流動，任誰也不難看出他們鐵定是未來的一對。

李先生的住家與出版社是合而為一的。他們的房子與我們是「貼隔壁」。兩家的房子大小一樣，格局也一樣。比較特殊的是我們兩家有一個共用的天井。因此，事實上兩家是相通的。從前門看，我們是兩隔壁；但屋子的後段則是「兩戶一家親」。值得一提的是：兩家屋子都是長形。前段樓上樓下各有三個房間，隔著天井，後段另有一個獨立的房間，須賴天井四周的迴廊來與前段的住房連結。李家可能因為既須住家，又要供出版社會客、辦公、職員住宿與儲放存書，空間不夠分配。所以，李先生便借用我家後段的那個房間作為他的書房。

李先生每天都有固定的時間寫作。不到「下班」時間，從不跨出書房一步。那時的房子，一般都很簡陋。加以都用木材建造，根本談不上隔音效果。因此，家父經常叮囑我們：在靠近天井的地方，絕對不許大聲喧嘩。當然，更不可以引吭高歌。以免妨礙李先生的寫作。

說到這裡，我不禁想起一件有趣的往事。

那時候，一般人除了讀書閱報之外，惟一的娛樂便是觀賞電影。記得有一陣子，桂林幾家戲院聯映一張名片「維多利亞女王傳」，極為轟動。片中有一段戲，說到維多利亞女王的丈夫艾伯特親王，有一次與女王發生歧見，爭執不下。最後，女王終於拿出她的「王威」，否決了親王的主張。親王負氣，只好悻悻然地跑回房間，鎖上房門。不久，女王有了悔意，意欲修好，就去房間找他。敲門後，親王在內問道：「誰呀？」女王高傲地應道：「The Queen!」親王不予理會，仍問：「是誰？」女王依然神氣地回答：「Victoria ——The Queen!」親王仍不理會，又問：「是誰呀？」女王無奈，只好乖乖地柔聲答道：「Victoria——Your wife!」至此，親王氣為之消，終於開門把女王請了進去。

幾天後，在家裡，我從二樓前房通過甬道，正要走去靠近天井的後房時，恰好看到陳小姐繞過迴廊去書房找李先生。敲門後，李先生問道：「誰呀？」陳小姐俏皮地用英文回答：「The Queen!」房內又傳出一聲：「是誰？」陳小姐還是調皮地應道：「Victoria——The Queen!」李先生依然不理，又問：「是誰呀？」陳小姐便將影片中的戲詞全部用上：「Victoria——Your wife!」門這才「呀」的一聲打開；我們的文學大師終於把女詩人迎了進去。

這一段大作家與女詩人別創一格、饒富情趣的戀愛方式，我有幸在無意中撞見，倒真是開了眼界，印象極深，直到今天，仍然記憶猶新。

家父特地把家母和我們兄弟姊妹，從淪陷區接到大後方團聚後不久，他自己卻在全家團圓才只有短短一個多月後，就因感染肺炎而蒙主恩召了。

家父去世那天，正值農曆的小年夜，左鄰右舍都在熱熱鬧鬧地準備過年。我們一家卻在趕辦父親的後事。其淒涼與哀痛的情景，自不是言語所能盡道。

由於一過了年，無論出殯或下葬，都不容易找到工人。因此，二哥便以最快的速度料理一切後事。家父係於清晨去世。午前，二哥就已為他購好一具上好的柳木棺材。且雇好工人，於當天下午完成大殮。並擇定於次日（即大年夜）下午出殯下葬。墓地是在桂林著名的七星山背面的一塊私地。距我家約有四、五里之遙。本來，由於山路坎坷，崎嶇難行，家母與我們，都極力懇辭婉謝李先生參與送葬。但他卻堅持要親送這位相知相交逾數十年的好友最後一程。並交代陳小姐留在家裡陪伴家母。

葬禮完後，李先生並未即刻離去。仍然依依地站在墓前沉思，對著剛剛覆上一剷剷紅土的新墳默哀了許久。最後，我們擔心山路天黑難行，才好不容易勸服他先行回去。走時，我在後面看他那穿著深灰色棉大衣的疲憊身影，拖著沉重的步子，慢慢地踩著凹凸不平的石子路面離去。走不多遠，他忽然停下腳步，回首注目，默默地望著家父的新墳。顯見對這位摯友之逝去，有著極度沉痛與不捨。

事後，李先生在那篇「紀念憾翁」的文裡，就曾寫下他當時的心境：「工人堆上了最後的一撮土，細雨便跟著夜色來了。我又一次揭下帽子，晚風冰冷地敲著我的頭，好像要給我喚起那些記憶似的。我掉頭望望四周，一片黃沙，一堆山影，幾株枯樹，除了我們這一群十多個，再不見一個人影。工人們收拾了器具走了。我最後一次望了一下這低低的新塚，然後戴上帽子，我也動身回家了。我的眼睛是乾的，那裡面沒有眼淚，有的只是一個人的影子。我最敬愛的亡友，你的影子送我走過那些泥濘的道路，一直把我送到籬笆門前。我到了家，看見那親切地招呼著我的燈光，兩所屋子緊緊地靠在一起，可是我回到了家，你的影子卻永遠地消失了。」

我們兄弟姊妹幾人，對父親當然有更多的不捨。大家仍在墓前佇立了好一陣後，才在天色快要轉暗時相率依依離去。事實上，在我們尚未抵家前，天就已經全黑了。進門後，母親便告訴我們：「李先生已請陳小姐來通知我。囑我不必做晚飯；他待會兒會叫人送飯菜過來給我們。」

果然，過不多久，李先生一聽到我們回家的聲音，就馬上著人送了許多飯菜給我們。其實，這也正是他們的年夜飯菜。可惜這些年夜飯菜雖然豐盛，但在我們這正處愁雲慘霧，萬般悲痛中的一家人，卻難免有點食不下嚥，而有所辜負於他的好意。然而，縱使如此，對於李先生那種古道熱腸，愛護我們，照顧我們，及其設想周到、體貼入微的恩情，已足於使我銘感五內，畢生難忘！

家父去世後，宇宙風社永續經營的責任，便自然落在我的二位兄長肩上。二哥翊重主持編務（並聘請葉廣良先生協助），三哥伊磐掌理業務。當時，二哥在文化界尚無淵源，缺乏人脈。幸賴李先生念在他與家父的深厚情誼，慨然義助。運用他在文化界的崇隆聲望與其個人的交情，替宇宙風穩住稿源，使之仍能維持在一定的水準之上。這才漸漸地把二哥帶進編輯的門檻，而建立起並穩定了他自己在文化界的人脈，開展宇宙風的永續經營之路。直到一九四九年才因環境因素的不變，不得已而宣佈停刊。

李先生義助宇宙風的經營，也就是義助我們家族事業的生存，同時也安定了我們一家的生活。直到湘桂之難爆發，日軍大舉進攻西南諸省，由湖南長沙、衡陽，直掃廣西桂林、柳州，而逼至黔桂邊境。這時，我們當然不得不隨著難民潮，一路逃向貴陽，轉至重慶。

逃難不比旅行，當然有許多艱苦待嘗。我們一方面擔心老母能否忍受這場跋涉，也擔心縱使逃至重慶，以後的日子又將如何度過？家母更是憂心如焚。覺得前途茫茫，不知我們的未來在那裡。倒是二哥滿懷信心，保證全家不至餐風宿露，流落街頭。原來他事先已獲得李先生指示，要我們到了重慶，可以投奔他家（當時，李先生與陳小姐已在由桂林赴貴陽旅行結婚後，轉至重慶定居），他會設法安頓我們。

果然，我們一到重慶，就受到李先生夫婦熱誠接待。他們指揮出版社的職員，迅速地把一間大辦公室騰了出來，讓我們一家老少住了下來。而他們自己，卻仍住在出版社狹小的樓梯間。似此克己待人的恢宏器度與作為，又豈是一句「熱心照顧故友遺眷」的形容，所能概表的！後來，二哥雖然盡量排除萬難，迅速在中正路一家商店後進三樓租到一間大廳，作為全家的新窩。但李先生夫婦在我們落難期間對我們所伸出的援手和恩待，絕不是我用言語就能盡表謝忱於萬一的。

一九四五年，日本無條件投降後，所有當初由戰區逃至大後方的人，無不想盡辦法搬回原居地。李先生夫婦也很快地遷回上海，住在原法租界一條弄堂（胡同）裡。我承先父餘蔭，蒙他生前一位老友李萬居先生提攜，隨同他所率領的一批編輯人員，來臺灣接收日人的臺灣新報；並更名為臺灣新生報。我便被他安置在該報擔任中文版記者（當時的新生報為適應讀者需求，分設有中文版及日文版）。

由重慶出來，途經上海。我利用候輪轉臺的機會，特地到李先生住所拜訪他和夫人，面報赴臺就業之事。承他們夫婦熱誠接待，關切地詢問我到臺灣後的計畫。談到一半，李先生忽然交代李太太陪我續談後，就起身進書房。起初，我以為他是「上班」時間已到，入內工作，專心創作。但不一會兒，就見他手裡拿著兩個信封，走過來遞給我。原來是他為我預備的二封介紹信。把我介紹給當時的臺灣省立圖書館館長吳克剛教授和臺北開明書店經理劉甫琴先生，請他們照顧我這個「故友之子」。像這樣把我當親子侄般地關心、愛護、細心照顧，當然又是一件令我銘感不已，無時或忘的恩德。

時間一晃就是數十年。兩岸開放後，我於一九九〇年從臺灣到山東濰坊，向一位哮喘名醫求診。回程時，特地安排在上海停留數日，以便能有機會探訪這位關心、愛護、照顧我與我們全家的「巴金老人」。但事實上，我與他已失聯逾數十年。能否見到，並無把握。到了上海，我把尋訪的途徑放在一些文化機構和團體（當時我尚不知他是上海作家協會會長）。結果，果然讓我打聽到他的女公子李小林；並請她代為轉達我求見的意願。很快地，李先生就安排於次日接見我。

次日午後，我懷著難以形容的期待、渴望與興奮的心情，到武康路拜訪他。當時，他可能已有帕金森症的困擾，卻仍提起精神愉快地接見我。並一如往昔般的關懷著我們兄弟姊妹的生活情況。尤其令我感到意外的是：雖然失聯了數十年，他竟依然清楚地記得我們每一個人的名字；而一一點名垂詢兄姊及我的近況。不僅如此，他還能毫無困難地叫出我嫂嫂與姊夫的名字。當提到他為二哥、二嫂證婚的往事時，他很高興的強調說：「那是我這輩子惟一的一次為人證婚而不需要嚴肅致詞的難得經驗！」（二哥結婚時並未大擺酒席，而僅在家中備了簡單的婚宴，請證婚人、介紹人與我們一家人歡度。）

我不禁當面對他過人的記憶力表示驚訝。李先生笑了笑，問我：「你知道我今年幾歲啦？」接著就自動告訴我：他已是八十六歲的高齡了。就這樣，我們有如回到往昔一般，愉快的閒話家常。閒聊中，他還特別提到與家父的深厚友誼。並告訴我：「我所寫的那本『火』第三部，就是在寫你的爸爸。」

儘管在這次會晤中，李先生表現得那麼和藹、親切而熱情，但我仍不敢讓他耗費太多的精神與時間。當我正要告辭時，他卻叫我再坐片刻，並向小林做了一個手勢。小林隨即起身入內，拿出一套巴老最膾炙人口的鉅著激流三部曲「家」、「春」、「秋」，放到他面前。當時，帕金森症似乎已給李先生的運動神經造成相當的不便，但他仍熱情地、勉力地在扉頁上鄭重親筆簽上「贈伊祝——巴金」。接過贈書，我心裡深感無限親切與溫馨，而有「受寵若驚」的激動。

蒙他贈書，我再三道謝後出來。李先生竟又熱情地起身相送。我當然不敢勞動他，急忙回身婉謝，請他留步。倒是小林在旁低聲道：「不要緊，醫生也交代他多多活動。」我當即放慢腳步，配合他的速度，緩緩步出客廳後，再次返身道謝拜辭，婉請留步。但他卻站在客廳門口的平臺上，目送著我。我匆匆通過前院花園。走近大門時，忍不住依依地回首看他。只見他仍站在平臺上，帶著慈祥的笑容，目送我的離去。我的情緒激動翻騰不已，對於這位曾經一直關心照顧我們全家的父執，實有說不出、道不盡的感激與難捨。我本能地彎下腰，深深地向他行禮，恭恭敬敬地再次鄭重拜別。隨後，立即急急轉身跨出大門，匆匆離去。因為，我發現自己眼眶裡已充滿淚水，即將奪眶而出！

捧著巴老的贈書，回到臺北。我把經過向內子詳述了一遍。內子聽了，興奮萬分。自承從小就是一個「巴迷」。對他極為景慕崇拜。崇拜到一聽到有人輕率地對巴金稍有失敬的批評，她就恨不得要找那人拚命。因此，她要求我將來務必安排個機會，帶她去一睹大師的丰采。

一九九二年十一月，我果然偕同內子一起去上海，準備帶她去瞻仰這位當代文壇巨擘的神采。可惜事與願違，當我打電話到李公館時，小豪（巴老的公子）卻告訴我們：巴老已由小林陪同，暫時遷往杭州養病。我們無奈，只好帶著深深的遺憾返回臺北。而將再親謦欬，重聆教誨的希望寄諸來日。殊不料錯過了這一次的探訪，我們竟再也沒有機會見到他老人家了。

巴老與蕭珊，夫妻感情之篤厚、深摯、真誠與堅貞，實是今日社會極為難得的典範。數十年來，他們謹守著互愛、互信、互助、互勉的信念，相伴相隨，相廝守，相扶持。雖經歷許多一般人難以忍受的迫害與磨難，仍能緊緊相依相守，共同面對，共同忍受。巴老在他那篇「懷念蕭珊」文中，就曾懷著悲痛的心情，「內疚」地指出蕭珊因為是他的妻子，被指為是「毒草作家的臭婆娘」，而受盡紅衛兵的迫害。忍受清算、欺凌、羞辱與折磨。甚至命令她每天出去掃街。但蕭珊全部泰然承擔下來。因為她相信如果自己忍受得越多，就越能減輕他們所將加諸於巴老的折磨、虐待與傷害。巴老痛苦地提到：「我偶然看見她拿著掃帚回家。我不敢正面看她，我感到負罪的心情。這是對她致命的打擊。不到二個月，她病倒了。以後就再沒有去掃街，但也沒有恢復健康。」於此，巴老痛苦地寫道：「儘管她還活了四年，但一直到死，她都不曾見到我恢復自由（當時巴老被關在牛棚勞動、學習，進行反省，撰寫檢討報告。長達十年，寫過一遍又一遍的檢討報告，竟都未能通過而獲釋回）。這就是她的最後。然而，卻不是她的結局。」最後，巴老沉痛地吶喊：「她的結局將和我的結局連在一起！」

接著，巴老用血和淚寫下最感人的一段：「我絕不會死；我要多活。在我失去工作能力的時候，我希望病榻上有蕭珊翻譯的那幾本小說。等到我永遠閉上眼睛，就讓我的骨灰同她的骨灰摻和在一起！」任何人讀到這段文字，都會情不自禁的為他們的深情而落淚！

一九七二年八月二日，蕭珊終於結束了飽受折磨的日子。在她去世後，據巴老自述「一九七二年八月裡那幾天，我每天坐三、四個小時，望著面前的稿紙，卻寫不出一句話來。」最後，他只好放下筆，什麼也不寫了。直到六年以後，他才在一九七九年一月十六日「完成了」這篇賺人熱淚的「懷念蕭珊」。以一位生平寫過千萬言鉅著的文學大師，面對愛妻的死亡，竟然是歷經六年以後才完成他的悼亡長文。其心情之沉重，與內心所受打擊、創傷、煎熬之深，當然是不難想見的。這不僅是他們的悲劇，更是時代的悲劇！

巴老病逝於二〇〇五年十月十七日，享壽一〇一歲。據媒體報導：他的骨灰已於十一月廿五日由小林與小豪護送，乘搭政府調派的專輪，載到東海海面，依照巴老的遺願，與蕭珊的骨灰摻和著一起撒入海中。報導並稱：骨灰海葬時，東海海面響起的不是常見的送葬進行曲，而是選用巴老生前最喜愛的「悲愴交響曲」。這使得送葬的人覺得自己的心靈仍與巴老、蕭珊夫婦的心靈緊連在一起，而無陰陽兩隔的感傷和哀戚。

承受了李先生夫婦多年的關切與照拂的恩情，我對他們自是有著極深的尊敬與感激。當李先生病逝的噩耗傳來時，我不禁百感交集。一時間，許多前塵往事，一幕一幕地浮上腦際。李先生暨夫人對我們一家人的種種關愛與恩待，都歷歷重現眼前。他們所給予我的教誨、勗勉與鼓勵，在在都勾起我對他們的思念、感激與哀傷。遺憾的是：身居海外，我未能到太平洋西岸的東海，參與這場隆重的葬禮。因此，我只能肅立在太平洋東岸的溫哥華海濱，默默地遙祭他們。此刻，種種往事，都相繼清晰地湧上心頭。我心中除了感激與緬懷之外，還是感激與緬懷。我知道這是生命的一種無奈，正如我當年失去父親、母親和哥哥一樣！

也許是年輕時小說與電影看得太多了。當我站在岸邊遙祭的時候，恍惚間，我好像看到李先生夫婦已然化為一對自由的燕侶，相伴相隨，雙雙翩然飛向天際。漸漸地，越飛越高，越飛越遠，終於消失在我的視野之外。留下給我的，只是我對他們的滿懷感念與無限哀思！

（2009年7月　文訊雜誌第285期）

林伊祝與巴金親筆簽名的「激流三部曲」贈書；而巴老另一作品「火」第三部的主人公，即以林伊祝父親林憾廬為其創作原型。

一門愛的科學

——懷念周百鍊先生

九月十一日傍晚，曾任臺灣省政府委員兼代臺北市長及監察院副院長的周百鍊先生，在睡眠中平靜而安詳地走完他的人生。留給家屬難抑的悲慟，也留給好友們無限的哀思。

周先生早年負笈日本，畢業於長崎醫大。返臺後就在萬華自設「周內科醫院」。由於醫術高明，迅速成為臺北市的名醫之一。而他對貧苦病患的施醫贈藥，多方照顧，更使他的醫德廣獲口碑。

筆者當年追隨周氏的時候，有一次，親眼見到一位年輕婦女抱著一個兩歲的小孩前來就診。周先生稍加診治，不禁忿然大怒，責問那位母親：「為什麼把孩子的病拖到這麼嚴重才帶來看？」那年輕的母親囁嚅著說：「我們沒錢，所以……」不料周先生兩眼一瞪，叱道：「小孩子的命要緊！沒錢難道就不要救啦——我周百鍊又不是沒錢就不替人家看病的！」結果，他不但免費為孩子施治，最後還萬分關切的叮囑那位母親務必繼續帶孩子來治療，他會免費幫他治到好為止。

周先生不僅自己身體力行，以充分的愛心服務病患；他也常以此勗勉後進。記得在那些年，我看到他致贈年輕開業醫師的賀屏，往往總是題著「愛的科學」四個大字。並附言勉勵他們要以愛心來為病患服務，克盡醫者救人的天職。因為「醫學乃是一門愛的科學！」

由醫界轉入政界之後，周氏仍然抱持著滿腔的服務熱忱。在他奉派兼代臺北市長不久，適逢強烈颱風「葛樂禮」來襲，致使萬華、雙園、古亭大片地區慘遭淹水，市民深受損失。周先生鑒於此一地區年年水患，若不從根本著手，人民生命財產殊乏保障。乃在市府原無建堤預算的情況下，極力爭得上級支援，而由中央、省、市各負擔三分之一的經費，興工建造雙園堤防。他並商請軍方協助，動用軍工承建。在那段期間，周先生每天親自主持建堤會報，解決問題，掌握進度。且親至各處巡視，督導施工情形。終於在短短半年內，就把過去空談了幾十年的雙園堤防建造完成。使地方民眾永遠免除年年遭受洪水的侵害。

這座堤防的興建，雖然曾被當時的經濟部長楊繼曾譽為全國效率最高的一項工程，但它卻也曾是壓在周氏心頭的一塊巨石，直到經歷過建堤後第一個颱風的考驗。那天，周先生在率領市府有關人員到淡水河沿線察看洪水水位與堤防保固情形之後，又於晚間獨自帶著司機前往雙園堤防查看；並在堤上一待就待上四、五個小時之久。次日，周先生露著幾分神祕的笑容問我們：「你們知道我昨晚為什麼老待在雙園堤防不回家？」沒等我們回答，他又接著說：「我雖然對這堤防的工程很有信心，但仍不免擔心萬一有什麼瑕疵或缺失，一旦發生意外，當地民眾的受害將比沒建堤前更加慘重。因此，我是抱著與雙園堤防共存亡的心情而去的；直到證明它確能禁得起考驗，我才放心回家！」

五十八年，中央民代補選，周先生獲國民黨提名，順利當選監察委員。六十二年至七十年間，且曾膺任監察院副院長。老實說，這份御史的職務，倒是非常適合他嫉惡如仇、鐵面無私的性格。在擔任監察委員的二十餘年中，他勤於出席，勇於任事，查案認真，辦案公正。記得六十九年，臺北市某舞廳發生殺人命案，有位青年不幸被誤認為凶嫌，且遭判刑。最後，便是有賴周先生細心研討其家屬所提各項反證，發現確有疑點，而要求警方重新調查，深入求證。終於使這位青年獲得平反，成為「冤獄賠償法」實施後獲得賠償的首樁案例。該青年一家感激之餘，連聲推崇他為「包公再世」。周先生卻謙稱：「身為監察委員，我只是在盡本份罷了！」

他——周百鍊先生，就是這樣一個人。畢生苦幹實幹，卻不善言辭，更不喜歡標榜自己。有時甚至因為他那過份剛直的性格，難免開罪於人，以致常被扭曲了形象。然而，在所有熟知他的為人風格的人心中，他卻永遠是位最值得敬愛也是值得懷念的友人與長者。

（1991年10月29日 中華日報）

願你的靈魂安息！

安息吧，孩子。願你的靈魂安寧！

孩子，我萬不曾想到你的來臨，竟是我生命中一杯無法推辭的苦汁。你到這塵濁的人間，只有短短三十個小時多一點。你那可憐的母親，對你甚至只有產下時模糊的一瞥。在這一生中，我們為你而哭泣的時間，竟更多於為你而歡笑！

雖然，雖然只是三十小時的聚首，但你已贏得我深摯的愛，就像你正在牙牙學語的姊姊所已得到的一樣。然而，你為什麼竟又忍心匆匆離去，撇下了我，和這一份深摯的愛？

曾幾何時，我正為著你的誕生而歡笑，誰知道，在幾小時後我卻將為你的去世而痛哭。我曾經為你端正的面貌與強壯的體魄而驕傲。你那一連生了四個男孩的伯父伯母更曾羨慕地對我說：「你們生的一女一男，真的太理想啦！」誰又知道，在幾個小時後這些話卻變成一根根的刺，直刺進我的心坎。

大前天，你誕生那天的夜晚，我為你的來臨而興奮地帶著濃厚的酒意回家，在對於你我未來的美麗憧憬中酣然入睡。當時，我何曾想到在三、四小時之後，那酒意竟將被產院關於你急病的通知所沖散淨盡。代替它的，卻是憂慮、焦灼與悲傷。從那時起的十個多鐘頭內，我就不曾再離開過你；直到你離開了我。

我曾經用最大的情面，也曾冒傾盆的豪雨，為你請來著名的醫師，終也無法挽回你這小小的生命。站在你的牀前，握住你的小手，看著你痛苦的表情，我曾經默默地向造物者許下一切的心願，願意替你承担任何的病痛，只要他能減除你的痛苦，保全你的生命——我知道這是最愚蠢的行為，但我畢竟為你而做了。

我曾想到你將長成你姊姊一般的聰明，一般的伶俐，一般的可愛。然而，你卻這般匆匆地逝去。今後，我會時常想你，念你，為你而哭。我並相信：假如你的靈魂果真存在，你將也會同樣地想我，念我，為我的哭而哭！

曾幾何時，我才勸慰過一個喪子的朋友，誰知道如今我卻變成別人勸慰的對象。有人勸我：剛生下的孩子，還談不到什麼深摯感情。卻不知道這父子間的愛，原是與生俱來的。何況，我老覺得你那臨終前對我的凝視，總像是有什麼話要向我傾吐，有什麼痛苦要向我告訴。有人勸我；死去的已經死去，將來不怕沒有孩子。然而，將來有的乃是我原所應該有的，現在失去的都是我原所不應該失去的，這又教我怎能不悲傷呢？

有人批評我的軟弱；但我卻做了一件殘忍的事情，就是把你的消息向你生身的母親暫時隱瞞，在病中，在死後，甚至在完葬了的今天。然而，不要過份譴責我吧，因為我這樣做，原是為了愛護她。我已經失去了你，再也不願她那產後衰弱的病體為你的噩耗而受到影響。

前天，你去世的那天晚上，我本不敢去產院看你母親，因為怕她會從我哭腫了的眼睛看出這不幸。可是，在家裡我怎麼樣也得不到寧靜，總覺得必須見一見她才能安心（也是為了使她安心）。在產院裡，我強裝出笑容來和她談一切的事情，甚至關於已經死去的你底事情。可憐她竟未覺察那偽裝的笑，卻只看到我的倦態，而說：「你連眼睛都腫啦！」聽到這句話時，我多想仆在她的胸前，抱著她一起為你哭個痛快。但我終於忍住，為的是怕她病體承受不住這重大的打擊。

昨天中午，我親眼看著你的化妝，入殮，火葬。晚上，我帶火葬間鑰匙到產院看你母親。走進病房，恰是遇上哺乳的時間，眼看別的產婦個個抱著孩子餵奶，或是放在床上逗著，我如驀地受到一陣驚嚇，只覺得心頭猛跳不停，嬰兒室裡別人家孩子的哭，偏又是一聲聲不斷地送入耳內。我直想當場放聲大哭；雖然仍復忍住，但這心情卻又將用什麼來形容呢？

這一切，你母親自然不會知道。她只是關切地問起你是否像伯母所說那樣的漂亮，鼻子是否像母親那樣的高，病況是否好一點，什麼時候才能自己餵奶……可憐她怎知道這些話都像一把把刀，直割著我的心房。我幾次故意岔開話題，又幾次因為想起已經死了葬了的你而發怔，但她都沒有注意到。

含含糊糊地回答她後，走出產院，我掛著淚珠在街上行走。自己也分不清這淚是為什麼而流——是為了你的去世？是為了她的受瞞？還是為了我自己的殘忍？

今天中午，撿完骨灰，從火葬場出來的時候，我狠命地把你的骨灰緊緊抱在懷裡，忍不住失聲哭了起來。孩子，我是第一次抱你，卻竟是抱著你的骨灰！

我愛海，我將你骨灰沉葬在基隆港外的海中。希望你也會愛她，而安眠在她那寬闊柔和的懷裡。我並曾為你向祖父在天之靈祈禱說：「爸！我把孩子交給了你，請你替我照顧他吧！」

完葬後，我又回到產院看你母親。她仍關切地問起你的病況，然而，茫茫大海，我究將去那裡找你，看你啊！

如今，已然失去了你，我怎能不用聖經上的話來安慰自己：耶穌說：「你們若不回轉，變成小孩子的樣式，就斷不得進天國。」又說：「讓小孩到我這裡來，因為在天國，正是這樣的人。」

那麼，就讓我再次祝福你的靈魂安息吧，孩子！我的孩子！

（1954年9月13日　小祝葬後，於台北）

（1954年9月29日　公論報）

她，才是我太太

假如你說你認得我太太，卻又說你不曾見到她三天鬧一次笑話，五天擺一次烏龍，那末，我可以肯定地告訴你，你準是認錯人啦。——她，絕不是我太太。

憨厚、溫婉、糊塗、粗心、鹵莽，再加上忘性重，這些特質，造就了她，也造就了她那一連串令人啼笑皆非的傑作。——她，才是我太太！

我說「傑作」，並無絲毫誇張的意思。遠的不提，就以最近為例，幾天前，一位文友來電話，約她下禮拜三中午餐敘，只見她毫不猶豫，滿口答應下來，不料，掛完電話後，她卻帶著一臉的困惑與迷思，回過頭來問我：「下個禮拜三是星期幾？」

你覺得她糊塗嗎？那倒未必盡然，有時候，她還是有極細膩的一面，例如上次閒聊時，聽她娓娓暢談辦公室的一些瑣聞趣事，當時，她就有過這樣細緻的描述：「我們公司有個同事陳太太——是個女的！」瞧，夠細膩了吧！

倘若你就此認定她是個細心的人，那可錯了。每次上市場，她總是會把買好的肉掉在魚販那兒，又把買好的魚丟在菜攤上，再把買好的菜漏在水果店裡。最後，只提著一部份的東西，輕輕盈盈地回家，放進廚房，而後，就像完成一件重責鉅任似的，心滿意足地回到客廳，喝喝茶，看看報，唱唱歌，經過了一番調息，才懷著輕鬆愉快的心情步入廚房，準備做飯。這時候，你不難見到她一個人在廚房裡團團轉，這兒翻翻，那裡找找，滿臉無奈，自言自語：「我的魚丸呢？難道忘了拿回來？」「咦！雞蛋怎麼不見啦！」……待她重回市場把東西找回來時，她又會躊躇滿志，笑得雙頰兩團肥肉鼓鼓地：「你看，我的記性還不錯吧！」

買東西不難，要把丟掉的東西找回來也不難；但是要把買東西的帳算清楚，可就難哪。每次陪她上街，她就是個數學老師，不斷的出題要我作答：「一斤葡萄卅六元，三斤半是多少錢？」「咖啡一罐一七八元，奶精一罐六十九元，加起來是多少？」當然，對於某些比較簡單的數字，她還是不屑下問的。在九龍，有一次，她看中攤子上一些小工藝品，叫價一件八十五元港幣，我們嫌貴，老闆立即自動五元五元地減下來，最後乾脆聲稱：「算你六十元一個，再少就不賣囉！」她一急，生怕買不成，竟向那老闆好言相求：「再減一點好啦——就算二百元三個，可以嗎？」

其實，對於數字，她有時還是滿有潛力的，就像那次在二哥家吃飯，她一眼看上那副新的不鏽鋼筷子，便問：「這筷子多少錢一雙？」當二嫂回說半打一百二十元時，她很快地就算出答案：「喔！四十元一雙。」發現我們三人都給愣住時，她瞪大了眼睛：「一百二十元半打，那就是一根二十元；也就是一雙四十元，有何不對？」老實說，能在短短數秒鐘之內，繞了一大圈，將一百二十元除以六（根），再乘以二，而得出四十元的答案來，既敏捷又正確，這在她這一生中已算是破天荒的了。然而，令人奇怪的是：當了數十年的家庭主婦，為什麼她還會認為半打筷子是六根三雙呢？

數學問題最多只是令人傷腦筋，交通問題卻能教人心驚膽戰，要快快樂樂地出門容易，想平平安安地回家可就得處處小心，而她呢，即使在交通紊亂、險象環生的路口，也能一副優遊自在，如入無人之境的樣子。因此，每逢穿越馬路，我總喜歡攙著她走，但她毫不領情，總是用力一甩，怪我不該

「像警察抓小偷似的」捉著她。「結婚前沒有人攙，我還不是活得好好的！」然而就在前年，我頭一天離台回大陸探親，她第二天晚上就被摩托車撞成重傷，腿上縫了十幾針，在信上，在電話裡，她都不敢告訴我。待我兩個月後回來，她外傷雖癒，關節猶痛，我趁機來個機會教育，勸她以後務必多加小心，誰知她竟噘著嘴笑，像個極不受教的小頑童：「安啦！你看我還不是活得好好的！」

馬路上固然危險，在家中又何嘗安全？地板太平，會滑跤；舖上墊子，會絆倒；燒開水，會燙人；握菜刀，會割手；就連掀個鍋蓋，也都會砸自己的腳。至於杯盤碗碟，更是十拿九不穩。一個一個打破不算真工夫，成堆成落砸爛才見大氣魄。因此，只要她一進廚房，必定弄得百物墜地，萬籟齊鳴。與其說像西洋的交響樂，倒不如說像國劇的文武場來得更貼切。而最多災多難的，就屬我的茶杯了。屢買屢砸，屢砸屢買，開頭幾次，她還算挺有良心，帶著愧疚：「糟啦，我又把你的杯子打破了。不過沒關係，我會給你買新的。」日久砸成習慣，語氣可就不同，了無半點歉意：「奇怪！你的杯子怎麼特別容易破呢？不過，也沒關係，所謂『舊的不去，新的不來』嘛！」到了最近幾年，她更乾脆，每次總是嘻皮笑臉地：「告訴你一個好消息：你又快有新杯子用啦！」前後算算，被她打破的杯盤碗碟，合計起來，大概也夠我買套音響了。

若是加上其他損失，當然就更不止於此。她平常最喜歡蒐集一些小玩意兒。無論是陶瓷的、玻璃的、木製的、金屬的；也不論是小花瓶、小茶具、小動物、小樂器。只要做的夠小，做的夠巧，她就著迷。每回上街，一看到那些小東西，總是愛不釋手。只要價錢不太貴，就必買下來。以致家裡堆得滿坑滿谷，早已夠開個小藝品店了。好幾次，她興高采烈地從外面回來，得意洋洋地拿出一包包小玩意兒向我誇耀：「你看，我又買了個好可愛的小東西回來。」一邊說邊把包裝紙撕開，懸空就將盒子打開。這一來，沒等我看清楚是什麼以前，東西早已掉落地上，砸成碎片。而她，立即轉喜為悲，哭喪著臉，還撒賴道：「都是你害的——要不是拿給你看，就不會打破啦！」幸好，很快的，她就會將此事忘得一乾二淨。等到下次買了小工藝品回來，她照樣等不及拿出來炫耀，照樣懸空啟盒，而照樣又把新買的寶貝砸得滿地。然後，哭喪著臉，撿起碎片，和著淚珠，一起抖落入垃圾桶裡。

其實，並非天下樣樣東西都是一碰就破的；至少，她的頭就碰不破。十幾年前，整面整片、無邊無框的落地玻璃門窗，在台北尚未流行，但在香港卻已非常普遍了。幾乎家家百貨公司、餐廳和商店，都是如此。而且全都擦得光潔明亮，清澈無比。也許就是因為太明亮、太清澈，以致三天兩頭，她就會拿頭去撞一撞。奇怪的是：她的頭既撞不破，也撞不醒。今天撞過，明日又來。倒是有一天，經過一家皮革店，她被櫥架上的一些皮包所吸引。猛一轉身，就衝進去。結果，當然又是「砰」的一聲，結結實實地把頭撞在玻璃門上。後來皮包沒買成，退了出來；才走幾步，又有一家。這一回，她可學乖了。一走近門前，便舉手大力一推。詎料用力過猛，整個人竟跌跌撞撞地撲了進去，幾乎一頭撞在櫥架上。原來，這家店的玻璃門本已開向一邊，用繩繫住，根本無門可推。出來後我忍不住大大地誇讚她一番：「有門的時候，你拿頭去撞；沒門的地方，你用手去推。這套工夫，可真是前無古人，後無來者囉！」她白了我一眼，脹紅著臉——一張胖臉，登時脹得更是胖嘟嘟的！

清澈無色的玻璃使人迷惑與困擾，那末，晦暗帶色的玻璃又如何呢？也是在香港的時候，我們陪女兒去配眼鏡。望著櫥內琳瑯滿目，款式繁多的太陽眼鏡，她突然有了興趣，便請店員取出幾副來試戴，才一戴上，就嚷著問：「你們幹嘛關燈啊？」眼看大家都被她愣住，這才頓然憬悟：「哦！對不起，我忘了是我自己戴上太陽眼鏡啦。」這一來，惹的所有的人都笑成一團。直到配完眼鏡出來，我還看到那些店員嘴角的笑痕久久仍未恢復攏來。

也許因為是廣東人的緣故吧，每次一到香港，她就特別興奮，這一興奮，烏龍也就越攞越多了。記得那次去香港，返臺前夕，在二姊家依依話別，不知不覺談到深夜才回旅館。電梯上到第二十層，我剛要跨腳出去，冷不防被她一把拉住：「糟啦！我把皮包漏在二姊家裡，怎麼辦？」當時雖已過午夜，但機票、護照、港簽和所有證件全在皮包裡，不回去拿，明早怎麼上飛機呢？於是，只好把電鈕一按，又坐回頭。不料，剛一出到旅館門口，她又一把將我拖了回去，笑吟吟地：「沒事，沒事，我剛剛是把皮包掛在背後，一時忘了，所以才找不到！」三更半夜，居然還攞這種大烏龍，我委實有點氣不過，真想數落她幾句。可是，一見到她那副羞怯、愧咎，而又顯得無辜的神情，憨態可掬，也就只好將已到嘴邊的一番氣話，嚥了回去。

任你再糊塗的人，往往也有他們認真與專注的一面。在這一生中，寫作與音樂，便是她的兩個最愛。比較起來，後者似乎更甚於前者。在寫作方面，她能寫，卻不常寫。一來是懶，二來是玩心太重。只有在好友相催、老公相逼，甚至有時還得仰賴老編開口索稿，她才會乖乖地坐到寫字檯前，安安份份地爬幾下格子。至於音樂，她確有一份近乎瘋狂的熱愛。簡直看得比自己的生命還重要。年輕的時候，客觀條件不許可；她只能自己哼哼唱唱，或放放唱片、聽聽收音機。直到孩子們都長大成家，經濟情形稍見寬鬆，她才毅然決然地以五十多歲的「高齡」，正式拜師，學起聲樂來。自此以後，每周一次，打老遠從中和搭車轉車，去到士林蕭老師家練習。十年如一日，風雨無阻，從不缺課。也許是上帝垂憐，同情她對音樂的那份熱愛、專注與執著，而賜給她一副好嗓子，使她在六十開外的今天，嗓音不但不致乾澀，甚且更覺嘹亮。

然而，這一來，我可遭殃了。她不但在客廳唱，在書房唱，在浴室唱，連在廚房也唱——唱得飯糊菜焦也不改其樂，她不但白天唱，晚上唱，甚至三更半夜也唱。而我呢？只好兩害相權取其輕，抱著「與其聽她囉嗦，不如聽她唱歌」的情懷去面對她。每天，望著她唱歌時那種自我陶醉的神態，雖有一肚子「耳根永難清靜」的苦水，卻不得不裝出一副「天下知音，捨我其誰」的笑容，洗耳恭聽。今天她，可就愈來愈狂熱。就在前天晚上，大概已是凌晨二、三點鐘，她突然把我從酣夢中搖醒：「今天老師教了一首新歌Piacer Damor（愛情的喜悅），簡直美呆啦！來，我唱給你聽！」說完，果然就渾然忘我地唱了起來。聽著，聽著，我不禁迷迷糊糊地又墜回夢鄉。矇矓中，彷彿聽到她正以一種輕蔑而又帶著悲憫的語氣，可憐著我：「唉，這麼好的歌曲你都不懂得欣賞，——你呀，你真是笨豬呵！」

（寫於結婚40周年）

（1993年6月5日　新生報）

永不成熟的人

提起我那另一半，說也慚愧，雖然已是快四十的人兒了，可還是童心未泯，稚氣猶存。

我們有三個孩子。但更正確的說法，應該是：我有四個孩子。因為，我的確有理由將她也劃歸孩子之列。她貪玩、好賭氣、缺乏主張，喜歡別人給她戴高帽子，厭煩陪小孩子做功課。總而言之一句話，她是個永不成熟的人。

我一向是個喜歡開玩笑的人。但在結婚初期，她卻有著過份的刻板，對任何玩笑都容易認真，因此，我們幾乎天天都得為了我所開的一些善意的小玩笑而拌嘴、而吵架。好幾次，我曾對自己發誓以後再也不找她開玩笑。無如本性難移，興致一來，隨又忘了。有一次，我覷著她埋頭寫稿的時候，悄悄走到後面，把手一拍，嚇唬嚇唬她。果然，她給嚇著了。但卻馬上板起臉，而以惡言相加。我沒想到她會那麼認真，也不禁冒起火來。於是，兩人越吵越烈。她在一氣之下，竟抓起我的一瓶尚未喝完的清酒，喝了兩口，借酒裝瘋，哭成個淚人兒似的。我看得又好氣又好笑，忽然興趣又來，便隨手拿過一瓶醬油，遞到她手中，激著她道：

「要喝就喝個痛快吧！」

她連眼睛都不屑一睜，就將瓶口湊近嘴邊，咕嚕咕嚕的喝起來，喝多了，這才發覺不是味道。睜眼一看，發現我所給她的竟是一瓶醬油，本待發作，卻又忍不住笑了起來，一場風暴終於在她的破涕為笑之中結束。

她在家中排行最小，而且年齡和她兄姊差得很多。這使她養成了依賴心理，凡事都無主張，總喜歡「向大人們徵求意見」，要求別人替她出個主意。甚至連她自己所用的衣物，也幾乎從來沒有照著自己的愛好買過。——她如果和我嫂嫂上街，就照著我嫂嫂的意見買；如果和她姊姊上街，就照著她姊姊的意見買。要是買回來時問到我，我又表示了一點意見，她準又會把東西一包，跑回去找那家店舖更換。倘若買的是特價品，出門不換的，那她便將懊悔萬分，悶上個三兩天沒有話講。

由於從小被她姊姊寵壞，結婚之前，她對家事還是一竅不通。婚後，雖然不能不開始學習，但卻似乎有著滿腹委屈，好不情願。所以，她對家事的操作，進步極慢。當了十幾年的主婦，她到現在還分不清什麼肉塊適宜紅燒、清燉或熱炒，家裡打牙祭的時候，她甚至會把老母雞當作童子雞買回來。

儘管如此，她卻堅持自己對炒牛肉頗具心得。而且，她像孩子似的期望著「大人們」的讚語。因此，只要你涵養到家，肯裝出一副老饕樣兒，對著那盤難以下嚥的炒牛肉，信口開河的讚不絕口，她就會將你引為知音。那怕當掉金戒首飾，也必心甘情願地再請你一次。

這毛病還不算稀奇，最嚴重的是她對古典音樂有著瘋狂的愛好。儘管她到現在還分不清什麼蔬菜產於什麼季節，但對於音樂——當然是古典音樂，只要聽上一小節旋律，她就能很正確地道出，那是哪位名家所作的什麼曲子的第幾樂章或第幾樂段。自從她蓄足了私房錢，買下那架電唱機之後，情形可糟了，她慣常把菜一下鍋，便抽身回房間裡聽音樂，並且很快地陶醉於優美的旋律中。等到一曲既完，青菜已經變黃，紅燒肉已成木炭。

其實，早在沒有買電唱機之前，她把青菜燒成棉花，豬肉燜成木炭，就已經是常有的事兒了；

因為，她一向是個健忘的人，她生平最大的傑作是——有一個晚上，她把米淘乾淨了，水加夠了，就將電鍋的開關扳上。次日清早，忙著起來給孩子們裝便當，打開電鍋，裡面竟是空空如也，找了一會兒，才發現裝米的內鍋還好好的置於水槽旁，根本沒有放進電鍋裡。那一次，我倒是著著實實地恭維了她一番，稱譽她為古今中外唯一的巧婦，居然能為「無米之炊」！

她和我都是影迷，所不同的是：我是每片必看，而她卻有數不看：戰爭片不看、西部片不看、偵探片不看、滑稽片不看……。她所欣賞的範圍，只限於文藝片和音樂片（當然不包括搖滾和爵士）。可是，對於所欣賞的片子，卻又百看不厭。現在，她雖然已是一個負責著五口之家的家務操作的家庭主婦，但一看上電影，卻能像未婚少女似的無牽無罣。難怪連她姊姊也說：「小妹真是的，一出了門，就像鳥兒飛出了籠一樣！」

她拙於為孩子們講解功課，遇上有什麼難題時，就往我身上一推：「找你爸爸去！」她唯一的好處是，對於稍具營養價值的東西，總是盡量讓給我和孩子們，自己一點也捨不得吃。但相反地，對於一些泥塑木雕的小玩意兒，如小動物、小茶具、小樂器和洋娃娃之類，她卻常和孩子們爭奪，鬧成一團。前年我到香港時，她就曾一再交代我給她多帶一份小茶具和洋娃娃，免得孩子們和她爭（其實，更正確的說法應該是：免得她和孩子們爭）。那副茶具和洋娃娃，她珍惜得什麼似的，到現在還藏在箱底，捨不得給孩子們玩一下。

最後應該一提的是：她是一個生活在幻想中的人。永遠嚮往於那些將愛情與人生美化了的電影和小說。快四十的人兒，但她還常常為自己編織著遠離現實的美夢，她夢想自己永遠停留於少女時期，而且有個氣質高貴、風度翩翩的王子陪伴她優遊於青山綠水之間。用彩霞裁剪成裙裳，以繁星串織為花冠，聽鳥兒輕唱情歌，對流水細訴心曲。沒有煩惱、沒有憂愁、沒有家累的羈絆。因此，每當我要她多留意家庭的瑣務時，她就會認為我是個傖夫俗子，遠不如結婚以前的灑脫了。

（寫於結婚10周年）

（1965年6月18日　大華晚報）

老饕的悲哀

民以食為天。人生最大的不幸，莫過於討了一個不諳烹飪的老婆。而我呢？正是這樣一個不幸的人。

談戀愛的時候，整天昏頭昏腦。只知道她熱愛文學與音樂，鼻樑上架著一副近視眼鏡，看上去有幾分女書生的氣質。至於她對家事操作的能力如何，壓根兒就沒有考慮過。何況，有時和她閒逛之後，偶而上上館子，也常聽她批評過這家的蠔油牛肉炒得太老，那家的糖醋排骨弄得太酸，活像滿在行似的。

新婚的頭一兩個星期，每天總是東玩玩、西逛逛。用飯的時候，不是上館子，就是在親友家吃。所以，倒也不曾面對過問題。直到有一天，我提了出來：

「咱們什麼時候開伙？」

「開伙？」妻瞪大眼睛，似乎深感意外：「為什麼不給人家包飯？」

「包飯？」這一下，我的意外比她更大。

「你難道認為我們真該給人家長期包飯？」

「可是……」妻訥訥地，好像有點接不下去：「我可不會燒飯做菜。」

「那簡單，你不會，我來教你。」我滿以為她在說笑，便也隨口輕輕鬆鬆地應著。

事實上，妻並非在說笑。她告訴我：她一向就反對女人回廚房去（可惜我知道得太遲了），所以對廚房的事兒，一竅不通。於是，我只好把自己僅有的一點關於如何生火、如何燒飯、如何做菜的經驗，一一為她解說。

妻終於回到廚房去了。雖然她是那麼的不情願，但因限於經濟條件，僱不起佣人，也只好認命。至於她所燒的那些糊了的飯，黃了的菜，焦了的肉，在愛情尚在熾熱的新婚時期，倒也不曾引起太多的不快，反而增加不少笑料與情趣。

有一次，我約了幾位同事來玩，說好就在我家吃飯。妻聽了，不禁大驚失色。我忙安慰她說：

「別急，咱們可以在附近餐館叫幾道小菜。到時候，你只要燒一鍋飯就行了。」

請客的那天，同事們吃著館子叫來的菜，對妻的烹飪手法讚不絕口。我對他們的讚語，既未承認，也不否認。只是不斷的讓菜勸酒。直到大家喝得差不多的時候，便叫妻盛飯上來。不料，等她把飯端上來時，一看，竟是一碗碗稀飯不像稀飯，漿糊不像漿糊的東西。問了她，只見她臉紅紅的答道：

「平常我們兩個人吃的時候，放的水是淹過一個手背高；今天人多了，我特地增加了三倍的水，不知道為什麼會燒成這樣？」

我沒等聽完，已忍不住把含在嘴裡的一口鷄湯噴得滿桌，弄得同事們都莫名其妙。好在大家都已酒醉菜飽，便也就此停筷了。

剛學做菜的時期，妻最時興炒蛋與豆乾。原因是：炒肉怕老，煮菜怕黃，唯有炒蛋和豆乾是百無一失。因此，每餐的菜幾乎都是一盤肉末炒蛋，一盤肉炒豆乾，再加上一碗蛋花湯。

同樣的菜吃久了，不免發膩。本想要她變換一下菜單，卻又怕她為難。那一天，我只要求她把炒蛋改為荷包蛋，煎幾個換換口味。誰知等她煎好一看，竟沒有一個荷包蛋是完整的。我不禁嘆了一口氣，道：

「你這個人真是的，連幾個荷包蛋也煎不來！」

妻忽然把兩眼一瞪，指著那些被戮爛了的蛋黃，強詞奪理地說：

「誰說蛋黃包蛋白就不算荷包蛋？」

眼看她那副即將惱羞成怒的樣子，我只好不再作聲了。

妻是客家人。客家有一道名菜，叫做釀豆腐，是用剁碎的肉調了粉，嵌在豆腐裡去燒。那天，妻一早就跟我說，她要表演一下手藝，做一道釀豆腐給我嘗嘗，看我還敢不敢小覷她。

晚餐的時候，我特地斟了一小杯高粱，等著她的釀豆腐好下酒。不意等了半晌，只見她端出來的竟是一盤「肉末燒豆腐」。就像不會包餃子的人，做出來的餃子是皮歸皮，餡歸餡。我看了忍不住直想笑，脫口便道：

「下次再燒釀豆腐時，最好先用螺絲釘拴緊，才不會散開哩！」

「呸！」妻只好臉紅紅地發著嬌嗔。

日子久了，她的烹調多少有點進步。三餐的菜色多少有點變化，不再那麼單調乏味。但她對於烹調，卻永遠培養不起興趣，只求差可下嚥就算了。尤其對於作料調味，更是毫不講究。譬如炒番茄加醋，煮南瓜加糖……諸如此類的事，雖非每次必然，卻終究是常有的事兒，真叫人啼笑皆非。

有一次，她總算把滷味弄成功了。那次，色香俱全，美味可口。我著著實實讚了她一番，怎知從此以後，她就自命拿手，時而不忘展露一番。無如烹飪乃需真工夫，像上一次的妙手偶得，已是可遇而不可再。往後所滷的東西，無論牛肉、牛筋或豬頭皮，不但色味欠佳，而且硬得像鋼筋鐵皮，損牙傷胃。而我呢？懾於她的雌威，也就只好勉強忍受。否則，萬一她惱羞成怒，跑出廚房去，那可怎麼辦？

妻慣常稱我為老饕。惟其是個老饕，對於討了這麼一個不諳烹調的老婆，就更覺得苦不堪言了。何況，下半輩子的日子正長呢！唉！

（1965年11月20日）

照片

妻和我都是影迷：所不同的，只是她似乎要比我迷得更深一點。不提妻對影壇掌故如何熟悉，能把中外明星的身世背誦如流，就光說她收藏的明星照片，少講點兒也夠裝滿一個手提箱子。男女老幼（當然大部份是年輕的），應有盡有。記得我還曾經跟她開過玩笑，問她可是準備開個明星照片展覽會？

「那怎麼行？還差好些張照片都沒買下來呢！」

妻一本正經地回答，就像是真有要繼續搜集似的。我心裡暗吃一驚，咋一咋舌，就沒敢再逗她了。

其實人各有癖，我倒也無意深責妻收買太多的明星照片，只要不超過家庭預算所容許的範圍。但是，我不瞭解她搜集那麼多的照片到底有什麼用？尤其是她那珍藏在皮包裡的幾張泰倫鮑華的照片，更使我覺得非常的不愉快。

我敢發誓：我感到不愉快的原因，絕不是為了妻的皮包裡沒有我的照片而只有泰倫鮑華的；我之所以感到不愉快，乃是因為我認為她應該把勞勃泰勒的照片收在皮包裡，而不應該是那個我所不喜歡的男明星——泰倫鮑華。

「你為什麼不把皮包裡那幾張照片換上勞勃泰勒的呢？」有一次，我以同屬影迷的資格，終於向她提出了建議。

「為什麼？」妻子反問道。

「我只欣賞勞勃泰勒。」

「我卻崇拜泰倫鮑華。」

「笑話！」我老大不服氣地說：「泰倫鮑華那一點及得上勞勃泰勒！」

「漂亮？」

「比不上勞勃泰勒。」

「瀟灑？」

「也不如勞勃泰勒。」

「英俊？」

「嘿！憑他那副土氣也配得上英俊？」我簡直有點生氣。

「那麼，論演技呢？」

「這可差得更遠了。」我一時也答不出什麼來。

不過，以後我也不曾把勞勃泰勒的照片像妻一樣地收在皮包裡。

那天下午，我們抱著女兒上街蹓躂。走過一個賣明星照片的攤子，妻照例又停下腳步，動手翻閱起來。

依照一向習慣，妻從來不會在這種攤子前僅只停留一個短時間的。我閒在一旁百無聊賴，也就只好把目光在那些掛起的照片上漫不經心地掃射著。忽然間，我在那堆照片中發現一張極美麗的亞娃嘉娜浴裝的照片，無論身段、姿勢、角度、構圖，都不是一般的明星照片所及得上。我不禁大為讚賞。

「這一張也給買下好嗎？」

等到妻選好她所要的幾張照片，正在算賬的時候，我便從架上取下那張亞娃嘉娜的照片，遞交給她。

「誰的？」妻邊問邊把照片接了過去，端詳一會兒，搖搖頭道：「算了吧，這張有什麼意思？」

「這張照片才真的美得很呢！比你選的任何一張都好。」

「美得很？那你自己買吧，我可不要。」說著，妻就把照片遞還給我。

我以為她又在開玩笑，也不經意，便取出皮夾，付了錢，順手就把照片收進皮夾裡。

我敢發誓：我買那張亞娃嘉娜浴裝的照片，完全為了它的藝術價值。

然而，妻並沒開玩笑；晚飯後，她一本正經地又提起下午買照片的事情。從妻的話裡，我發覺她甚至於認為我買亞娃嘉娜的這一張照片，竟要比她買那夠裝滿一箱子的照片更來得愚蠢與浪費。於是，我們又開始爭論起來。

「就不論攝影的藝術，光是為亞娃嘉娜這顆亮晶晶的紅星，就值得我去買它啦！」我越爭越生氣。

「亞娃嘉娜？」妻的話是從鼻孔裡哼出來的：「她那一點比得過好萊塢別的女明星？」

「眼睛？」

「怎比得上葛麗亞嘉遜。」

「鼻子？」

「那兒有愛琳鄧正直。」

「嘴巴？」

「遠不如麗泰海華絲誘惑。」

「可是無論如何，你總不能否認，她那身段的美妙吧？」

「得了吧，」妻仍毫不放鬆地反駁著：「論胸圍，趕不上琴羅賽兒；論臀肥，又不及瑪麗蓮露夢，你說她還會有身段的美？」

「至少，我認為亞娃嘉娜有著綜合的美。」我自知對明星的常識，絕不會比妻來的淵博，只好準備就此打住。

可是妻卻無意停止，緊接著又說下去：「綜合的美？那簡直與拉娜透納相差太遠了！光是她下巴上的那一條凹楞，就該算是破了格。」

「我就喜歡這種缺陷美。」

「那是你的偏見！」

「好，就算是我的偏見。」我終於這樣地結束了爭論。

那場爭論過後，我便把這件事情忘得一乾二淨。然而妻卻那麼認真，她的不愉快似乎仍在繼續著。

幾天後的一個晚上，吃過飯後，我正在逗著女兒玩，忽然聽到妻在廚房裡喊我。

「什麼事？」

說著，我已跨進廚房。只見妻拿著一只藤箱子站在火爐前，爐子裡火光熊熊，妻正把箱子裡的東西一張一張往火爐裡丟。

「怎麼啦？你幹嘛突然燒起照片來了？」我不禁失聲大叫。

「算了吧，以前那是小孩子氣，才買那麼一大堆明星照片，現在做媽媽了，還留著它們幹嗎？」

說著，妻又伸手從口袋裡掏出幾張泰倫鮑華的照片，在我面前一揚，然後一張一張慢慢地丟進火爐，同時，她掉過頭來瞟我一眼，笑了，笑得好像有點神秘。

我認得出這就是本來收在她皮包裡那幾張泰倫鮑華的照片，猛然間，我記起什麼似的，趕快跑回房間在外衣口袋裡找到皮夾，取出亞娃嘉娜那張浴裝的照片，帶到廚房，隨手在她面前一揚，便當著妻的面把它也丟進火爐裡。

妻笑了。映著火光，那笑臉顯得更紅潤可愛了。

（1954年5月2日　結婚周年贈黃臉婆）

犧牲品

節儉是一種美德。妻將她在這一方面的美德，充份地表現於對犧牲品的搜購上。——我說「搜購」，是因為光用「購買」二字，並不足以表現她對犧牲品的熱中。

結婚初期，由於大家在婚前都已準備了不少東西，所以也就沒有添購什麼的必要。直到一年過後的某一天，我發現自己已經沒有一雙完整無缺的襪子時，才開口向妻要錢買襪子。

「算了，你們男人哪懂得買東西的藝術？」妻並未拿錢給我，只說：「改天等我陪你去買吧。」

那是我第一次陪妻上街買東西。事先，我絕未料到陪女人買東西這麼難。僅僅為了幾雙襪子，竟花了兩個多鐘頭，跑遍了臺北市三條最熱鬧的街道——衡陽路、中華路和成都路。最後終於在一家百貨公司的特價部買到我的襪子。當然也順便添購了一些其他的用品。

那四雙新襪子之中，有一雙只穿了兩次就破了。我埋怨妻不該貪便宜，買犧牲品。妻卻說：「還得怪你運氣不好。你看，其餘三雙不是還好好的嗎？」

事實上，另外三雙襪子的確還是好好的，我也就無話可說了。

由於第一次買襪子的經驗，使我不免將陪妻買東西視為畏途。從那次過後，無論是家裡缺少什麼東西，或是自己有何需要，我總是全權委託妻去選購。自己寧可呆在家裡給小孩子餵牛奶、換尿布。

婚後的第五年，我辭掉了報館的職務，轉入一家金融機構服務。跟著，便搬出報館的宿舍，在外租了一間房子。在報館的時候，由於住的是榻榻米房子，自然無需要什麼家具。這一搬家，可就不得不添購一些桌椅櫥床了。

這次，妻為了慎重起見，堅持要我陪她一起去選購。

然而，這一次與第一次的經驗並無多大差別。我們花了整整三小時的時間，看遍了長沙街的二十餘間家具行，結果仍是一無所成。原因是：妻認為價格合適的，我認為貨色太差；我覺得東西不錯的，妻認為價錢太貴。最後，妻終於說道：

「你的看法我已了解。還是等改天我慢慢去選吧！」

第二天，妻獨自花了一個下午的時間，終於把家具給訂好了。那是兩張木床、一個衣櫥、一個五斗櫃，和一套桌椅，約好由店裡負責送的。

「買東西的確要有耐心；」妻並且得意地說：「這些家具的確是又好又便宜！」

搬家的那天，家具送來了。一眼看到那兩張粗陋的木板床，我先就冷了半截。沒想到等妻把常用的衣服掛進衣櫥之後，竟又發現那櫥門鬆得無法關攏。於是，我不免又埋怨妻不該貪省錢，買這種不能用的便宜貨。

「急什麼？」妻不慌不忙地答著腔。一面拿起一張小廢紙，摺成幾摺，墊在櫥門的下端，隨即把門一推，果然就關緊了。

「瞧！」她說：「只稍用紙頭墊一墊，這不是一樣的用？——但價錢卻可省掉五十元呢！」墊張廢紙，舉手之勞，既可節省五十元，我當然又無話可說了。

我一向不關心自己的生日，自然也不會留意到妻的生日。

記不清是幾年前的事了：妻在她生日的前幾天，忽然半說笑半抱怨的對我說道：「我們結婚這麼多年，你從來也沒有送過我一件生日禮物。」

這句話說來倒也是事實，我不禁有點不好意思。便在妻生日的當天上午，抽空邀她一起上街去，準備買件衣料給她。

為了一件衣料，妻似乎又想跑遍那著名的幾條鬧街。但我因為尚需上班，便在看過兩、三家百貨公司之後，就打算買下其中一塊花色新穎而大方的旗袍料子送她。妻卻攔著我：

「別急！」她看了看那衣料的標價，接著說道：「假如你急於上班的話，那你就照這件料子的價錢，把兩百元交給我；等我自己慢慢的揀吧！」

我同意了妻的提議，把錢如數交給她，便獨個兒趕回辦公室去。

中午，我照例在外吃飯。直到傍晚下班，一回到家裡，妻便笑吟吟的從廚房迎了出來，跑到房間，拿出剛買的衣料給我看。

「你瞧，這塊料子無論質地、花色，都不比你揀的那件差，可是價錢便宜多了——才賣一百二十元呢！」妻說著，得意地指一指廚房道：「今天晚上加的菜，就是用替你省下的錢買的。」

我果然聞到由廚房裡散發出一陣陣紅燒雞的香味，不禁嚥了嚥口水。也就不再表示什麼意見。

隨著生活的安定，家裡的犧牲品一天比一天增多。妻的那十幾雙高跟鞋，和三十多件旗袍，以及我和孩子們的衣物鞋襪，幾乎沒有一件不是從百貨公司的特價部買回來的。

憑良心講，在那許許多多的犧牲品中，大部分的確只是因為式樣不夠時髦，或是沾了污漬而削價求售的。

當然，也有一部份是因貪便宜而上當買回的。每逢遇到這種情形，我總常譏笑妻太過貪小便宜，以致把錢扔進了溝裡。

可是，妻卻永不認輸。她強詞奪理的舉出其他那些比較經穿耐用的犧牲品為例，以證明便宜的東西並不一定不好。她甚至把那些上了當買回的犧牲品，歸咎於我的運氣欠佳，而不是她的不夠精明。

不但如此，她對於犧牲品的熱中，甚至愈來愈嚴重。常常帶著小精靈——我們的大女兒，一起去逛街，每次總或多或少的買回幾件犧牲品。在我看來，妻似乎有這樣一種奇怪的心理：一件削價五十元的犧牲品，如果讓它留在商店的特價部，就等於害她損失了五十元似的；因此，妻寧可花錢把它買回，哪怕那是一件並不急用的東西。

有一次，我從外面回來，無意中發現妻正在向小精靈灌輸她的思想：

「貴的東西不一定好，便宜的東西也不一定壞。犧牲品往往只是花色舊了一點，或是染了點污漬，其實還不是一樣的用？甚至有時候，同樣的東西，這家公司還在標著高價賣，而另一家商店卻已經把它打入特價部，削價賤賣呢！」妻侃侃地說著。最後的結論，竟是：「千萬不要學你爸爸那副財神樣兒！」

「得了，別把我女兒教成你自己那副窮酸樣兒才是真的呢！」我實在不服氣。

不料，妻反搶白了我一頓：

「你們男人呀，哪裡懂得什麼買東西的藝術！」

結婚十周年的當天，妻主張加幾道菜慶祝慶祝。我自然表示贊同。

由於妻的提醒，我覺得十周年是一件大事，臨時想起買點禮物送她。可是，為了怕她那種跑遍街頭街尾的習慣太耽誤時間，同時也為了想給她一份意外的驚喜，我沒有先行宣佈，只藉詞帶了正值放假的大女兒，同往西門町鬧街而去。

大概因為平時缺少注意，在街上看來看去，一時竟不知道該買什麼東西送她。想了一下，只覺還是送件衣料簡單。

逛過二、三家商店之後，我在成都路一家布莊的櫥窗裡，看到一件花色雅淡的旗袍料子，頗為滿意。正要叫店員把它包起來的時候，不料小精靈卻在一旁扳著我的肩膀，要我彎下身子。然後，俯在我耳旁，輕輕地說：

「這樣的料子，那邊一家公司的特價部也有。為什麼不到那邊去買？」

「真的？花色同不同呢？」我低聲問道。

「完全一樣，前兩天媽媽剛帶我去看過。價錢一定便宜得多！」

我對小精靈的聰明，一向有相當的信心，不禁動搖起來，覺得不妨看看再說。便帶著她退了出來。果然，我們在衡陽路一家百貨店的特價部找到了那件花色質地完全一樣的衣料，售價卻便宜很多。為了獎勵起見，買了幾樣小玩具給小精靈和她弟妹。

歸家途中，我揚了揚手中那包衣料，特別叮囑小精靈不許事先洩漏，要等晚飯時再讓她母親自行猜猜是什麼禮物。

回到家裡，小精靈不時的對我扮著鬼臉，神秘地笑著，得意於她比母親和弟妹多知道一項祕密。

吃晚飯時，我取出那件特地用一層舊報紙包起的衣料，遞到妻的面前，要她猜一猜是什麼禮物。

妻果然露出一種意外的驚喜，摸了摸那紙包，眨了眨眼睛，問道：

「是什麼？」

我有意賣賣關子，乃故作神秘的遲遲不答。卻冷不防那小精靈憋了半天的祕密，早已忍不住，竟在一旁搶著代為回答，冲口直叫：

「是衣料——是一件犧牲品呢！」

聽了那後半句，我不禁有點臉紅。偷眼看妻，她卻勝利地笑了。

（1965年4月5日　中央日報）

莫使烏雲長蔽日

說起來連我自己都不能相信：五十年的恩愛夫妻，卻為了一點生活上的小事，竟然由爭辯而爭執而爭吵。甚至鬧得不可開交。

起因是我們倆的例行散步。我順手披了一件夾克，她卻硬要我穿較厚的那件。

「穿這件便行了！」我有點不耐的說。

她把厚外套硬塞在我手上，毫無還價的餘地。

「為什麼我連穿衣服的自由都沒有！」我的無名火剎那間升了上來，我幾乎是用吼的。

接下來的場面，當然是一方不平，一方委屈的相互指責。爭執越來越激烈，最後，我在盛怒之下，毫不考慮，把大門一砰，發動車子，棄她絕塵而去。

駕車在附近兜了幾圈，我實在想不出該去哪裡。終於，不知不覺地把車開到我們常去的公園。公園裡景色依舊，但我的心情卻極其不同。我想起平日與老伴在此一起散步，一起談笑的情景。想著想著，我不禁墜入連串的回憶與反省。我開始感到後悔與不安。深悔五十年的恩愛不應該如此脆弱，怎可為了小小的歧見，就吵架負氣，掉頭而去？

我雖然有了反省與後悔，但卻不願立即回家。不錯，我是後悔了；但她呢？萬一老妻氣猶未消。我的「回歸」豈不要遭她訕笑與輕蔑。於是，我決定先找一家餐廳，吃過晚飯再回家不遲。讓她也有時間冷靜一下。

晚上九點多，我回到家中，只見她早已怒氣全消，毫無怨意。臉上回復了慣有的溫柔與平靜。只是，經過這場空前的大爭吵後，態度有點不自然；只在嘴角勉強擠出一絲笑意，就掉頭回房間去。

我也不知如何「收拾殘局」。只好踱到書房去找點東西消磨時間。卻正好看到她寫的幾頁手稿，攤在案上尚未收起，便隨手拿起來拜讀。

那是一篇關於今早我們吵架後的心情告白。在短文裡，老妻肯定我們的婚姻是幸福而美滿，也認為這五十年的歲月是美好而珍貴。因此，她很懊惱，自責有欠修養，不夠冷靜；同時也不禁納悶：活了一大把年紀的兩老，為何還要因細故而傷害彼此？難道五十年的感情基礎就這麼禁不起考驗？

雖然只是短短的心情抒發，卻蘊涵著真摯的情感和深切的感傷。讀著讀著，我的內心受了極大的震盪。我從來不知道她對我們的相處，是那麼珍惜，我也從來沒覺察她是那麼容易受到傷害！我的視線不知不覺模糊起來。

我走出書房，準備到房間跟她道歉；她正好也從那頭走過來。四目相接，兩人同聲道歉，不禁相視而笑。這一笑，漫天的烏雲都消散了！

「過去，你給了我五十年幸福的歲月，未來，我一定會還給你五十年美好的時光！」我笑著向她保證。

老伴兒白了我一眼，俏皮的問：「五十年？請問老先生今年高齡幾何？」

我也學她的俏皮語氣回答：「不老，不老；在下今年才不過八十虛度而已！」

作家常事

寫作是一條漫長而艱辛的路。許多成功的人，大多也是從那艱辛中走過來的。能夠平平坦坦、順順利利地到達成功終點的，畢竟不多。因此，在埋首前進的過程中，退稿乃是「作家」常事，並不值得大驚小怪。

不幸的是：內子與我，偏是「天堂有路你不走，地獄無門闖進來」，竟然夫妻同好，雙雙跌入了寫作的陷阱。一有所感，輒即提筆為文。總想把自己的所見所聞，所思所感，一一記錄下來，以供大家分享。誰知寫前任你思潮澎湃，落筆卻是舉步維艱。無奈一旦上癮，便難戒除。萬一遇上退稿，也只能泰然處之，欣然以對。甚至心裡還要自命豁達呢！

那天，正值在下生日。我正計畫晚間帶內子上館子去享受一頓美好的二人世界，卻聽到她在書房裡低聲嘆了一口長氣：「唉……！」

「怎麼回事？」我關心地問道。

「沒什麼，退稿。」她淡淡地回答。態度卻有點不自在。

「沒關係。退稿乃『作家』常事；別放在心上。」我安慰她道。

雖然如此，但她的臉色卻仍然顯得異常凝重。我知道這還是她第一次遭受退稿，心裡難免彆扭、不平衡，倒也不足為怪。因此，我便倚老賣老，相勸於她：

「要投稿，就不能怕退稿。退稿，只是代表老編的胃納不對，並不表示妳的水準不夠。妳千萬不可氣餒；必須愈挫愈勇，再接再厲。直到為自己開拓出一條康莊大道為止。」

說著說著，我還隨時注意她的反應。因為，我怕自己萬一說過了頭，反而傷到她的自尊。幸而，她的表情始終還算平靜；只是答起話來有點猶猶豫豫，好像欲言又止。

於是，我又繼續為她開導：「寫作是需要毅力，需要堅持的。只要妳能堅持決心，全力以赴。抱持『毀譽由他』，寫作我自為之。久而久之，文字必然熟練，思想必臻成熟，發而為文，自成佳作，何慮之有？」

我見她並無不愉之色，遂越說越有勁：「『失敗為成功之母』這句話並非唱高調。事實上，失敗只是一種磨練、一次激勵，可以幫助一個人的成長。……改天有時間，妳不妨把那退稿拿出來檢討檢討、修飾修飾，重加潤色，再次投寄。說不定這一改作，還可能為妳贏得一片好評呢！」

勸勉完後，我看了看錶，催促她道：「時間不早啦，咱們去享受二人世界吧……一方面慶祝我的生日，一方面慰問妳的退稿！」

只見她神情有點遲疑而靦腆，結結巴巴地應道：「給你慶生當然好，給我慰問就不必啦！」

「為什麼？」我問。

「因為，」她顯得有點囁嚅地回答：「那篇……那篇退稿……其實是你的啦！」

（2003年4月1日　世界日報副刊）

相逢何必曾相識

閒來無事，我和老伴照例到mall閒逛。每次，我們都是分道揚鑣，各走各的路，各尋各的寶，興趣不同，目標各異嘛！

這一天也不例外。

我對「血拚」原就沒有興趣，加上體力較差，常常略走一段路，就得買份報紙，找個地方坐下休息。一邊看報，一邊恭候老妻尋寶歸來。這天我去的時候，剛好休憩區幾已座無虛席，唯有角落的圓桌只坐了一位老先生。於是，我向老先生打了個招呼，經他同意後，便在他對面坐了下來。

老先生看上去年紀似乎與我差不多。頭髮盡白，精神卻很矍鑠，且態度謙和，滿面笑容。我坐定之後，便主動向他請教，於是兩人從互相寒暄開始，到天南地北的聊了起來，就像久別重逢的老友。有說有笑，聊得開心投契。

正當我們談得起勁的時候，老妻已經結束尋寶，提著一袋戰利品向我們走來。我正要起身為他們介紹時，只見妻笑著端詳他問：「你不是鄭安瑛的先生嗎？好久不見！」老先生也忙不迭的站起來，滿面笑容地答道：「我就是鄧立君，鄭安瑛的先生。你是我太太的朋友嗎？」

老妻還沒來得及回答；卻先掉頭對我說：「鄧先生和鄭安瑛不是跟我們見過好幾次面嗎？我們還去過他們家吃飯呢，你怎麼就認不出他來啦？」我當時的尷尬真是無法形容；只好含糊地應道：「是呀，是呀；是見過沒錯！」

幸虧鄧先生不介意我的糊塗。他開懷地陪著我們直笑；口裡還說：「這沒甚麼，沒甚麼……人老了嘛，就是會這樣。有一次，我走在路上，迎面走來一位年輕人直沖著我微笑、打招呼。我雖然也報以微笑，但心裡卻在嘀咕：『我認識他嗎？』那年輕人大概看出我的困惑，一個箭步走上前來叫道：『爸！你不認得我啦？我是你的女婿阿坤呀！』」鄧先生說到這裡，我與老妻都忍不住大笑起來。他自己可能也覺得很離譜，很可笑，因此也陪著我們笑成一團，好像是在聽別人的笑話似的。

這當然是一次愉快的「良晤」，分手時，我們互道珍重，並希望擇期再敘，鄧先生還風趣地補充了一句：「但願下次見面時，我們還能彼此認識對方，不致又變成陌生人才好！」於是，我們就在一片哈哈聲中互相揮手而去！

（2007年10月29日　中華日報）

情人？良師？益友！

那天，我們請了一些好友到家裡來吃烤肉。雖然只是五、六個家庭，倒也稱得上是群賢畢至，少長咸集。

我一向拙於言詞，不愛寒暄，只好獨個兒躲進書房。隨手抓起一本ＥＳＬ的課本和一部慣用的英漢字典；把平時在課堂裡沒聽懂的課文和生字溫習一番。

溫著溫著，一時竟流於忘我。忘了身在何處，忘了家中正有貴客需要招呼。當我還在迷頭迷腦查字典之際，何子聰夫婦已悄悄地走進書房找我。他倆是我們在此最熟的一對朋友了。子聰一進門，就老實不客氣的問我：

「怎麼樣？老林，一個人躲在這裡用功，莫非是不歡迎我們？」

「哪兒的話。」我急忙申辯：「貴客臨門，我歡迎都來不及，哪敢躲起來！我這是不得已，實在是人老腦筋鈍，平日在教室裡消化不了的，只好回到家再多溫習一下。」

何太太是個急性子，突然從刺斜裡直殺進來，向我逼問：「剛才，大嫂告訴我們一個秘密。她說你有兩個情人，竟至將她冷落一旁。哼，你們男人真是的！不過，大嫂倒真是有修養、有度量。像這麼大的事，她卻半點火氣也沒有，似乎毫不動怒。」

「哈哈哈……」起初，我被她問得不禁一愣。接著，終於忍不住笑了。

子聽夫婦被我這一笑搞糊塗了。何太太性急，隨又開口進逼：「你們這些男人呀，真可怕！大嫂那麼賢慧，你居然還鬧婚外情！那算什麼？是認為大嫂好欺負，還是自命風流，臨老竟想入花叢？」

我還沒來得及回答，老妻卻已循聲而至。一進門，劈頭便問：「你們在笑什麼？」

「何太太在替你打抱不平；正想拔刀相助呢！」

「拔刀相助？」老妻有點愕然。

「是呀！」還是何太太直率：「你那麼好，林大哥怎麼可以養女人呢！」

「養女人！誰說的？」老妻被弄得目瞪口呆，一副惘然的樣子。

「是呀！你不是說林大哥有兩個情人嗎？」

「沒錯。」老妻答道：「但那不是女人。」

「怎麼？難道還是男人不成！」何太太幾乎大叫起來。

「當然也不是！」老妻知道她誤會，連忙解釋：「我說他有兩個情人，是指他心愛的兩部字典——一為中文，一為英漢。」接著又道：

「我不知道你們有沒有注意到：在我們家裡，到處有字典。書房有字典，臥室有字典，起坐間有字典，甚至連廁所裡也有字典。縱使如此，他每天還是抱著他愛用的那兩部字典，從臥室到書房，再到起坐間。而後，又帶到廁所。整天抱來抱去，形影相隨，寸步不離。有時，我有事找他商量，他也一副視而不見，聽而不聞的樣子。根本無視我的存在。你說：字典不是他的情人，又是什麼？但他自己認為應該稱之為良師或益友，才更妥貼。」

「嘿，你們這一對呀！」何太太終於鬆了一口氣，續道：「害得我還替你們乾著急、瞎操心。真倒楣！」

「本來嘛！」我的含冤得雪，忍不住也吐了一口怨氣：「這就叫做：皇帝不急急太監。怪誰？」

（2004年7月2日　中華日報）

我發發，我久發發！

移民加拿大後，最直接而明顯的印象，就是：旅加華人似乎都很迷信。這種迷信，充分地表現在對車牌與手機號碼的選用上。

其實，這種對數字的迷信，實源自於香港的僑胞。香港華人，大多對「8」字有強烈的好感。理由是：「8」諧音「發」，代表「大發大貴，無往不利」。這在當前「貧居鬧市無人問，富在深山有遠親」的現實社會裡，誰能「視金錢如糞土」，而不希望自己能大發利市，而且發得多，發得久呢？於是，張三選的車牌是「168」（一路發），李四選的是「868」（發又發），王五選的是「988」（久發發）。所有華人，大家一起發，豈非皆大歡喜！

我剛搬到溫哥華來的時候，一切都很陌生。為了早日熟識環境，瞭解當地的人文社會，我便急急買了一輛代步的車子。大溫地區（包括溫哥華市及其衛星市鎮）幅員遼闊，沒有車子，簡直辦不了事；甚至連吃一餐飯都成問題。（在這裡，住在郊區的人，如想出外吃一頓中餐，來回開上一、二小時的車子，乃是稀鬆平常的事。）

買了車子之後，當然就須辦理保險和領照。溫市的保險經紀，無論是華裔或白人，莫不深知華人的迷信。往往會在手上掌握幾塊帶有「8」字的所謂大吉大利的牌照，以方便客戶選用。

我們的汽車保險與車牌的選用，都由老大代為料理。辦好之後，只見她笑嘻嘻地拿著兩塊車牌，叫大外孫馬上替我裝在車子前後。她很得意地告訴我們：那位白人保險經紀是熟人，事先特地為她保留了三個帶有「8」字的牌照，分別是「八九一」、「八九三」、「五八八」（本地的車牌，由三個英文字母及三個數目字組成）。結果老大替我們選了「五八八」。妻不經意地問道：「八九一不好嗎？」老大急著解釋：「『八九一』諧音為『爸就醫』，太不吉利啦！」我隨口也問：「八九三該沒有問題吧？」老大又道：「不行，不行！你們才剛來，怎麼可以『爸就散』哪？」

我問老大：「那你所選的『五八八』，難道就真的很好嗎？」

「當然。」老大答道：「五八八諧音『我發發』，又可諧音『我爸發』。無論是你自己唸它為『我發發』，或是我們唸它為『我爸發』，都是極其吉利的事。因此，你這次準是『發』定啦！」

我一向反對迷信，覺得這簡直迷信得太可笑。但念在她是出於一片孝心，也就只好接受她的一番詮釋與善意了。——問題倒是：我開了這部「我發發」的車子已快兩年了，為什麼還不見有一點大發的跡象呢？

有了車子以後，另一個較為迫切的需要就是「手機」。

女兒貼心，顧慮周到。老大、老二很快地就各自提供一支手機給我們。好讓我們二老不致於在逛街或遊覽大購物中心時，失散在人群中。無法取得聯繫，也無法相會合。當然更談不上相照顧、相扶持。

這些問題，有了手機以後，自然迎刃而解。但是隨之而來的，卻是年老忘性重的問題。因為，手機雖好用，號碼卻難記。而事實上，如果號碼記不得，縱有手機，又有何用？

那天，老二開車載我們二老去逛大mall。途中，妻突然嘆一口氣，說道：「你爸爸的手機號碼，我老是記不下來。雖有手機，也用不上！」

年輕人記性好，聽了大惑不解。便道：「怎麼會呢？阿爹的手機最好記。——你只要記住前三碼就行啦；後面四碼『八七三八』根本不需死背，只要記得它的意思是『爸爸的妻子很三八』就可以了。」妻和我聽了，不禁哈哈大笑起來。

女孩子心思畢竟較細。話說完後，老二突然想到此話可能有點傷及母親的尊嚴，連忙為我們另外講了一段故事，藉以沖淡這句失敬的話。她說：咱們同鄉中有一位史先生，家裡的電話是「五×七－七一三八」。有一次，許多朋友在一起聊天。很多人談到電話號碼難記的問題，就有不少人說：「史先生家中電話最難記——只知道他家電話有很多三和七，也有什麼一呀、五呀、八呀之類的。可是這些數字該怎麼排列才對，卻老是兜不攏來，真難記！」

史先生聽完一笑，便道：「那是你們不懂訣竅所致。其實，我家電話『可讀性』很高，就像一篇極短篇，最好記了。你們只要記得我的電話是『五×七』——我有×個妻子；『七一三八』——其中一個很三八。那就保證你們忘不了啦。」

史先生的這番「解讀」，逗得大家笑不可仰。但自那次以後，大家果然輕輕鬆鬆地把他家電話號碼記下來了。

事實上，從那次起，妻果然也把我的手機號碼記住了。

上個月中，老大忽然心血來潮，開車帶著媽媽去店裡選了一個新手機回家。一進門，她就興沖沖地跑到我面前，喜孜孜地說：「阿爹，你那支『八七三八』的手機號碼太三八；我今天特地陪媽媽去替你選了一個新機的門號。千挑萬選，終於讓我們選到一個非常吉利的號碼，就是『七八五－〇九八八』。你瞧，多幸運！」

我聽了，露出一副大惑不解的樣子。老大立即自動作了一番解釋：「七八五就是『妻發我』；〇九八八就是『林久發發』。——『林』當然就是指您本人啦！」

對於這類數字迷信，我的悟性實在不夠；仍舊顯得一臉惘然。老大忍不住再進一步闡釋：「這新手機門號的整個含意是：『妻發我－林久發發』。就是說：媽媽有幫夫運，能幫您，使您久發發。您看，這多吉利。我想，有了這番吉兆，過了年後，您真的是非大發不可囉！」

我雖然不相信，倒也不忍心多責怪她；只好冷冷地來個皮笑肉不笑，敷衍了事。

農曆除夕，一家人圍爐吃火鍋。席間，我們二老照例和他們姊弟三人暨全體大小舉杯互祝。妻畢竟不能免俗，對他們說了一連串的吉祥話兒；祝大人事業順遂，祝小孩學業進步。

老大也帶頭，帶著妹妹弟弟，三家大小一起給我們二老敬酒；祝我們健康長壽，永遠快樂！

我一時興起，也即席作了一項重大的宣布。宣布我計畫在新的一年中，買三幢大房子分送給他們三姊弟。

話才說完，老大立刻問道：「阿爹，三幢大房子需多少錢您知道嗎？您可打哪兒來的那麼多錢？」

我笑了笑。不慌不忙地回答：「怕什麼？新年行新運。我開的是『我發發』的車子，用的是『久發發』的手機。大吉大利，財星高照。我相信，我就是想不發也難呵！」

說完，我笑著瞄了老大一眼，隨手舉起面前的杯子，把大半杯的紅酒一乾而盡！

藏書如藏寶

許太太是個女作家。她的新居，就有她個人專屬的書房。書房內擺滿書籍，琳瑯滿目，令人欣羨。

老許對此也十分引以為傲。常說：「只要看書房裡有那麼多書就知道屋主定必是個作家——我雖然不是；但我太太是。這意涵，其實是一樣的。別的不說，就說當初這書房的布置，書籍的分類陳列，就全是我一手包辦的。因此，無論你想要什麼書，我閉著眼睛都可以替你找出來。書櫥裡多一本書、少一本書，或是被動了一下，我只要隨便一瞄，立即可以覺察出來。準沒錯兒！」我雖然有點懷疑他在吹牛。不過，像這種事，似乎並沒什麼好吹的；當然也就不必去澆他冷水。

一談到藏書，老許登時眉飛色舞，神采飛揚。他引用一位西哲的話說：「一間沒有書籍的屋子，就像一個沒有窗戶的房間；晦暗而無生氣。」他還說「讀萬卷書，行萬里路」，一直是他奉行不悖的座右銘。如今坐擁書城：「書中自有黃金屋，書中自有顏如玉」，他復何求！

老妻與許太太是二三十年以上的「文友」。兩人很談得來。常常談文論藝，一談就沒個完。她們趁著老許與我大談藏書如藏寶的宏論時，悄悄地走到書房去談那些她們所喜歡的文藝話題。回家的路上，我發現老妻的手上多了一本書。打開一看，原來是錢鍾書的「圍城」。

這本三百多頁的書，老妻當然一翻就看完了。兩天後，妻急著要送書去還。小外孫帶著懷疑說：「你該不是又想跟她借書吧？」

「是呀！在這裡很少人有那麼多中文書籍。一去她家，就像見到寶藏一樣，入寶山豈可空手而回？你想看什麼書，也可以跟許奶奶借呀！」

「我不敢。許爺爺那雙眼睛，炯炯發光，挺嚇人的，尤其是當你在書架上翻書時，他的目光更是盯得緊，好像在防竊賊似的！」

「太誇張了吧？許爺爺只是愛書成痴，視書如命；你沒聽他說他是花了十幾天，才把他們的藏書依照圖書館學的方法，分類分目的整理成現在的樣子。所以他說，要是書架的書多一本、少一本，或是被動了一下，他只要瞄一瞄就知道啦！」

小外孫雖然不敢借書，到底還是陪我們去了許家。

來應門的是老許。他說太太剛睡醒午覺，還在樓上整裝，很快就會下來。

「沒關係，沒關係。」妻忙答道：「我是來還書的，千萬不要打擾她。」說著便將報紙打開，把書還到老許手中，老許拿著翻了一下：「這是我們的嗎？」

「是呀，是我向你太太借的。書還很新；我看的時候很小心的！」

「我不是這個意思。」老許解釋道：「我不是怕書弄舊了；我是有點記不得有這本書吶！」

許太太下了樓來，老妻向她道謝後，兩人少不得又寒暄了好一會兒。隨後，妻便再到書櫥前「挖寶」。又借了兩本早期作家的作品，讀起來比較「對胃」。

辭別時，外孫年幼，天真而無遮攔，沒等走出大門，居然就大聲問我：

「許爺爺為什麼連他們的書都不記得哪！」

「大概是因為他們的藏書太多了吧！」我只好也大聲回應。

「可是，他不是說書房裡的書他全記得；不管是多了一本、少了一本，或是被人翻動一下，他只要隨便一瞄，就立即可以覺察出來嗎？」

都是英文惹的禍

新移民來到加拿大，面對著滿街的英文市招與海報，以及加美人士快速度的英語對話，免不了常張口結舌；甚至會有又盲、又聾，又啞的感覺。然而，既已移民來此，要在此地紮根，生活下去，除了惡補英文，已然別無選擇。老妻與我雖已年邁，一個坐七，一個望八。終究還是不得不痛下決心，拿出勇氣，報名參加附近一所教會所辦的ＥＳＬ課程。返老還童，重新過起學子生涯來。

剛開始的時候，課文倒不太深。加以白人老師對我們這一對「老老外」，多少總較客氣，沒有給我們太大的壓力。無如我們自已年齡太大，忘性太重，學習起來仍不免日感吃力。可是，凡事既然開了頭，總不能半途而廢。學習雖難有多大進步，還是不能不硬著頭皮撐下去。

老妻知道我學得異常吃力，怕我洩氣，虎頭蛇尾。有意為我加油打氣，便常在兒女面前幫我吹噓，說我很有進步。我雖極力否認，卻也自知已無退路，唯有埋首直衝。哪怕會碰得頭破血流，也只好認了。

有一天，女兒在家請客，特地邀我們二老在旁「見習」。鼓勵我們「學以致用」，練練英文。席間，女兒問起何以不見珍妮到來。安娜說：「She was in labour the day before yesterday。」我一見機會來了，忍不住插嘴道：「我年輕時也有過多次labour的經驗。」不料話一出口，他們竟然哄堂大笑。

我一時不知所以；只得以茫然的目光向女兒求助。她顯然有點尷尬。忙用國語對我解釋：「阿爹，你弄錯啦！labour除了工作與勞動之外，還有『分娩』的一義。」我明白了以後，當然也只得默然。心中卻頗懊惱，後悔不該如此莽撞。

語云：前事不忘，後事之師。有了這次尷尬的經驗，我從此不敢再在別人面前搬弄我那該死的英文；以致自暴其短，暴露自己蹩腳的英文程度。

小潘趁赴美參加孫女畢業典禮之便，繞道到溫哥華來看我們。他是眾好友中第一個來溫探視我的人。我當然非常欣喜和興奮。當晚，就在一家中式餐館為他洗塵。

小潘是個癮君子，香煙是他的最愛。成天一煙在手，片刻不離。幸而今天用飯的時候，他倒還算尊重禮儀，沒有在席上含「煙」噴人。勉強忍耐到吃完飯後，第一句話就問我：「這裡可以抽煙嗎？」

「當然可以。」我指著不遠處牆上那張寫著「Smoke Free」的紅紙給他看：「你過那邊去抽吧！」小潘立刻喜形於色；沒來得及打聲招呼，就興沖沖的跑了過去。這時，女兒卻輕輕地踅到我身邊，低聲道：「阿爹，你又搞錯啦！」說著，她遙指牆上那張紅紙，續道：「Smoke Free並非可以自由吸煙；而是『無煙』的意思。也就是昭示他們是家全面禁煙的餐館！」

我急忙快步過去阻止小潘。誰知他已高高興興地點燃一支香煙，正欲享受吞雲吐霧之樂。就在此時，一個服務生已湊到他面前，很有禮貌地跟他低語了幾句。只見小潘臉色一沉，隨即將煙揉熄；把它交給服務生處理。而後，悻悻然地走回我們這邊。

我不等他開口抱怨我的誤導；就趕緊迎了上去，說道：「我也吃飽啦。走，咱們到店外走走；透透氣，順便抽支煙。」小潘一聽，正中下懷，便隨我步出大門。一出門，我立即將早已備好在手的香煙遞了一支給他；並熱心地為他點煙。同時，也給自己點了一支。

這時，小潘手中一支煙，快活似神仙。也就忘了向我興師問罪，責問我的英文到底學到哪裡去啦?!

（2004年5月28日　世界日報副刊）

小皮蛋

我家小孫子今年只有三歲半。但他文能背唐詩、唱洋歌；武能翻筋斗、耍特技，把家裡弄得天翻地覆。有時候，更會出點什麼狀況，叫全家人好不緊張。因此，我給他取了個外號，叫做「小搗蛋」。但奶奶疼他疼入了心窩，很替他抱不平。認為小孩子攀上爬下，活蹦亂跳，乃是稀鬆平常的事，還不用給他扣上「搗蛋」那麼嚴苛的字眼；最多只能算是淘氣或調皮而已。於是，我只好另外給他改取一個較為溫和的封號，就叫「小皮蛋」。

小皮蛋活力充沛，整天蹦蹦跳跳，樓上樓下亂竄，一刻也都停不下來。身為爺爺，我雖常常叮囑他上下樓時，務必抓緊扶欄，以免危險。但他卻置若罔聞，吾行吾素。這一來，意外當然不可避免。打從他來溫哥華後，先後從樓梯上一滾而下的紀錄，絕對不只三、四次。要不是身子骨夠軟，恐怕早就摔出大毛病來啦。

比起大他兩歲的姊姊來，小皮蛋的確活潑得多，也恐怖得多。姊姊文文靜靜，愛讀書，好沉思，一副挺有氣質的模樣。小皮蛋卻迥然不同，硬是一副草莽的架勢。竟日裡飛天鑽地，片刻也安靜不了。有時興致一高，那就玩得更是非瘋即狂；才剛打翻茶杯，隨又撞落花瓶；任誰也制止不了他。有時候，你想跟他好好溝通，教他一些安全的遊戲規則。他就左顧右盼，一副滿不在乎的樣子。講完以後，你若問他「聽清楚了沒？」或是「以後記不記得？」他就會把頭歪向一邊，斜著眼珠向上轉了兩轉，像在認真沉思。然後，突然給你來個意外的答案：「不告訴你！」

小皮蛋來到溫哥華後，立即和我結成莫逆。我似乎已成了他的唯一玩伴。本來嘛，姊姊每天要上學，爸媽整天各有所忙，奶奶又不屑於陪他玩「太小兒科」的遊戲。於是，我這返老還童的爺爺，自然成了他的最佳拍檔。

可惜的是：我年事已高，體力不濟。因此，祖孫二人所能玩的遊戲，通常只限二種：猜拳（剪刀、石頭、布）與捉迷藏。除此而外，也只能有一些即興的逗樂了。例如：有時他太無聊，就會突然跑到我身邊：「爺爺，你轉過身去！」

「為什麼？」我問。

「我要打你屁股呀！」

「好。」反正推托不掉，我索性痛快地答應下來：「不過，回頭你也得轉過去讓我打屁股哦！」

「我不要。」小皮蛋拒絕道。

「為什麼？」

「我只想打你屁股；可不要你打我屁股！」他回答得很乾脆，也很權威。

其實，我們祖孫倆雖然經常捉對兒玩得很高興；但卻全是在不平等條約下進行的。就以猜拳來講吧：他畢竟年幼，不懂變化；想出布時，就會持續不變地出布；想出石頭或剪刀時，當然也一樣。因此，剛開始時，他就連續被我罰打好幾下屁股。於是，小皮蛋腦筋一轉，突然給我下了一道指令：「爺爺，我要出剪刀，你不可以出石頭喔；否則我又要輸啦！」不然，就是：「爺爺，你一定要出布喔！」

「為什麼？」我又問。

「因為我要出剪刀呀——這樣，我就可以贏你啦！」他理直氣壯的回答。

那天，我在樓下看電視。一時內急，卻懶得上樓回自己房間的廁所去上；便在樓下的廁所方便起來。才一半，忽然有人敲門。

「有了人啦！」我應道。

「爺爺，我要尿尿！」小皮蛋在門外喊著。

「不行，你回二樓自己房間去上吧！」

「我不要上去，我要在這裡尿。」他又說。接著，更進一步威脅我：「爺爺，快一點，我快尿出來啦！」

我被他一嚇，只得匆匆忙忙提起褲子，退了出來；把「寶座」拱手讓他。可這小皮蛋也真夠整人。好不容易，我才費勁地上到半樓梯，正停下來喘口氣。他卻在廁所裡大聲疾呼：「爺爺，我不要尿了；我尿不出來！」

我雖然有點被耍的委屈，但也只好回到樓下，隨口道了聲謝謝，便把失土收復；重新登上寶座，繼續致力完成自己「未竟的大業」。

玩捉迷藏的時候，小皮蛋總是非常威權地指定我當鬼。也就是說：他當人，只管找隱密的地方躲藏；我當鬼，必須想辦法去把他找出來。

跟偌大的小孩子玩捉迷藏，當然不是一件難事。每次，我照他的吩咐從一數到十後，開始去找他的時候，我只稍邊找邊問：「你躲好了沒有？爺爺要來捉你囉！」這時，他準會老老實實地應道：「好啦！我已經躲好啦！」循聲而往，我自然就可以輕易地將他捉進懷裡。

有一次，媳婦在一旁觀看，忍不住有點替她兒子不平；覺得他被爺爺耍了。因此，便認真地教訓他：「小笨蛋，你怎麼可以講話呢？你一回答，一出聲，爺爺不就知道你在哪兒了嗎？」小皮蛋並未認真聆聽，只是急於要求我再給他當鬼。我既然「責無旁貸」，只得義不容辭。祖孫二人重又捉對兒玩將起來。

當我閉目數滿十以後，便又開始搜尋。搜尋時，我仍不改戰略，還是邊找邊問：「你躲好了沒？我要來了，你可要躲好喔！」其實，我早就看到他鑽在正餐廳的桌子底下。像鴕鳥似的，把頭深深地埋在餐桌底下，屁股卻露在外面不停地擺動。不過，我還是裝著沒看見，仍然不斷地問：「爺爺來了，你躲好了沒有？小心點喔！……哦，對啦，爺爺待會兒要吃冰淇淋，你要不要吃？」

小皮蛋果然恪遵母訓，默不吭聲，不再回答。然而，過了一會兒，他委實已憋得太久，終於忍不住提高嗓門，在桌子底下大聲喊叫，狠狠地衝我撂了一句：「不——告——訴——你！」

（2002年4月10日　聯合報繽紛版）

爺爺與我

爺爺是我和姊姊的爺爺。可我不知道為什麼全家之中，就只有我和姊姊要叫他「爺爺」；而表哥他們，都叫他「外公」。（是不是因為我和姊姊年紀最小的緣故？——才一歲半和三歲半。）

不過，看得出來，爺爺是非常喜歡我叫他「爺爺」。早在我還不會說話的時候，他就每天急著教我叫他「爺爺」。清早如此，白晝如此，直到睡前還是如此。好像只要我會叫他一聲爺爺，他的人生就是彩色的了。

老實說，在我尚未學會叫他之前，他就早已沖著我叫了何止千百回的「爺爺」。那天我實在被他煩不過，忍不住使勁的迸出一聲「爺爺」來，這可真把他逗樂了。只見他笑得嘴巴整天都合不攏來。而且逢人就道，見人就吹：「你們看，弟弟已經會叫爺爺啦！」隨後，他似乎有意當眾炫耀，便又沖著我不斷地說：「弟弟叫爺爺，叫爺爺！」我煩都煩死了，哪兒還肯再叫。他一失望，再也笑不出來，顯得一副很沒趣的樣子。

憑良心說，愛煩我的也不僅是爺爺一個人（只是他顯得特別煩）。一下子，這個要我叫「奶奶」；一下子，那個要我叫「姑姑」；接著，又要我叫什麼「大姑丈」、「二姑丈」和「表哥」什麼的。尤其是「表哥」最麻煩。我連「表哥」都不會叫，他們還要我叫什麼「大表哥」、「二表哥」、「三表哥」和「小表哥」。這不是擺明了要整人嗎？

真的，他們大家都看我小，個個都喜歡整我。尤其是爺爺。有時候，我明明趴在地板上玩汽車玩得正起勁（這是我最喜歡的一種玩具），卻不料，一雙大手突然從背後伸了過來，把我從地上提了起來。那就是爺爺。他把我摟進懷裡，然後，也不管我願不願意，就抱著我滿屋子到處跑。邊跑邊指著一件件的東西，要我試著學講：「這是電燈，那是時鐘，這是花，那是樹……弟弟懂了沒有，你會不會講？」

其實這些東西我早就懂了，只是叫不出來而已。（爺爺每天至少也要問千百遍，我能不懂嗎！）除了爺爺，其他的人也如此。個個一問再問；問來問去都是相同的東西。他們自己不嫌無聊，我可覺得乏味極了。

老實說，他們全都喜歡我，也寵著我。只要一聽到我摔倒在地，號啕大哭，爸爸、媽媽、爺爺、奶奶、姑姑、姑丈和表哥們，立刻會從四面八方圍攏過來。七嘴八舌，問長問短；怕我傷了筋，破了皮。然而，最諷刺的就是：當我明明痛得半死，哭個不停的時候，爺爺卻老是摸著我的頭，連聲說道：「弟弟不要哭，弟弟最勇敢，不會疼的！」（天曉得，不會疼？那他自己為什麼不去摔摔看？）

表面上，大人們的確都很疼我，愛我。可就是喜歡限制我這樣，限制我那樣。攀上桌子怕我摔倒，爬在地上怕我弄髒。興致來了，跑跑躲躲，又怕我跌跌撞撞。把我搞得綁手綁腳，一點自由也沒有。在他們眼中，我簡直一無是處。有時候，我看到奶奶在把玩收藏的香水，大大小小的香水瓶一大堆，有趣極啦。但我一趕上前去，奶奶便急急忙忙將香水收了起來。更有時，我看到爺爺鋪在書桌上整理照片，花花綠綠的，我當然好奇，也想湊個熱鬧。但爺爺一見到我，就像見到什麼牛鬼蛇神似的，便把照片全塞進抽屜裡，不給我玩。而且嘴裡還不停地說：「你是個恐怖份子，不能過來；破壞性太大啦！」從此，「恐怖份子」就變成我的綽號；大家都不再叫我「弟弟」了。

我這個「恐怖份子」，對別人並沒有什麼傷害，倒是對自己的威脅性很大。因為，我常喜歡跟姊姊滿屋子追趕跑跳碰。有時一個不小心，難免摔得鼻青臉腫的。有一天，我和姊姊正在客廳沿著那個圓茶几追逐嬉戲。不知怎的，竟來了個平地栽筋斗，一頭撞在玻璃檯面的邊上，鼻尖立即開了花，上唇也磨破了。一時血流如注。媽媽急忙把我抱起，摟在懷裡，一副驚慌失措的樣子。於是，奶奶急著找雲南白藥，爸爸急著拿急救箱，大姑姑急著找優碘，小姑姑急著找雙氧水。大家緊張兮兮，亂成一團。惟獨爺爺一人老神在在，不慌不忙地站在我頭頂上，俯下身子來看著我；嘴裡還是那句老話：「弟弟不要哭，弟弟最勇敢，不會疼的！」（真不疼嗎？爺爺。那就讓你來試試！）

這一摔，鼻尖和上唇的血，凝成了好大的疤。於是，我又多了一個新綽號：「小花貓」。奶奶每天看到我，就忍不住用手撫著我的傷疤，嘆道：「這麼俊的一個小孩，將來破了相，可怎麼辦？」爺爺一向不信邪，聽了大不以為然，說教似地說：「小花貓將來有沒有出息，是要靠他自己的努力；跟破不破相有啥關係！」

大人們常說：「好了傷疤忘了疼。」事實上，我的傷還沒有收口，疤也還沒有脫落，我早就生龍活虎，又是一條好漢了。而且，膽子越練越大；別說矮矮的茶几根本不放在眼裡，就連爺爺的書桌和奶奶的梳妝台，也成了我練習高空彈跳的道具了。

早上，當我正在房裡爬上爬下，玩得正起勁，冷不防爺爺從刺斜裡殺了進來，把我當寵物似的隨手一提，夾在腋下。結果又是那老套，他挾著我走遍屋裡屋外，不斷地問我那些早已重複過千萬遍的問題：「那是燈，這是鐘，那是花，這是樹……小花貓懂不懂，會不會講？」

真奇怪，爺爺，你煩不煩人呀？幹嘛翻來覆去儘問這些相同的問題——你難道就不能問點新鮮的？

（2000年11月26日　新生報）

有媽媽的味道

孩子們小時候，每逢過年，一家人當然都在自己家中圍爐吃團年飯。那時候，一般家庭的經濟能力普遍較差，縱使是年菜，大多也豐富不到哪裡去。好在孩子的胃口容易滿足，簡簡單單的六、七道菜，也就能夠打發了。

妻一向不善烹飪，也無心精研此道。因此，我家年菜，燒來燒去總是年年如此，歲歲不變。幸而那時的孩子，少有機會上館子，吃美食。因而見識不廣，要求不高。對於那些千篇一律的香菇燜雞、沙茶牛肉、清炒蝦仁、磨菇菜心、釀豆腐，外加一條清蒸魚，總是吃得津津有味。吃完後，還少不得讚上一句：「有媽媽的味道！」真是百吃不厭。

到如今，孫兒們漸漸長大，每次吃完外婆（奶奶）的年菜，也不忘學著父母的語氣，來一句：「有媽媽的味道！」我聽了不禁好笑，忍不住問他們：「你們說這話，對嗎？」大外孫沉思片刻，答道：「我們應該說：有媽媽的媽媽的味道，對不對？」言之似乎有理，我只好同意的笑一笑。

自從三個兒女先後結婚以後，有了各自的家，各自的活動。有時，要想召集他們回來吃團年飯，也就難以全員到齊。後來，還是大女兒帶了個頭，邀請我們二老和她弟、妹兩家到她家吃團年飯。隨後，二女兒和小兒子也都依樣畫葫蘆，相繼仿效；形成了輪流在他們三家過年的新模式。不過，形式雖然改變，畢竟全家又可以在一起圍爐，恢復了曩昔一家人飯後嘻嘻哈哈，互相調侃打趣，毫無禁忌的快樂除夕。

今年我卻有了新想法，建議再由我們二老發下英雄帖，邀他們三路人馬回家「比劃比劃」。妻欣然全力支持，立刻拍板定案。只不過她太久不下廚，早就忘記如何燒出一桌年菜來。因此，她幾乎天天都在為準備年菜發愁。我不免一再安慰她道：「你何必擔心，不管什麼菜，只要是你燒的，有『媽媽的味道』孩子們都會喜歡！」妻聽了果然放心不少；便也不再為此事愁眉苦臉了。

妻是放心了，但卻輪到我擔心了。因為，眼看日子漸近，她卻一點動靜也沒有。這是非常反常的事。如照往常，一頓年夜飯，起碼得讓她忙上個三兩星期。擬菜單、想配料、估價錢、打預算等等；然後，必然又會換菜單、改配料、刪預算……總之，既要吃得滿意，還要吃得經濟，更要吃得健康，兼顧什麼維他命ＡＢＣ。要求的標準高，基本的限制嚴。於是，做年菜成了結合營養學、經濟學與烹飪術的大考驗，簡直傷透腦筋！

因此，每近年關，妻為了選配料、買配料，往往就得花上個把星期。而後，為了能把年菜燒得美味可口，讓大家停不下筷，更得提前進行準備，早在三四天前就開始了泡海參、燉滷鍋、燜雞塊等一連串的工作。步驟井然，有條不紊。

可如今，不知妻是否太久不做年菜，忘其所以。直到除夕前晚，仍然不見動靜。一問她，她總是神秘地笑而不語，真不知她葫蘆裡賣的什麼藥。到了除夕早上，仍無絲毫跡象。我終於忍不住問她：「今天我們約了他們三家大小回家吃團年飯，你該不會忘記吧？」

不料她卻瀟瀟灑灑地笑道：「我辦事，你放心！」並且提醒我鄭老約我今早陪他下幾盤棋，催我早點去，才好早點回家吃團年飯。

快到中午，二女兒一個電話掛到鄭伯伯家找我。原來她提早來我家，想幫媽媽做年菜，而我們二老竟都出外雲遊去了。我告訴她，並要她轉告大姊跟弟弟，我今晚請全家到Richmond的中國餐廳吃年夜飯大餐。因為，媽媽沒有燒年菜——「恐怕已經變逃兵啦！」

其實，妻並沒有變逃兵。等我回家一看，餐桌上早已擺滿了七、八盤的年菜：蝦子烏參、玫瑰豉油雞、糖醋斑塊、椒鹽雙肥蟹……琳瑯滿目，真是色香味俱全——但卻絕不是媽媽的味道。原來妻事先就有預謀，約好她的好友朱太太，今早開車載她到Richmond去買「年菜」。一切現成，方便又省事。無怪乎她會說「我辦事，你放心」了。

大夥兒菜足飯飽之後，照例聚在family room天南地北，漫無邊際的胡謅起來。外婆不曾親自下廚，顯得精神飽滿，臨時當起司儀兼製作，不斷發號司令。一會兒點名這個唱歌，一會兒又叫那個說笑話。大家玩得興高采烈，不亦樂乎！

當節目告一段落，小外孫挨到我身旁，我問他今晚的餘興節目精彩嗎？他附著我耳邊悄悄的說：「最精彩的是今晚的年菜——有媽媽的媽媽的味道！」說完，還朝著他的外婆俏皮的伸了伸舌頭。這調皮的小東西，他的弦外之音是什麼，卻令我費猜疑！

【小說】

第四卡

公務員都有三卡的煩惱。命苦的公務員甚至還得時時刻刻擔心著第四卡——家中的那一卡。而我，正是那苦命中的一個。

「第四卡」，對一個有了妻室的人來說，無疑的是最嚴厲，最可怕的一卡。三考三卡制度，是用三卡來分別記錄並考查公務員的勤惰、工作與品德。而這第四卡，雖然僅只一卡，卻已經把前三卡包羅殆盡，甚至連三卡以外的許多事項，也都經常受到第四卡的干預和限制。例如：對孩子們的管教是否太過寵溺？每個月的零用錢是否太過花費？對女同事的態度是否太過殷勤？……等等。打上一句老話，真叫做：縛手縛腳，了無自由。

記得蘇組長退休的那次，同事們為他設宴惜別。幾杯黃湯下肚，個個興趣高張，紛紛計畫著饗後餘興。果然，宴罷以後，大家各憑興趣，打牌的打牌，跳舞的跳舞，泡酒家的泡酒家。而我呢？只好自認命苦，怕定了家中那口子，乖乖地回家。

次早，一進辦公室，就聽到大夥兒談得鬧哄哄的，笑成一團。原來是小薛正在誇耀他昨晚的傑作——把酒家女的口紅印在老徐的襯衫上。老徐的季常癖本就出了名，只是每每抵不住玩樂的誘惑，雖然常被太太關在門外，但一碰上同事相邀，登時便將吃過的苦頭忘得一乾二淨，隨又充起好漢來。不過，這回被小薛印上口紅，倒真的把他給嚇昏了。據說昨晚，當老徐發現襯衫上有了口紅印子時，立刻由七分醉酒變為八分醒，連那酒後通紅的臉也立即嚇得鐵青了。

說著說著，老徐也來了，帶著一張哭喪的臉。右頰與左臂，多了幾條新鮮的抓痕。一望而知，準是出於徐大嫂的手藝。大家見到他那副慘兮兮的樣子，不禁由嘲笑轉為同情，立刻都靜了下來。小薛沒料到後果竟然如此嚴重，心裡更是歉疚非常，後悔不已。自此以後，老徐的怕老婆愈發馳名，而徐大嫂的鐵爪子武功也被公認為上了段。

約莫過了一個多月以後，是個星期六的上午。臨下班前，老張忽然腳癢，想利用午後的時間跳幾支茶舞。一邀之下，參加的竟是十分踴躍。唯獨老徐一人，默默不語，毫無反應。

「喂！老徐，下了班跟咱們一塊兒走，怎麼樣？」

「我不想去。」老徐淡淡地應道。

「咦？咱們好久都沒上舞廳走動走動，再不跳它兩下，這雙腿怕不要變成化石啦！」小馮興致勃勃地勸著。

「要去你們儘管去，我是絕不奉陪。」

「怕什麼？今天下午又不辦公，難道還怕三卡把你卡住不成？」

「不去就是不去，老子才不怕它什麼三考三卡！」老徐負負地叫。

「嘿，我知嘍！」小薛斜睨老徐一眼，朝大夥兒扮了個鬼臉，說道：「老徐怕的不是三卡，他怕的是第四卡——徐大嫂哩！」

「哈哈！『第四卡』，真是想得太絕啦！太絕啦！」

自從那次以後，小薛發明的「第四卡」這新名詞，便在我們同事間流行起來。比起「母老虎」來，這名詞的確要新鮮得多，也文雅得多。但它所代表的太太們之權力、威嚴、蠻橫、甚至潑辣，卻是毫無二致的。

青年節，我陪妻上西門町買東西。在一家百貨店門口遇到同事許小姐。彼此匆匆地打了一個招呼，正待走開，許小姐突然補上一句：

「前天害你破費，真不好意思，謝謝你呵！」

「那裡，那裡。」我隨口應道。

不料，這輕描淡寫的一聲道謝，竟為我惹來一塲嚴厲的盤詰。回家後，妻板著臉問：

「剛才許小姐向你道謝什麼？」

「沒什麼，只是為了一碗牛肉麵罷了。」我不經意地回答。

「你請了她？」

「當然；否則還有什麼好謝的？」我尚未覺察到問題的嚴重性。

「就請她一個人？」

「是的……呵，不是……呵，是的。」我終於發覺妻的問話與神色愈來愈不對，不禁慌了起來，回答得有點結結巴巴的：「不過，我們是在館子裡碰到——許小姐先去的，所以我就代她把帳給付了。」

「哦，這就難怪啦——既然是在館子裡碰到女同事，替她們會鈔也是應該的！」妻冷冷地諷著。

「其實，要是遇上男同事，不也一樣？」我急急地申辯。

「這倒有點奇怪！為什麼每次我們帶著孩子出去看電影、吃點心、坐計程車，你總是袖手不管，全要我來會鈔呢？」

「那……那是因為這些都屬於家庭預算的範圍，自然該你負責。」

「這意思是說，請女同事上館子、吃點心，才是屬於你的零用範圍，所以該你負責嘍！」妻說得酸溜溜的。

我沒料到她會這樣反駁，一時語塞，只好停下嘴來。心裡卻是千萬個不服氣，深覺這第四卡未免卡得太不近情理了。

其實，不近情理的事情還多著哩。

我升了組長以後，公事多、會議多，加班也多。三卡的考績固然進步，第四卡的麻煩卻也跟著增多。每逢我逾時回家，妻總要查七問八的。萬一碰上有什麼前言不對後語，她就像法官找到犯人供詞的漏洞，立刻窮根究柢，死不放過。非等我費盡唇舌，多所舉證，直說到她認為滿意不可，否則是不會罷休的。

天下事就有那麼巧。那天晚上，為了趕辦一篇報告，我將打字的余小姐留下來加班。偏巧妻的姊姊和姊夫來臺北探望岳母大人，順便到我家敘敘。妻知道我加班，便掛電話到辦公室催我。余小姐接下電話，把話機遞過給我。我一聽是她的聲音，不由得心頭打了一個寒噤：知道這下慘啦，妻必將誤會重重，回家時怕又有得挨了。

我無法丟開公事趕回，只好藉著電話與她姊夫寒喧一番。回家時，妻的臉色真難看。倒不是因為我沒有趕回，怠慢了她姊姊和姊夫，而是為了那接電話的打字小姐。

「喲──林組長今晚下班倒是下得頂早呵！」一進門，妻便滿臉冰霜地諷著。

我望了一眼壁鐘，正指著十二點。想起剛剛余小姐代接電話的事，知道她心裡有了疑團，只好忍著一點，陪著笑臉解釋。

「算啦，太座。別客氣這樣話裡帶刺的好不好？今晚這篇報告是處長再三催著的，所以不能趕回來見你姊姊和姊夫；我已經在電話中向他們道過歉嘍。」

「本來嘛，既是處長催著要的公事，當然也就難怪你要叫個小姐陪著你加班──這樣才可以使你興致好、情緒高、效率快，不是嗎？」妻酸酸地說。

「嘿，原來你是擔心那個打字小姐呀！」

「不是打字小姐，難道還是個打字先生不成？」

「你這人真是的！人家打字小姐早就結過婚了。」

「哦？你倒是調查得挺清楚的嘛！」妻仍是那種冷嘲熱諷的語氣。

「你……」我突然靈機一動，裝出一副不屑的神態，說道：「你可知道那個打字小姐今年幾歲啦？她差不多已是個歐巴桑了──又老又醜的！」（天曉得年輕貌美的余小姐知道了會怎樣咒我！）

「真的？」妻顯然放心得多。

「當然真的。難道還要我賭個咒給你聽聽？」

「呸！」妻白了我一眼，走開了。

我忙了一整天，本來就相當疲憊，再經她這一番盤問，心裡委實厭煩。忍不住朝著她的背影低聲罵道：

「哼！真是個標準的第四卡！」

不意尾音太高，被她聽到，回過頭來問道：

「第四卡？什麼第四卡？」

「沒有呀……我幾時講過什麼第四卡？」我一時情急，只得支支吾吾地否認。

妻雖然有點懷疑，但她既不知道「第四卡」是何含義，便也奈何我不得，只好不再追究了。

問題卻發生在這個禮拜天。

那天，我邀了一些同事在家小酌。為了省錢，菜都是妻自己做的。好在她對於烹飪之道，就像對馭夫之術一般的研究有素。燒出來的一手菜餚，倒也還真令人滿意。同事們酒醉飯飽之後，興趣一來，臨時就在客廠廳裡湊起二桌麻將。只有老徐推說孩子感冒，不能遲歸，獨個兒先回家去了。我幫著妻把飯桌上的杯盤碗筷收進廚房，又端了幾杯咖啡招待那些同事。然後，便就著小薛他們這一桌，坐在一旁觀戰。

這時，兩桌牌局都已進行得相當熱烈。大家兩手儘管忙著，嘴巴可都沒閒著。於是，免不了天南地北的胡扯一通。由酒菜扯到牌經，由牌經說到公事，由公事談到朋友……不知怎的，話題突然一轉，竟集中在老徐和他太太身上。有的批評老徐太無能，有的指謫徐大嫂太潑辣。有的甚至斷定：老徐今晚準不是因為孩子生病趕回家，而是為了懼怕徐大嫂的鐵爪子太犀利。

「是啊，老徐一向最愛搓麻將，要不是為了怕老婆，今晚準是不肯走。說句良心話，要是讓我遇上徐大嫂那樣的母老虎，我也不敢不回家哩！」

「所以說呀，三卡雖嚴，總還不如第四卡來得厲害！」小薛又不忘提起他那得意的新名詞。

就在此時，妻剛好端了一盤水果進來。聽到小薛的話，笑著問道：

「什麼第四卡呀？」

我聽了，心中不禁著起慌來。急忙向小薛使了個眼色，暗示他不可說穿。無奈小薛這時正專心注意面前清一色的筒子，頭也不抬，便提高了嗓門回答：

「嘿！大嫂，你怎麼連第四卡都不懂呀——難道老林沒有跟你講過？這是我們處裡最流行的新名詞兒，管所有人家的母老虎都叫『第四卡』……」

眼看妻的臉色一陣紅來一陣白，我實在沒有勇氣再待下去；趕緊往廚房裡一躲，裝著給客人準備茶水什麼的。這時，客廳裡繼續傳來小薛酒後高吭的聲音，侃侃地說明著：

「……所以說呀，第四卡的意思就是代表太太們對先生的束縛與嘮叨，專橫與跋扈——當然，像你林大嫂這麼賢慧的太太是不在此列的！」

妻終於回到廚房來。當著客人的面，她顯然不好意思發作；只是瞪大一雙白眼，強壓著激動的聲音，咬牙切齒的說：「我有點兒頭疼，得先休息；廚房裡的東西交給你打理了，我的第——五——卡！」

妻說完便氣忿忿地衝出廚房，跑上樓去。只留下我獨自一人，木然地站在那兒，對著那些堆積如山的亂糟糟、油膩膩、髒兮兮的杯盤碗筷發獃！

副座

許秋桐一直被同事喊做「副座」。副座喜歡聊天，談吐風趣，一聊就可以聊上個大半天。隨時隨地，無論在辦公室或宿舍裡，只要副座不是提著筆桿兒在那裡寫東西，你準可以聽到他的聲音充塞著整個屋子。滔滔不絕地，就像深山裡的澗水，淙淙地流個不停；你不知道它是從什麼地方開始，更不知道它將在什麼地方終止。

副座還擅長於寫海派小說。他具有豐富的想像力與做作的感情，常用第一人稱來寫夢幻綺麗的愛情故事，發表於報章雜誌。在他自己的筆下，副座是一個風流倜儻的多情人物；而在現實生活中，他也的確是以風流倜儻自命的。

「喲！章小姐越來越漂亮了」幾乎是每次當章小姐走過他的房門口時，副座瞥見了，就要說上這麼一句。

「算了吧，副座何必開我玩笑！」

「天地良心，這完全是實在話。章小姐真是越來越漂亮，我許秋桐要是還沒有結過婚的話，早就拜倒在妳的石榴裙下了！」副座像是一本正經地說。

在這種時候，許太太常能表現得非常懂得風趣——像副座所說的那樣，總是站在一旁望著他們笑笑而已。

「去你的！」大部分的時候，章小姐總是用她這句並未帶有嚴厲責備意思的口頭禪來結束副座的玩笑。

是章小姐升為主任的那天晚上，當她一腳跨進辦公室，就聽到副座的聲音充塞在整個屋裡，似乎正在談論著有關於女權的話題。說著，說著，一面站起身來，迎過去捉住章小姐的手，緊緊一握。

「算了吧！副座，我們女孩兒家才沒有官癮呢！」章小姐邊答邊把手縮回來，走向自己的辦公桌前。

「客氣什麼呢？我們現在可都要拍章小姐的馬屁了！」副座隨後也跟過去；邊說邊把手真的就在章小姐屁股上拍了一下。

「去你的！」章小姐老大不高興地吐出這幾個字，臉色顯然有點兒不對。

然而，副座並沒有注意到。他只是自鳴得意的抬頭向其他同事掃了一眼，提高著嗓門，很快地接上又說：「天地良心，男女一樣，升主任總是高一級，我們拍妳的馬屁是應該的。」

說時，副座的手又向身旁一拍，但這次卻落了空；回頭一看，這才發現章小姐早已跑了出去。

辦公室裡有人在笑。然而，副座卻滿不在乎，只是若無其事的走回自己的辦公桌。

在他坐下以前，副座早已開始另外一段關於寫作經驗的談話，聲音又充塞了整個辦公室。

辦公檯子上出了缺，補進來的是一位冷冰冰的姓宋的小姐。冷冰冰的態度，雖然顯得有點使人難以接近，但那秀麗的面龐，卻又使人覺得樂於接近——尤其是副座。

那天晚上，同事們閒開來，便隨意地談起當前影劇人才缺乏的問題。

這類談話，照例少不了副座的份兒。於是，副座的上海國語開了腔，兩只眼睛斜盯著宋小姐，接上便說：「其實，宋小姐真不該來這裡陪我們受罪——那真是太埋沒人才了。像妳長得這樣美麗、嬌媚、曲線玲瓏的……」

「對不起，許先生，我這人是不喜歡開玩笑的。」副座的話還沒說完，就被宋小姐半途截住。聲音冷冰冰的，連頭也不曾抬一下。

「……」副座的嘴巴還沒有合攏。老實說，副座活上這一把年紀，跟女孩子開玩笑碰釘子，還要算是頭一次，尤其是僅只為著這麼一句平平凡凡的恭維話，就碰上一鼻子灰，更是出乎意料之外，使他一時不禁呆住。副座在想，想不通為什麼宋小姐會那麼不懂風趣和缺乏幽默感？

然而，這窘態很快的就成為過去，在他偷偷地把同事們掃過一眼之後，副座立刻轉過話題，提高嗓門，興奮地又談起最近發生的那件極其轟動的桃色新聞。神色自若，就像沒有發生過什麼事情似的。

「妳那件粉紅汗衫可真漂亮得很！」

副座回到宿舍，剛走過隔壁老陳門口，就聽到小李的聲音從自己的房裡傳出來。

「那裡，有什麼漂亮？」是許太太的聲音。聲音裡帶著幾分嬌氣。

「漂亮嗎？誰的汗衫漂亮得很？」副座在走廊上，沒頭沒腦地就接上去問。

話剛說完，副座的腳也正好跨進房間。只見小李歪起半邊屁股坐在寫字檯角，正在和許太太聊天。看見副座進來，臉色顯得有點怪不自然，期期艾艾地答道：

「我……我是說許太太那件汗衫頂漂亮的。」

許太太那時正給小孩子餵奶。旗袍的上襟拉了開來，裡面那件新買的粉紅色汗衫捲起著壓在她那對大奶的上端。小孩子正在吮著左邊的奶，右邊的一只奶與大半個胸脯便毫無遮掩的呈露出來。

副座恍然大悟，悟及小李那句話的含意並不單純——就像他自己在某些時候所講的話一樣。於是，副座登時失去他原有的風趣和幽默感。他越想越不自在，心頭上一陣氣沖沖地，好像要發作似的，但又不知從何發起。許久，許久，一句爛熟爛熟的話湧上心頭，副座這才吃力地，但同時也是狠狠地吐出一句：

「去你的！」

（1955年2月27日）

老錢

我和老錢交上朋友，主要是因為下棋的關係。他的圍棋，在我們公司裡，算得上是數一數二的。所以，我比較喜歡跟他下，才容易有進步。

老錢的身材有點兒矮小，倒是滿健康的樣子。我們剛認識的那年，他約模只有三十五、六歲。但那額頭上與眉間的縐紋，卻超過了他這年齡所應有的。顯然地，他是一個多憂慮、善操心，帶著點兒內向的人。

我進公司的時候，被派在文書科工作。老錢是事務科的職員。與我們同屬秘書室，大家共一個辦公室。中午，公司裡開有伙食，大夥兒不回家。飯後，約有一個鐘頭的閒暇。女同事要不是圍在一塊兒閒話家常，便是結伴到附近去逛百貨店。至於男同事，有的就在椅背上靠一靠，睡起午覺打呼嚕。我和老錢他們幾個，則常把辦公桌改為戰場，捉對兒下起棋來。

我第一次和老錢下棋的時候，還沒到半局，只見他右手拈起一只棋子兒，考慮著落子的位置，左手突然往我面前一伸，漫不經心地說道：

「來！」

「嗯？」我瞧了一眼他那攤開著的手掌，一時摸不清他的意思。

「香煙。」他的注意力仍在棋坪上，顯得挺專心的。

以後，這變成了習慣。每逢兩人對弈，只要他將左手一伸，用不著等他說出一聲「來」，我便會很快地把香煙遞過去。漸漸地，我開始注意到他下棋時，從未自己預備過香煙。即使在平時，也總是在同事們吸煙的時候，才順手接過一支來抽。

抽煙原是小事，但小馬並不作如是想。在同事之中，小馬該是最看不起老錢的一個。他是個心直口快的人。常在背後譏諷老錢是個「吝嗇鬼」，形容他是「死人屁股」——連屁也放不出一個。他並且舉出許多實例，以證明老錢使人難以同情的過分慳吝。因此，小馬是同事中惟一不請老錢抽煙的人。二人之間，連交談的時間都很少。

在公司待久了，我發現老錢的人緣的確欠佳。這原因，大半是咎由自取。正如小馬所說他有著過分的慳吝。許多同事間免不了酬酢，甚至只是辦公室裡同仁們拈鬮買糖果點心什麼的，他也從不參加。但同事們買了糖果點心，卻又不好意思不請他吃。於是，他在眾人的心目中，便成了一個鄙吝而貪饞的典型。

對於同事中無可避免的喜慶酬酢，老錢自有它的應付之道。每逢帖子一來，老錢照例是買一幅中堂，大筆一揮，私章一敲，送出了事。至於那些盛筵，老錢倒是甚守本份，從不參加的。雖然如此，但他還是逃不過小馬的攻訐：

「老錢又不是什麼書法大家或社會名流，誰稀罕他十二元一幅的中堂！」

老錢的人緣雖不太好，但他的婚事倒有不少人表示關心，尤其是那幾位結過婚的女同事。跨四十大壽的那年，事務科的孫小姐，忽然談起要替他介紹一位遠房的表親。老錢先是推說無力成家，給婉謝了。可是，經不起同事們的慫恿，終於表示願意先交交朋友看。

事情經過孫小姐的安排，二人見過幾次面，彼此印象還不壞。於是，老錢喜事的進展，成了辦公室的熱門新聞，每天由孫小姐負責轉播。但這一齣喜劇，卻收場得太快了。個中原因，據孫小姐事後報導：老錢在第一次正式與她表妹單獨的約會，看完電影後，竟將她帶到街頭的小麵攤吃宵夜。這對一個初結交的女朋友來講，實在是一項無可寬恕的侮辱。難怪她表妹一下子就給氣跑啦！

這件事變成同事間說笑的題材。小馬最是瞧不起，竟刻薄地說：

「老錢也未免太守財奴啦。憑他那股吝嗇勁兒，這些年來起碼也積個六七八九萬的，連請個女朋友宵夜也捨不得，將來要不孤獨一輩子才怪哩！」

也許是由於對圍棋的共同愛好，與同屬光棍身份的緣故，在同事中，我和老錢真是比較談得來，也比較接近。正因為如此，才使我得以在前年的一個冬日，親眼看到了他性格中的另一面。

那天下午，我和老錢走過北門口附近。在延平北路見到一個老丐婦瑟縮路旁。白髮蕭然，骨瘦如柴，在寒風中伸著顫抖的手求乞。老錢猛的煞住腳步，隨手掏出一張五元鈔票，鄭重地交到老丐婦的手裡。

在一般人對乞丐五毛一塊的施捨中，五元不是一個小數目。尤其是出諸老錢的手，的確有點使我意外。然而更使我意外的是：走了幾步之後，老錢忽又掉頭凝視了老丐婦一會兒，倏然轉身回去，又將一張十元鈔票遞過給她。而後，才心安理得的跟我離去。

一路上，我好不納罕，但又不便啟齒問他。老錢似乎已覺察出來；當天晚上，他破例買了二瓶酒，一包牛肉乾，幾塊錢花生米，到我的住處找我對酌。這是不尋常中的不尋常，我自然也樂於奉陪。

我們在沉默中喝完第一瓶酒後，老錢雙頰微紅，有點興奮的樣兒。終於先打破了沉寂，瞧著我問：

「今天的事兒，你大概覺得奇怪吧？」

「其實，」他沒等我回答，隨又往下接道：「我也知道我在同事們的眼光中，是個怪人，是個吝嗇鬼。然而，人各有自己的處境，不一定是別人所能瞭解，也不一定需要別人瞭解的。」

老錢有點兒激動。他好像有滿腹委屈，欲待傾訴。又繼續滔滔的說下去：

「古語說得好：儉可養廉。節儉（我不認為我是吝嗇鬼）不是一種罪惡。老實說，像我這種辦總務的人，有幾個能像我這樣的一塵不染，完全靠份內的薪水過日子？我縱使是他們心目中的吝嗇鬼，又何損於人格的完整呢！何況，我每個月千把塊錢的薪水，除了付房租、包伙食，還得留一筆生活費，寄給我身陷大陸的母親——哪兒還有閒錢應付那些非必要的人情呢？」

四十開外的年紀，但一提及母親，老錢的聲音忽然變得哽咽，雙眼噙著淚珠：

「我是個遺腹子，是父親留給母親一個沉重的十字架。母親憑她的一手女紅，一針一線，辛苦地將我撫養成人。而且在最艱苦的環境中，勉力支撐我的教育費用，使我受完中等教育，得以立足社會。這份深厚的恩情，豈是我此生所能報答於萬一的？何況，自從大陸變色以後，一水之隔，竟成霄壤，我雖有心略盡孝道，又怎奈環境何？」

孝思、委屈和酒，衝擊著他的心靈。老錢早已抑制不住對著我放聲哭了起來：

「你也許會笑我今天的舉動吧？老實說，這些年來，我近乎迷信的期待著善有善報。我冀求憑自己在環境的染缸中所保持的清白，與在能力範圍內所做最大努力的行善，能從上帝那兒換得母親在大陸上的平安。因為，在這個世界上，她是惟一深愛著我也為我所深愛的一個人！」

經過那次傾談，我對老錢有了進一步的瞭解。我們漸漸地由泛泛的同事變為知己。不幸的是：幾個月後，他竟因病入院。而且一病不起，死於可怕的癌症。

臨終的前一星期，老錢似已自知無望，淒然地要求我代他負責後事。並且告訴我，他在一年多前已經保了一份三萬元的壽險，希望我將來替他領出。他特別叮囑，對於他的後事，務必盡量節省以便多節餘一點錢，匯給他在香港的表弟，按月轉寄給他母親，不要讓老人家知道他的噩耗。

經過末期癌症的折磨，老錢已瘦削得像一株枯萎的老樹。他無力地，斷續地吐著這最後的叮囑。聲音微弱而顫慄，像嗚咽，像抽泣。兩隻失神的眼睛，早已沽涸得見不到一滴淚水。我悲慟地握緊他那伸給我的乾癟的右手，熱淚盈眶，竟說不出半句安慰的話來。

老錢死後，同事們對他缺乏那種應有的悼惜。我為了不願讓他們對他永遠懷著誤解，更不願讓老錢帶著這份誤解抱憾九泉，特地在簡陋的喪禮中，藉報告老錢生平的機會，用我笨拙的嘴，含著淚強調老錢的那份清操、那份慈心、那份孝思。

次日中午，飯後的一段閒暇，我正坐在辦公室內沉思。老錢瘦小的身影，不時浮現在我眼前；那酒後的一席話，更縈繞著我的耳際。這時，小馬忽然走了過來，遞給我一只沉甸甸的信封，說道：

「依照我們中國人的習慣，奠儀是可以補送的。這點錢希望你能替我寄給老錢的母親。」

我驚異地抬起頭來，竟外地發現小馬的眼裡，正閃著晶瑩的淚光。

（1966年4月27日）

死水裡的漣漪

戀愛是痴迷的，新婚是狂熱的。過了這段痴迷與狂熱，太太們在丈夫的心目中，便逐漸地變成一種累贅，甚至形同枷鎖——只要是有志氣的男子，幾乎沒有一個不想掙脫的。

我也曾經歷過那段痴迷，那段狂熱。而後，妻在我的心目中，也日漸變成累贅，變成枷鎖，尤其在有了孩子以後。

婚後不久，趕上老洪做生日。我當時尚未摸清楚妻的脾氣，問也沒有問她一聲，只包了一份簡單的賀禮，就獨個兒去參加了。回家時，妻的臉色可真難看。起初，我以為她是一個人在家悶得慌，情緒欠佳。追問半天，才知道對我獨來獨往的作風感到不滿。理由是：夫婦一體，理當出雙入對，豈可再像光棍時一般的瀟脫？

此後，舉凡一切親友同事的婚慶喜宴，我都必帶著這副「枷鎖」參加。

我說「枷鎖」，這話是打心窩裡道出來的，一點兒也不誇張。譬如說：我生平好酒。在同事們的喜宴中，好不容易找齊一批酒友，湊成一桌，三杯過後，酒興方濃，正是猜拳行令、喝鬧酒的時候。然而，妻卻在一旁把我的袖口輕輕一扯，吩咐一聲：「夠了。你已經快醉啦！」在這種情形下，我只好說醉就醉，即刻搖頭晃腦，硬變成一副醉態，把別人所敬的酒，一一推掉。事實上，兩只眼睛卻盯著面前的酒杯直嚥口水，心裡有說不出的委屈。

我無意在此考據「衛生麻將」一詞，是出自何時何地何人的神來之筆。但在不傷元氣的情形下，四五好友，偶而來幾圈小麻將，磨練智能，舒暢身心，謂之衛生麻將，倒也妥切萬分。可是，對於一個有了太太的人而言，甚至連這點小小的自由也被剝奪了。

有幾次，妻和我一起參加朋友的喜筵。散席後，熟人中有人發起湊個小牌局，邀我補上一腳。當我正忖思著如何把她打發回去，還沒來得及作答。妻卻已搶先替我說了：「時間不早啦，老林不能參加了。——他明兒一早還有事哪！」

有時，我還想流連。妻索性伸出右手，往我左臂彎裡一勾，挽著就走。邊行邊道：「對不起，各位。我們先走一步啦！」那情景，多少有點兒像警察捉小偷——架著走。任你想掙脫都不可能了。

正如那句常被引用的話所說：失去自由的人，才知道自由的可貴。婚後的我，對於光棍時代那種自由自在、無拘無束的生活，確曾有過相當的懷念。只是，這種對光棍生活懷念之情，卻常被閨中的溫馨所沖淡。

婚後初期，每當傍晚，我由辦公室拖著疲憊的身子回家。一進巷口，遠遠地就可看到妻正站在門口相迎。而後，沖上一杯牛奶咖啡，倆口兒靠在籐沙發上，聽我閒聊一些發生於辦公室或同事間的趣聞瑣事。或是，打開電唱機，閉著眼睛，靜靜地欣賞一些共同喜愛的唱片。有時，入夜以後，妻也會大發慈悲。備上幾味滷菜，斟上二杯老酒。熄去電燈，燃起蠟燭。或是藉著月光，靠在窗前，把酒對酌。兩人沐著柔和的燭光與似水的月色，漫無條理地胡謅著彼此兒時惹氣的趣事。終至笑成一團，而忘卻窗外世界的存在。

但是，自從孩子們相繼而來以後，妻對我原有的關懷與熱愛，已然有了更好的寄託。家，對於我，已不再是日常生活與工作的煩惱與愁慮之避難所。牛奶與咖啡的溫馨沒有了。電唱機優美的音樂沉寂了。燭光與月色下淺斟低酌的情趣更不可求了。取而代之的是孩子們時停時起的爭吵與哭號，和妻那永無止境的埋怨與牢騷。

我雖然也會陶醉於孩子天真無邪的逗笑與淘氣，但卻永遠無法在妻長期的埋怨與牢騷中自尋寬慰。她限制了我與親友同事間的酬酢與活動。甚至要求我經常留在家中幫忙料理孩子們的許多雜務。這些，原是我在光棍時代最最不屑一顧，並且堅決認為僅應屬於女人份內的事。因此，「太太」二字的意義，在我來說，如今已成為一個累贅，一種桎梏而已。

結婚證書，對於男子而言，就像賣身契一樣。一旦簽了字、蓋了章，而一生的自由也就從此斷送了。我無可奈何地忍受著妻的管束。忍著、忍著，就像一只被灌進太多氣體的皮球，日漸瀕臨爆破的邊緣。

這樣的日子終於來了。它像一場風暴，在我們這形同死水的婚姻生活裡，激起了一陣令人迷惑的漣漪。

那是多年前的事了。當時老大已滿十足歲，老四還只有三歲。是一個星期五的晚上。同事們在菜館裡聚完餐，乘興拖著我上舞廳消遣。我雖然一向不諳此道，卻委實拗不過他們堅邀。便陪同他們上舞廳坐了一二小時的冷板凳，約莫於九時半回到家中。不料，剛跨進大門，就看見妻為著孩子們淘氣的事兒，氣得柳眉倒豎，杏眼圓睜。口中罵大罵小，罵個沒了。她一眼見到我回來，立刻將槍口一轉，瞄準了我，劈頭就問：

「這麼晚了，你上那兒去啦？」

我明知來勢不妙，但自覺問心無愧，便老老實實地回答：

「我給同事拉去舞廳坐了一下冷板凳。」

「舞廳？」妻突然像一頭受創的獅子般地狂吼起來：「哼！我整天像鳥兒關進了籠子，守在家裡服苦役，你倒逍遙自在。居然上舞廳，摟舞女去啦！」

「我根本不會跳舞，你又不是不知道的。」我猶自忍著氣跟她解釋。

妻忽然把鼻子湊近我臉旁，使勁一嗅，氣呼呼地喊道：「憑你這一身香噴噴的，鬼才相信你不會跳舞！」

我委實氣她不過（天曉得舞廳的毛巾為什麼要灑香水），十餘年來的悶氣，一下子爆發了起來。猛然把桌子一拍，破口罵道：

「瞧你這副德性，那兒還像什麼賢妻良母？丈夫成天在外奔波勞碌，不得已與朋友應酬一下，也值得你這般撒野？你簡直太不懂得體貼了！」

「體貼？」妻的嗓門比我更大，帶哭帶叫地：「我整天關在家裡給你們當老媽子，燒飯、做菜、掃地、洗衣服，還得教大的溫功課、給小的洗屎洗尿。你，你又何嘗體貼過我？」

「我？我還不是常常幫著給孩子們冲牛奶，哄他們睡覺？」我沒有絲毫讓步的意思：「你可知道日本太太侍候丈夫侍候得多周到？先生一下班回來，她們就忙著拿拖鞋、擰毛巾、端茶、遞報，甚至搥背捏腳……」

「那你為什麼不討個日本太太？」妻沒等我說完，就尖起嗓門直叫。

「話是沒錯；可惜悔之晚矣。」我冷冷地應道。

「還來得及！」妻狂吼了一聲，隨即衝進臥室，「砰」的一聲把門重重地關上。

幾分鐘後，門又開了。妻手裡提著一隻小皮箱，氣沖沖地往外就跑。我沒料到她有這一著，不禁愣住了。就只這一剎那，妻的身影已消失在大門外的黑暗裡。

我無意多所遷就，自然不想趕出去追她。回過頭來，看到那幾個早已嚇成一團的孩子，心裡有說不出來的憐愛與愧疚，我一一地撫慰他們，把他們哄上床去，自己也拖著一身的疲乏，躺了下來。

結婚十多年來，閨中勃谿，小有齟齬，本也是常事。但像這樣的大吵大鬧，甚至鬧到太太賭氣回娘家，卻還是破題兒第一遭。我獨個兒躺在床上，心事重重，百感交集。婚前婚後的許多瑣事，不斷地湧上腦海。像電影似的，一幕一幕的重現眼前。那裡面充滿了我們的情愛與歡笑，痴迷與狂熱。我瞪大了眼睛望著窗外幽暗的夜空，思潮起伏，說什麼也無法睡著。

天空由漆黑而黝灰而微白。我開始昏沉沉地有了一絲睏意。猛然間，我警覺到自己今天必須負起責任替孩子們弄早餐，趕著給他們上學。只好一骨碌爬了起來，走進廚房。

一個人在廚房裡東看看、西翻翻，我考慮到：燒早飯嘛，就得弄下飯的菜；調牛奶嘛，可又充不了饑。想來想去，還是煮麥片來得簡單。於是，我先燒好了水，下好麥片，就回到臥室催促兩個大的起身漱洗。老大非常靈氣，一叫就醒。老二最是貪睡，任你搖了半天，兀自賴著不肯起來。突然，一陣焦味襲進鼻子。我急忙趕回廚房，只見一鍋麥片早已溢開，溢得滿爐滿地，連爐火也淋熄了。

鍋底的麥片早已所剩無幾，我乾脆放棄。跑到街口買了一些麵包回來，調好奶粉，催著老大和老二進食。豈知老二睡意猶濃，杯子沒有接穩，往旁一偏，大半杯的牛奶全倒在他姊姊的制服裙上。我心裡又急又氣，但也無可奈何。只得叫老大另外換過一條裙子，自已隨又調好一杯牛奶，小心翼翼地交到老二手中。

「八點多啦，快去上課！」孩子們一吃完，我便催促他們。

「什麼？已經八點多啦？那我們會給老師打的。」老大急得直叫。老二也跟著點點頭。

「不要緊。你們就跟老師講，說是媽媽生病，今兒早上沒能夠起來給你們燒早飯，所以才遲到。」

「我不敢去。」老大帶頭。

「我也不敢去。」老二隨聲附和。

我耐著性子苦勸他們大半天，仍無結果。看看腕錶，已是九時。想到星期六本來就只有半天課，便也只好由得他們賴在家裡了。

忙過了兩個大的，又得忙兩個小的。他們更麻煩，不但起床得晚，而且洗臉、刷牙、穿衣服，樣樣都得我侍候。等到侍候他們用完早點，已是十點敲過。我索性跟房東借了電話，向科長請了半天口頭假，躺上大床，蒙頭便睡。

「爸，爸，快起來幫弟弟擦屁股。」

矇矓間，我被老大搖醒。只見老四正坐在床尾的痰盂上睜大著一雙烏亮的眼睛望著我。口中結結巴巴地隨著他姊姊說：「爸爸，幫弟弟『卡』屁『都』。」

我掩著鼻子替他擦好屁股，倒完痰盂，這才注意到整間屋子都已給孩子們弄得天翻地覆，凌亂不堪。四個孩子正滿屋子蹦呀、跳呀、跑呀、滾呀。整個屋裡，無論桌上、椅上、地上以及床上，到處都散放著玩具、紙屑和小石子。甚至還有那些被他們用來做道具的妻和我的呢帽、領帶、絲巾、圍裙……。

我正待發作，可是一看到四個孩子玩得興致方濃，天真無邪。再一回想自己兒時的頑皮與搗蛋，也就只好忍了下來。

「爸，我肚子餓啦！」老三忽然停下他的玩具槍，皺起眉頭說。

「我也餓啦！」其他三個也異口同聲。

我瞧了一下腕錶，果然已快一點了。鑒於早餐的經驗，我沒有勇氣再下廚房，何況，事實上也未曾買菜。於是，我提議再吃一餐麵包。

此語一出，四個孩子立即群起反對。老大更是振振有詞：「媽媽每餐都是燒好多菜給我們吃飯；你怎麼老叫我們吃麵包？」

我雖然無詞以對，但結果還是買回麵包，調好奶粉，強迫他們吃下。眼看孩子食難下咽的可憐相，我心中的愧疚與歉仄是難以形容的。倏然間，一個念頭閃進腦際。我將老大喚到身邊，交代了如此這般。然後把她帶到房東那兒借電話。岳父家的電話掛通了，老大告訴她母親：爸爸出去了，弟弟給開水燙到，要媽媽快點回家。

我可以想像得到妻接電話時的那股焦慮。我知道她必將以最快的速度趕回家中。孩子們確知母親快要回來，一致歡騰雀躍起來。我像一個不受歡迎的人物，默默地套上外衣，囑咐孩子們幾句，便匆匆地走了。

整個下午，我對著案上的公事發呆。我想起昨兒晚上的冤屈和今天早上的忙亂。也想到妻的愛與妬、哭與笑。只是當我想到廚房裡滿爐滿地的麥片，和那臥室裡幾床未經整疊的被褥，以及那桌上、椅上、地上，甚至床上，到處散亂的玩具、紙屑與小石子，夠她清理上老半天時，心裡自然地有一種獲得報復與發洩的快慰。我不禁暗覺好笑。心想：活該，誰叫你這般撒潑？

傍晚歸來，剛一推門進去，第一個就遇上了她，我還沒來得及決定應該向她表示「餘怒未熄」，還是「言歸於好」，她卻已經轉過身子，回廚房去了。

孩子們仍專心地玩著。所不同的是：屋子裡全都經過一番打掃與整理。窗明几淨，再也沒有中午那片骯髒凌亂的樣子。使人看在眼裡，連心情也頓覺舒暢得多。

不一會兒，妻把晚飯開了上來。孩子們啃了兩頓麵包，這一餐吃得特別香甜。只有妻和我，卻各自默默地吃著，似乎誰也想不出話來談。

飯後，我習慣地靠在沙發上翻閱晚報。妻把廚房的雜務料理停當，回到客廳。突然扭開電唱機，放上一張我們共同喜愛的曲子。而後，又冲了一杯熱咖啡，遞到我手中。我帶點驚異地抬頭看她，忍不住向她擠一擠眼，笑道：「對啦，這才有點像日本太太吶！」

「死相！」妻笑了。

我也笑了。笑得心窩裡樂呵呵的——我首次發現：妻的笑容是那樣的甜美，我也第一次感覺：對於我，對於這個家，她竟是如此的重要！

（1967年4月19日　徵信新聞）

寂寞呀，沙漠般的寂寞！

老姜是臺灣一家民營報社的採訪主任。那是民國三十九年的事情。

據他自己說今年還只有三十一歲，同事卻都懷疑他是否少報了些。因為從他黝黑的膚色，微舵的背看來，似乎超過了他的實際年齡。他有一副中等身材，臉很寬，而更寬的便是他那張嘴巴，稍微咧一咧嘴，就把一口往外暴的黃牙全給露出來。他還沒有結婚。因此，老陳總喜歡跟他開玩笑：「老姜，你如果要結婚，想討個老婆的話，就得先將你那張臉送到洗染店漂白一下！」

老姜的確還沒有結婚。不過，據他自己說，有一次他「幾乎結婚了」。

那是多年前他還在成都教書的時候，經朋友介紹，跟一位重慶小姐認識。交往過一段時間後，兩人的感情似乎很不錯。直到現在，老姜還隨身帶著那位小姐跟他的合照。每逢提起，就會從口袋掏出照片向大家誇示。這時，老陳總感到奇怪，為什麼憑老姜那張沒有漂白的臉，竟也能找到一位不錯的小姐？

然而，老姜和那位小姐的結果，也僅止於「幾乎結婚」而已。因此，現在他仍是孤零零的一個。每當有所感觸，老姜便會吁口長氣，嘆一聲：「寂寞呀！沙漠般的寂寞！」

老姜曾經擔任一家大報的特約記者，發過不少重要的戰訊。他似乎很留戀那一段「黃金般的日子」和當時的「身份、地位」，覺得到這家報館做採訪主任是太委屈。常說：「我情願在大報館裡幹一名小記者，也不願在小報館裡當採訪主任！」

提起自己的文章，老姜最得意的便是那些用華麗詞句堆砌而成的東西，他驕傲的說：「別的東西我不敢說，但是純文藝的文章我是有絕對的自信——不是我自己誇口！」

在報社二周年那天，老姜發表了一篇「我的五年記者生涯」，雖然有人說他在寫自傳，然而，「這確是一篇讀起來很舒服的東西。」小黃這樣批評。就在這篇文章中，老姜寫下了他的名句：「我曾經在長白山下，流下過無盡的熱淚！也曾在嘉陵江畔徘徊過無數的黃昏！」

老姜是山東人。據他自己說，他有著山東人的特質，喜歡當面指出這個同事的是、那個同事的錯，臨了，他不忘加上這麼一句：「我這是山東人的脾氣，心直口快，請你們別見怪！」

有一次，大家正在發稿，不知為了什麼，老姜忽然叫工友把劉司機找來，並且先關照我們：「各位，回頭劉司機來了，我是要揍他的——我打他不過，你們可得要幫我呵！」不一會兒，劉司機果然來了。老姜陡的鐵青著臉，狠命往桌上一拍，站起身來，罵了一聲，便朝劉司機左頰打去……。

大家終於把他們勸開，劉司機也走了。老姜這才坐了下來，把事情的始末，向同事說明一遍。其實，也不是什麼大不了的事，因此事後他沒有忘記補上一句：「我這是山東人的脾氣，捺不住性兒。」

儘管逃過難、吃過苦，老姜仍是懂得享受的。每天早上，他要我們組裡一個小工友阿雄替他倒洗臉水、打掃房間和做些瑣碎的事兒。小孩子做久了，支持不住，開始叫苦。同事們感到不平，當面向老姜說：

「不行，不能再增加這阿雄的工作量了。他每天晚上陪我們熬夜，工作到半夜，早上還得大清早趕來替你倒洗臉水，小孩子怎麼受得了！」

「是的，是的。」老姜表示自己也有同感：「那麼，從明天起就叫他早上不用來了。」

回到房裡，老姜卻把阿雄叫來，吩咐他明天不要忘記早點來替他做那份差事。

事後，老姜的解釋是：「以前我在北方一家大報當採訪主任時，每天早上起來，就有人給我倒洗臉水、打掃房間……」他甚至發誓：「我說這全是真的，如果有半點假，我老姜便是你們的孫子——你們大家的孫子！」

老姜是一個懂得幽默的人——至少他自己是這樣認為。因此，他常向同事們提到要發起組織幽默團的事。照老姜自己的計畫，下面還分風趣組等等。至於該分成幾組，他始終沒有交代清楚。

事實上，老姜也的確是個風趣的人——至少人們是這樣相信。

那是有一次，當大家的稿子都發完了，閒下來聊天的時候，話題扯到男女明星的長相。當提到男明星誰長得最俊時，大夥兒見仁見智，莫衷一是。倏地，老姜站了起來，把眼珠子向大家一掃，說：「那麼，你們看我怎麼樣呢？」

大家正錯愕的望著他時，他又忙不迭地把大嘴一咧，瞇起雙眼，十指張開往胸前一按，說道：「你們看，我這句話幽默不幽默？」

同事間常喜歡拿女人做話題，談些與酒家女的輕薄事兒。在這時候，老姜就會帶著嚴肅又神聖的態度，驕傲地說：「我唯一的嗜好只是抽煙，偶而也喜歡喝點酒。可是玩女人這一套，我老姜是絕對不搞的——我這人就是這點好處。」這些話，同事倒也沒有什麼不能相信，直到有一次，大夥兒一起去過低等茶室回來，才懷疑起他那些話究竟有幾分可靠性。

那是他領到一筆稿費的當天晚上，老姜忽然覺得應該請請客了。記不起是誰的提議，大夥兒就跑到低等茶室去尋覓「生活的經驗」。

一張圓桌圍坐老姜和同事六人以及四個女招待。四周用屏風遮起，氣氛是夠神秘，夠誘惑的。輕薄的談笑、挑逗、調戲開始了。老姜卻總板著臉，端正地坐著，態度非常莊重、嚴肅。然而五分鐘、七分鐘、十分鐘過去了，老姜溜著眼看了大家一下，咧開嘴笑了，把一口黃牙全露出來。於是，他開始慢慢地把手伸開去，輕輕地圍著早就坐在他左側，一個肥肥胖胖的女招待腰際，右手也慢慢地伸了過去……。

老姜的嘴是張開的，兩隻眼睛卻是緊閉的——他在細細地欣賞，默默地思量：為什麼那皮膚是這般的滑？為什麼那嘴唇是這般誘人？為什麼……為什麼女人是這般的可愛?!

「三十一歲，該結婚了！」老姜常常這樣說，事實上他自己也確曾這樣想。

經過一段時間「冷靜的觀察與仔細的考慮」，老姜覺得那位曾經是自己的學生，又跟自己逃過難的同鄉小姐確實不錯。因此，有一天，同鄉小姐到臺北來看他，當她正興高采烈地坐在床沿，講述她辦公室同事的趣事時，老姜顯得跟平常很不一樣，一副心不在焉的樣子，只管在一旁怔怔地望著她：他喜歡她的大方、活潑，更欣賞她有趣的談吐；尤其陶醉的，是她那秋水般的雙眸！於是，老姜醉了，剎那間，他決心向她求愛！一時間，文藝作品上許多美麗的、動人的詞句潮水般的湧上心頭，他想毫無保留地向「高貴的女神」背誦，但不知怎麼的，卻吐不出半個字來。許久，許久，老姜忽然像中了風似的，陡然的倒在那位同鄉小姐的腳前，抱著她，急促地喊：「你嫁給我，你嫁給我！」

……

同鄉小姐驚愕地，還沒來得及回神，就迅速的掙脫他，走了。只留下老姜獨個兒仆在地上，半晌才緩緩地站起來，靠在窗前仰望著蒼穹。此刻的他，感到陣陣的迷惘和不解，還夾雜著些許空虛、惆悵，甚至羞愧、煩躁！

「河邊林中夜鶯在歌唱，

歌聲充滿悲涼，

可愛的人兒最難忘，

……」

老姜想藉歌唱來發洩，卻又唱不下去。無奈地回書桌前，讓身子無力地落在椅子上。忽然，他大大地吁出一口長氣，喊道：「寂寞呀！沙漠般的寂寞！」

（2013年9月　文訊雜誌第335期）

吹牛不打草稿

牛大哥並非姓牛；他本姓劉。起初，我總以為是大家把「劉大哥」的音叫別了，叫成「牛大哥」。後來才知道，原來牛大哥的牛，並非指「姓牛」的牛；而是指「吹牛」的牛。

剛進公司的時候，我被派在秘書室工作。跟牛大哥同一個辦公室。不過，他是專員，是幹部。與邱秘書靠著辦公室最裡端的牆面，各據一張大辦公桌，相對而坐。我們六個小職員，則分成兩排靠牆而坐。我的座位距牛大哥最近。他待人和氣又熱心。我公事上有什麼不懂，總是向他討教。他也總是不厭其煩，一一為我細加解說。使我這個菜鳥，終能在秘書室混得下去。

日子一久，我與牛大哥也就建立了不錯的友誼。他為人樂觀、開朗而豪爽，臉上經常掛著笑容。每次向他討教時，我留意到他辦公桌的玻璃墊下，壓著許多他與學界名流合拍的照片。包括胡適之、羅家倫、梅貽琦、傅斯年、梁實秋、林語堂、錢穆……等等，琳瑯滿目，令人眼花撩亂。

有一次，我指著他與胡適之的一張合照，問他：「你與胡適之很熟嗎？」牛大哥得意地回答：「他是我的恩師。」我沒有絲毫懷疑地接受了。直到有一天，偶然跟人事室吳專員談起，他卻鐵口直斷：「胡說，那怎麼可能。以牛大哥的年齡來推算，他怎麼會是胡適之的弟子？再說，其他如羅家倫、梅貽琦……難道也都是他的恩師？」

「可是，」我忙替牛大哥辯解：「牛大哥桌上不就有他與胡適之等名流的合照——顯然很熟稔的樣子！」

「那有什麼稀奇？只要你肯常去聽聽那些名流的演講；會後再要求與他們合照留念，包管你都會如願以償！」吳專員始終堅持他否定的立場。

老實說，牛大哥在同事間受到敬重〈吳專員除外〉，並不是全靠他玻璃墊下那些名流的合照。對於公文撰擬或書牘應酬，他寫來極為順手流暢，毫不刻板或顯雕琢。所以，總經理的書函往來，大部份總是批交牛大哥擬覆。因此，前幾年公司假政大公企中心舉辦三梯次在職訓練時，諸如經營、管理、會計、稽核、人事及公關等等，都請專家教授講課。唯獨公文書牘一項，卻從內部取材，由牛大哥擔任指導。自此，牛大哥每逢與人閒談的時候，總喜歡把話題九轉十八拐的繞到公文撰寫之基本認識與技巧上來。這時，他就會忍不住提到自己的輝煌經歷，而說：「當年我在政大講課的時候……」

牛大哥的才華，並非只限於公文製作與書牘應酬。不久前，他還寫過一篇文章，探討國文教學的取向——文言與白話，孰輕孰重？這篇文章在某大報刊出以後，至少在公司內部就曾引起不少討論，而且甚獲佳評。從此，牛大哥免不了又常在談話中提到文言與白話的共存共榮，不可偏廢的問題。而說：「我在報上發表的那篇文章，就是在闡釋文言與白話其實是各有優劣，互有短長。文章寫得好不好，端視功力而定，實與文體無關。任何獨厚文言或白話的論調，都只是偏見，都不足取。」

奇怪的是：在那篇探討國文教學取向的文章以前，牛大哥似乎並未有過作品在報上刊登；在這以後，他也未再發表任何大作。難怪吳專員一提到此事，總是刻薄地戲封他為「牛一篇」。

公司在近郊有個倉庫。本來只派一個技工負責管理。不知何故，數月前突然發佈命令，把那技工調回總務室，卻把牛大哥發放到倉庫去。職稱雖是「倉管主任」，其實卻有將無兵。舉凡看守、收件、出貨、登錄、造冊，甚至清掃與搬運，無不由他一人獨扛。顯然非常委屈。可是，生活是現實的。牛大哥在公司已待了二十幾年。如今已是四十開外，而且有家有眷，哪敢意氣用事，輕言辭職。好歹名義上總是個主任。薪水按月照拿，分文未減。他自己就說過：「這樣反能有較多時間讀書，充實充實自己，未嘗不是件好事。」

其實這只是一場誤會。原因是牛大哥與總經理似乎有一層親戚關係。據吳專員說：「總經理夫人的表妹夫的侄媳婦，是牛大哥的表叔的妻舅的乾女兒。」雖然這只是一層頗為疏遠的關係，但牛大哥一跟同事談到人事關係的問題，卻老愛加上一句：「說起來我和總經理夫人倒是有點親戚關係……」這件事不知為何竟傳到總經理耳中。他懷疑牛大哥可能打著他的名號在同事間招搖撞騙，騙吃騙喝。故而一怒之下，竟令人事室把他調去倉庫。但因沒有犯過的事證，所以只好給他留點面子，賞他一個「倉管主任」的頭銜。

幸虧總經理一向做事認真。他一方面下令調職，一方面也交代人事室務必查明牛大哥到底有無假藉他的名義，在同事間騙取好處。結果，人事室的報告卻是正面的。吳專員的簽報倒是非常客觀而善意。他公正而坦白地指出牛大哥為人正直、和善而樂群，與同事相處極為融洽。惟一可以挑剔的就是愛吹牛，喜歡膨脹自己，但並無惡意。吳專員甚至把牛大哥一些好吹噓的韻事都寫了出來。據說：連總經理看後都忍不住笑了起來。第二天，就下條子給人事室，把牛大哥調回秘書室，且擢升為秘書。自此，牛大哥又回到我們的辦公室，仍與邱秘書相對而坐。

我一向尊牛大哥如兄長，且像老師般的敬重他。見他回來，等不及衝上前去表示歡迎。並對他的被調去倉庫一事深表不平與同情，而說：「把你調去倉庫，真是大材小用。倉庫的工作，雜沓而繁重，真是太辛苦，太委屈你啦！」

牛大哥爽朗地笑了笑道：「這倒沒什麼。再說，總經理要調我去，就是再辛苦，我也不能不去——誰教我和他是親戚來著！即使是赴湯蹈火，也不能推辭或退縮。否則，還算什麼自己人呢？」

（1966年2月3日　徵信新聞副刊）

知己

「老趙死了。」這個不幸的消息，在老趙因胃癌去世的當天早上，就傳遍了同事之間。

「老趙死了，唉！」當老趙的一些知己提到這個不幸的消息時，都禁不住要在話尾加上一聲深沉的嘆息。

有句老話這麼說：世界上任何人都會被遺忘。老趙自然也不能例外。慢慢地，同事間已不再有人提起他，就是知己們再提起他時已不再顯得那麼悲傷——甚至有人開始提到老趙的宿舍。

「趙太太不知道幾時搬家？那房子倒是給老趙修理得蠻像樣啦。」那天，當老趙的幾個知己在閒聊時，小張終於不自覺地吐露出來。

「房子像樣有屁用？反正輪不到你們單身漢接收的。」朱大胖講話總是那麼急喘喘的。

「得了，大胖。你跟小張爭什麼？」外號鬥雞眼兒的老蘇插著嘴道：「你朱大胖充其量也不過多他一個老婆，兩口之家打什麼緊？人家小張一接收，連屋帶人把一個年輕寡婦和兩個無依孤兒的問題也附帶解決了，豈不比你來得更有意義！」

知己們都笑了。小張心頭更是輕飄飄的。

在這異鄉，老趙夫婦沒有半個親戚，平時來往的就是這幾個知己。幸而有這些知己，所以在老趙病中和死後，年輕而缺乏經驗的趙太太，才免得在憂慮悲傷之外還要對許多事情操心。一切都由知己們代為奔跑和料理。這正是趙太太所深深感激而不能忘記的。

是趙太太給老趙做七七家祭的那天，她想起這些難忘的友情，便利用家祭的牲果，再添上幾味酒餚，約請他們到家裡吃晚飯。

客廳（也就是飯廳）的牆上掛著一幀大幅的老趙遺像。吳學究抬頭望了一眼，首先提起那不幸的過去，感傷地長嘆一聲：

「唉，老趙死得太可惜了！」

「是嘛，年紀輕輕的，社會上不知道有多少事業正待他去完成哪！」朱大胖萬分惋惜地接上一句。

想起老趙，知己們的心頭都不禁籠上一層憂鬱的陰影。大家漸漸地傷感起來。一個接著一個，紛紛談起老趙生前許多值得記憶的事蹟。對於他的為人，他的學識，他的性格，大家莫不交口稱讚，一致認為：在這混濁的現社會裡，像老趙這般學識豐富，而又淡薄自持的人，實在是太難得了。

不久，宴會便在一種感傷的氣氛中開始。酒席上，大家為了怕激動趙太太的情緒，都不敢再提起老趙。每個人的態度都是頂嚴肅的，心情都是頂沉重的。對於老趙，他們似乎都有無限的悼念；對於趙太太，他們似乎都有無限的同情。

酒，並不能消除大家悲痛的情緒。宴會終於仍在感傷的氣氛中結束。

「唉！趙太太年輕輕的就做寡婦實在怪可憐的。」走出趙家門口，小張首先歎息一聲。

「哼！我早就知道你小張不懷好意，滿腦子轉著趙太太的念頭——早就把老趙給忘了。」鬥雞眼兒毫不留情地接上便說。

小張正待開口辯申，冷不防朱大胖已氣喘喘地從旁插進一句：

「是嘛，我剛才就看到這小子乘機揩油，握著趙太太的手死也不放。」

悲痛成為過去，知己們都呵呵大笑起來。

「啐！你們這批缺德鬼！」小張漫不經心地啐了一口——心頭倒是輕飄飄的。

時間過得真快，老趙的死，轉眼已是一百天了。

趙太太沒有忘記知己們的恩情。早一天，她就通知他們：今天她要給老趙做百日家祭，晚上請大家到家裡來吃飯。

傍晚快下班時，大夥兒離開辦公室，一起向趙家的路走去。

一路上，小張變成眾矢之的。大家的話題都向他的身上集中。

「說實話，你小張是不是常常去找趙太太？」鬥雞眼兒始終不肯放鬆。

「人家此地一個親人也沒有，我小張去看一看她也不行？」小張爭辯著：「難道要像你們，不請你們吃飯就連頭也不肯探一下。」

「曠男遇寡婦——已到什麼程度了？」吳學究冷冷地問。

「媽的，你老吳居然也參加啦！『朋友妻，不可戲』，這話難道不是你講的？老趙屍骨未寒，你們就拿他寡婦開玩笑，簡直太沒人性了！」小張心頭雖然輕飄飄，說得倒是頂激昂的。

「寡婦才好呵！」朱大胖叫了起來：「寡婦最會疼漢子，你小張真是前生修來的。」

「哈哈……」笑聲洋溢在這群知己之間。

就這樣地，他們一邊談笑，一邊走向趙家。氣氛顯得非常輕鬆和愉快。

然而，這輕鬆和愉快並未繼續太久。當他們漸漸走近趙家的時候，那歡樂的神情也就漸漸地消失。陰影重新籠罩在知己們的心頭，像是對老趙的無限悼念，也像是對趙太太的無限同情。大家的臉上，漸漸地換上了一種悲傷的神情，而且愈來愈重——吃飯的時候，他們甚至已經悲傷得像死去了自己的父母親一樣。

（1955年6月24日）

雞

「境有言之極雅，而實難堪者，貧病也」——張潮

從那天早上起，肚子作痛已經四天。先是心口上痛，後來又轉為腸子痛。總是夜晚腹部受涼吧，四天來卻不曾上過一次大號。說是痢疾或腸炎吧，但除開肚子一味作痛以外，任何旁的病徵也沒有。我只知道自己生病。請了病假，躺在病榻，卻不知道生的是什麼病。

生了病，看大夫，在一般靠薪水過活的人，原是須三思而後行的。何況社裡的薪水沒發，更是不敢前往問津。無可奈何之下，也就只好勉強安之若素，而不改其樂了。

也許是命不該絕吧？這天早上，老洪來探病，問我為什麼不找周大夫看看。周大夫是熟朋友，一位內科醫生。上他診所看病是可以免費的。經老洪這一提醒，我也奇怪自己為什麼竟沒有想到找他看病？

周大夫的診斷教我吃驚不小。他於仔細檢查之後，告訴我所患的是盲腸炎。他替我注射針盤尼西林，並且警告我：最好早點把它割掉，免得發生危險。

盲腸炎，開刀！那是應該的事。

我托老黃代為打聽幾家醫院的費用。回來說是連同手術費及住院、膳費在內，大概需要四、五百元。加上自己一些必要的其他支出，至少總得準備七百元左右。

每月一百八十元的收入，維持這二口之家，已常是多方挪借，寅食卯糧。如今，偌大的一筆數目，又打那兒去設法呢？向朋友告貸吧，比較知交的，大多是些窮朋友；比較有錢的，平常又都少來往。何況現在自己躺在床上，不能走動，又怎好意思叫妻去向人家開口？既然走上窮途，瀕臨絕境，不得已也就只好想得開了。「死生有命，富貴在天」，我已把生死交託給命運。

想不開的是妻。她原是個多愁多慮的人。平時我只要傷了風、發點熱，就夠她驚惶失措，何況這次患的是盲腸炎。更何況是需要開刀而沒錢的盲腸炎！那天晚上，我知道她一夜沒睡。

第二天早上，二哥和老黃來了。昨天二哥聽到我患的盲腸炎需得開刀時，他也曾露出黯然的，幾乎是絕望的神色。當他辭出回家的時候，我知道他是懷著沉重的心情。現在，他卻幾乎是帶著「興奮的」神情，催著我趕快準備入院。原來他好容易代我向社裡借支半個月九十元的薪水，另外向幾個朋友借得五百元，加上他自己的四十元，合共有六百三十元。而這，便是我一條生命之所值。

聽說開刀費用已有著落，妻的愁臉頓時顯得開展了，疲乏的面上露著有點勉強的笑容。她一面替我預備入院所需的什物，一面不時以感激的目光望著二哥。

「那借的五百元，怎麼還得了？」我表示願意聽天由命。窮人是該死的，記得誰曾講過這句話。

「不要緊，講好以後慢慢清還。」

「可是，以後又哪兒來錢還呢？」

「那是以後的事；這是幾個鐘頭生死的問題！」二哥顯然有點惹惱。

終於，他們用三輪車把我送到那家最便宜的公立醫院。經過一番詢問和檢查，斷定確屬盲腸炎。兩小時後，我便被帶進醫院的手術室。

開刀的經過情形良好。六百二十元買回我一條生命，把我從瀕死之境救出來。第八天我便退院了。

雖然出了院，身體仍是異常虛弱。醫生早就叫我學走，但我現在連坐都感到困難，一坐起身，腦子就會發暈，甚至於覺得頭痛。坐不多會兒，便又得躺下。

入院時的那筆錢，除開付給醫院及其他的支出，剩下的只有廿幾元。妻就拿這廿幾元每天給我買一隻雞蛋，還另外買兩塊錢牛肉熬湯給我喝，熬得已經淡然無味的肉渣，就當為她下飯的菜。

這每天的一隻雞蛋和兩塊錢牛肉熬的湯，便是我調養病體的補品。七天以後，我自信身體已經復元，就銷假到社裡辦公。然而，到了下午，覺得精神不濟了。腦裡發脹，眼前發黑，房子像海船似的浮沈，又像是在旋轉。自己知道再也支持不下，只得把公事一丟，先回家了。回到家中，疲憊地躺在床上。

「我早說過，不吃點補是不行的。」妻有點怨天尤人地說。

我沒有回答，只是靜靜地躺著。心想：我又何嘗不知道病後需要補養，然而錢呢？

第二天，我又請假，在家中休息。

一大早，二哥就提著一隻雞來了。他把那隻雞交給妻，吩咐她烹給我吃後，隨即匆匆地趕著上辦公室去。

「二哥真好！」妻手提著那隻雞，望著二哥走下樓去，像是對我說，又像是自語地喃喃道。

我微微地笑著。

「我現在就去買菜，回來馬上給你殺雞去。」妻說著，愉快地提著那隻雞下廚房去。

妻買菜回來，背後跟著老劉。他一跨進門，就打起哈哈來。

「哈！老林，恭喜大難不死，必有後福，恭喜！」沒等我回答，老劉又叨叨地接下去，「假如不是碰到林太太去買菜，我還不知道你割盲腸呢！怎麼？現在好了吧？一共散了多少財？」

「六百元左右。現在，拖了一屁股的債！」

「真是散財消災，老陳生個孩子也不過花這麼些錢。」

「陳太太生產了？男的？女的？」

「男的，生下才十天吧！」

胡亂地又扯談一會兒，老劉告辭走了。他剛走出，我便拉著妻道：

「怎麼辦？陳太太生了個男孩。」

「你是說送禮？」

「老陳這是頭一個孩子，少不得舖張一下，怎能不送點東西？」

「可是，我這裡只有兩天的菜錢，我們有已經欠下五百元的債，是不能再借的。」

「我知道……」

既然商量不出個結果，妻便逕自預備燒飯去。

她大概正捉起那隻雞要殺吧。雞在掙扎中發出一聲無援的尖叫。我忽然想起了什麼，立刻奔到樓梯口，朝樓下廚房大聲喊道：

「芸，你先上來一下，快點！」

妻以為我的病體又怎麼的，急急忙忙地跑上樓來。

「什麼事？」

我輕輕地將她推進房裡，為免同住的人聽見，低聲問道：

「你把雞殺了？」

「還沒有，正要殺呢！」

「別殺了。」

「為什麼？」妻有點莫名其妙。

「還是把那隻雞送給陳太太吧，我想。」

「可是，你自己呢？」她又將眉頭皺起。

「我？過幾天自己會復元的。」

「……」妻思慮著，遲疑不決。

「回頭吃過中飯，你就把雞給陳太太送去。」我幾乎是用命令的口吻吩咐她。

中飯後，妻遵照我的話將那隻雞送往陳家。

回來時，一進門，我發現她臉色發青，雙眼無神地垂視地板。

「你臉色怎麼這樣難看？莫非也病了？」我有點吃驚。

妻沒有回答，只把眼睛擡起來看我一下。我看見她眼圈子有點紅，眼眶裡濕汪汪的……。

猛然想起那隻雞，我沒敢再問她了。

（寫於盲腸炎病後）

（1950年7月　公論報）

高帽之樂

人莫不有弱點；我的弱點在於好聽恭維話，喜歡別人給我戴高帽。雖然我明知這是一種不健全的心理，曾經因它吃過不少虧，但直到現在，我仍偏愛著它，貪戀著享有被恭維時瞬間的自驕與滿足。

小時候，我生就一副白白胖胖、活潑逗人樣兒，因此，我從小就受慣了父母的寵愛，與親友的誇讚。也許就由於這樣的環境，遂養成了我日後好受恭維的性格。記得我還只有八、九歲的時候，有一次隨著父親去給人請客。宴席上，幾位伯叔們都說我長得方口大耳，相貌堂堂，將來必成大器。讚得我們父子倆打心窩裡直樂。後來，有位禿頭的伯伯首先發難，說是虎父無犬子，我父親既然是個十斗不醉的大酒仙，想來我必然也是個小酒桶，所以要我陪他乾上一杯。全座的人聽了此話，莫不在旁慫恿，鼓勵著我。父親聽他們誇獎了我半天，心裡似乎挺受用，竟也無意制止，只是笑嘻嘻地望著我。我呢？為了好奇，更為了博取他們的誇讚，便也一舉而盡。

這一來，可把幾位伯伯叔叔逗樂了，競相找我乾杯。於是，在你誇一句他讚一番的情形下，我居然也跟他們每人乾下一小杯。雖然事後證實我確有善飲的遺傳，但那時畢竟還是個小孩，據說當場頗鬧了些笑話，而且第二天仍暈得不能起床。父子倆曾因此被母親數落了好一陣。然而，數落歸數落，以後每逢那幾位伯叔們提起此事，對我讚不絕口時，我心裡那份自得與忻悅，真是不是筆墨所能形容的。

中學時代，我是個鋒頭人物。功課儘管平平，可是辦壁報、演話劇、搞球賽，卻都少不了我的份兒。舉凡有什麼別人不肯做的，我承當、我出頭。因此，我便被同學們捧成了頂兒尖兒的人物。

那天，一位初學拳擊的同學小趙，帶著兩副拳擊手套來學校玩兒。同學大感興趣，爭相取過那兩副手套看看，摸摸，套套，揮揮。你一口，我一句，好奇地問些有關拳擊的問題，由他一一解說。

我瞧著小趙談得眉飛色舞的那副德性，委實覺得不順眼。何況，同學紛紛簇擁著他，好像光憑那兩副拳擊手套，就把他當成拳王似的。這時，我心中突然產生一種妒忌與敵視的心理，下意識地走上前去，從同學手中抓過一副手套，按了一按，冷冷說道：「墊了這麼厚的棉花，夠什麼勁兒？」

「這是初學的人練習用的。」小趙解釋道：「別看它墊得厚，打起來可也夠受的哩！」

「咱們倆試一回合如何？」我知道他學拳不久，而且自信熟練多項運動，體格魁偉，身手矯捷，乃有意挑戰著。

「好呀！來一下試試！」小趙尚未答腔，同學們先已異口同聲慫恿起來。

起初，小趙總是躲躲，閃閃，擋擋，架架，顯然是初學模樣，看不出有何苗頭。我在旁觀的同學們吶喊助威之下，一再狠狠地找他打去；可惜都給躲開。慢慢地，小趙似乎有點殺得興起，忽然展開反撲，猛的一拳擊在我的心口上。我沒有學過拳擊，怎經得起這一擊。就像給根木杵撞上，心口一時又疼又悶，忍不住捧著肚子蹲下去，哼不成聲。後來還是小趙與另一位同學托著腋窩，攙著我在操場上作小跑步的活動，才使我發白的嘴唇，緩緩地恢復了血色。

這次經驗，在我自己始終認為是件奇恥大辱。可是，每當擁戴我的那批同學，對我那大膽挑戰，勇戰不餒的精神，紛紛表示由衷的欽佩時，我卻又能從他們的讚賞中找回安慰、滿足，與失去了的驕傲。

踏入社會以後，我原曾再三警惕著自己，凡事切忌強出頭。無如本性難移，遇上有人給我戴高帽，恭維幾句慫恿一番，便覺得心頭樂呵呵，輕盪盪的，雖然赴湯蹈火，在所不辭。

說來已是前年的事了。那年歲末，我們公司由於盈餘情形遠超過預算，遂計畫改善同仁待遇，增加房租津貼一種。這本來該是一件值得高興的事兒，但因風聞所訂的標準，上下太過懸殊，有欠公平，以致引起低級員工普遍不滿，議論紛紛。我自然也不免參加討論，且極力主張下情上達，設法將多數人的意見反映上去。此語甫出，羣皆稱善，並一致公推我做代表，向上峯轉陳大家的意見。理由是：我的儀表好、口才佳，而且平常工作成績優異，極獲總經理的賞識。我在他們的眾口交讚與慫恿之下，確實感到盛情難卻，便義不容辭地肩荷起此一重任。

我知道這是一件不討好的差事；但既受了大夥兒的重託，只好硬著頭皮向總經理條陳眾人的意見，極言打擊員工情緒，將足以影響工作效率與業務成績。總經理的臉色雖然顯得冷峻而帶憎惡，但他終於表示願意考慮。後來，事實也證明了確曾採納我們的意見，將房屋津貼的標準，從原訂幾何級數的距差上儘量予以拉平。不過，從此以後，總經理再也不曾對我露過任何一次笑容。甚至，幾個月後，我忽然被莫名其妙地調去管倉庫了。

事後，據公司的一位高級主管透露給我：總經理對我的工作才幹本極為賞識，原已打算在過年後發表我調升科長，不意竟被我的那番強出頭把印象搞壞啦。我聽了這些話，心中著實有點後悔。然而，每當我由倉庫到公司接洽公務的時候，聽到同事們對我那次勇於擔當艱鉅與犧牲一己的精神，一再交相讚揚，口道皆碑，我便又覺得心花怒放，輕飄飄地有著「天下英雄唯我一人」的自驕與滿足了！

（1966年1月31日　徵信新聞）

釀文學162　PG1153

最後的二重唱

作　　者　鍾麗珠、林伊祝
責任編輯　林千惠
圖文排版　楊家齊
封面設計　秦禎翊

出版策劃　釀出版
製作發行　秀威資訊科技股份有限公司
114 台北市內湖區瑞光路76巷65號1樓
電話：+886-2-2796-3638　傳真：+886-2-2796-1377
服務信箱：service@showwe.com.tw
http://www.showwe.com.tw
郵政劃撥　19563868　戶名：秀威資訊科技股份有限公司
展售門市　國家書店【松江門市】
104 台北市中山區松江路209號1樓
電話：+886-2-2518-0207　傳真：+886-2-2518-0778
網路訂購　秀威網路書店：http://www.bodbooks.com.tw
國家網路書店：http://www.govbooks.com.tw
法律顧問　毛國樑　律師
總 經 銷　聯合發行股份有限公司
231新北市新店區寶橋路235巷6弄6號4F
電話：+886-2-2917-8022　傳真：+886-2-2915-6275

出版日期　2014年6月　BOD一版
定　　價　370元

Printed in Taiwan

國家圖書館出版品預行編目

最後的二重唱 / 鍾麗珠, 林伊祝著. -- 一版. -- 臺北市 :
釀出版, 2014.06
面； 公分
BOD版
ISBN 978-986-5696-18-4 (平裝)

830.86 103007267

讀者回函卡

感謝您購買本書，為提升服務品質，請填妥以下資料，將讀者回函卡直接寄回或傳真本公司，收到您的寶貴意見後，我們會收藏記錄及檢討，謝謝！如您需要了解本公司最新出版書目、購書優惠或企劃活動，歡迎您上網查詢或下載相關資料：http:// www.showwe.com.tw

您購買的書名：________________________________

出生日期：________年________月________日

學歷：□高中（含）以下　□大專　□研究所（含）以上

職業：□製造業　□金融業　□資訊業　□軍警　□傳播業　□自由業

□服務業　□公務員　□教職　□學生　□家管　□其它____

購書地點：□網路書店　□實體書店　□書展　□郵購　□贈閱　□其他

您從何得知本書的消息？

□網路書店　□實體書店　□網路搜尋　□電子報　□書訊　□雜誌

□傳播媒體　□親友推薦　□網站推薦　□部落格　□其他________

您對本書的評價：（請填代號　1.非常滿意　2.滿意　3.尚可　4.再改進）

封面設計____　版面編排____　內容____　文／譯筆____　價格____

讀完書後您覺得：

□很有收穫　□有收穫　□收穫不多　□沒收穫

對我們的建議：________________________________

____

____

____

請貼
郵票

11466
台北市內湖區瑞光路 76 巷 65 號 1 樓
秀威資訊科技股份有限公司 收
BOD 數位出版事業部

....

（請沿線對折寄回，謝謝！）

姓　　名：＿＿＿＿＿＿＿＿　年齡：＿＿＿＿　性別：□女　□男

郵遞區號：□□□□□

地　　址：＿＿＿＿＿＿＿＿＿＿＿＿＿＿＿＿＿＿＿＿

聯絡電話：(日)＿＿＿＿＿＿＿＿＿＿(夜)＿＿＿＿＿＿＿＿＿＿

E-mail：＿＿＿＿＿＿＿＿＿＿＿＿＿＿＿＿＿＿＿＿